七十二行

祖师爷

任骋 整理

士农工商，四民有业。
三百六十行，无祖不立。
一本书了解中国的七十二行，
揭秘老祖宗的行业生存指南。

杜康作秫酒
恬笔伦纸
虎守杏林
牛郎织女
鲁班求教张班
吴道子画竹除雀

山东人民出版社·济南
国家一级出版社 全国百佳图书出版单位

图书在版编目（CIP）数据

七十二行祖师爷 / 任骋整理. -- 济南：山东人民
出版社，2024.10. -- ISBN 978-7-209-15239-6

Ⅰ . I277.3

中国国家版本馆CIP数据核字第2024XN2316号

七十二行祖师爷
QISHI'ER HANG ZUSHIYE

任骋　整理

主管单位　山东出版传媒股份有限公司
出版发行　山东人民出版社
出 版 人　胡长青
社　　址　济南市市中区舜耕路517号
邮　　编　250003
电　　话　总编室（0531）82098914
　　　　　市场部（0531）82098027
网　　址　http://www.sd-book.com.cn
印　　装　济南新先锋彩印有限公司
经　　销　新华书店

规　　格　32开（148mm×210mm）
印　　张　11
字　　数　200千字
版　　次　2024年10月第1版
印　　次　2024年10月第1次
ISBN 978-7-209-15239-6
定　　价　58.00元
　　　　　如有印装质量问题，请与出版社总编室联系调换。

再版说明

本书原名叫作《七十二行祖师爷的传说》，已由海燕出版社于1986年12月、汉欣文化事业有限公司（台湾）于1991年6月（1992年10月再版）、海燕出版社于2000年1月（更名为《行业祖师的传说》）、河南文艺出版社于2017年10月共出版过四个版本了，这次由山东人民出版社再版，更名为《七十二行祖师爷》，已是第五版了。

这次主要依据河南文艺出版社的版本内容再版，大致包括祖师爷的传说和《中原文化大典·民俗典·民间信仰》中本人撰述的有关祖师崇拜、祖师敬祀的一些论述和史料，还有一些传统相声民间说唱的内容。书名改为《七十二行祖师爷》，能更好体现书稿的全部内容，也能更好满足读者汲取相关知识的需求。

我个人感悟到，人的一生最有成就感的经历，总是和恩师的教诲联系在一起的。那领你进门的师教很是重要，否则，你总是觉得青涩、外行、不着边际。尊师重教本来就是我们中华民族优秀的传统文化、传统美德。这本《七十二行祖师爷》记述的正是这方面的一些民间传说和相关知识，希望读者诸君能从中获益。

感谢山东人民出版社战海霞、崔敏二位女士，她们为本书的出版发行做了大量的调研工作，收集了很多图片资料，在内容设计、版本装帧等方面也付出了很多辛劳，并反复耐心地与作者商议出版方案，倾注了责任编辑的心血智慧。感谢她们，并请她们代向所有给予本书的出版发行提供大力支持的同仁们表示衷心的感谢！

任骋

2024年6月26日于郑州

前　言

行业祖师简论

　　行业祖师崇拜是人类信仰发展史中的一个过程,它随着人类社会分工的渐趋明显和相对稳定而产生。当人们开始意识到自己的社会存在依赖于某种社会职能并把依赖同种社会职能而生存的人视为同类的时候,职业和行业的观念便产生了。这时人们就把对超自然体的信仰和崇拜由全民的福神、祸神那里部分地或主要地转向了与本行业关系最为密切的善神、恶神这里,各行各业的人们根据自己利害关系的一致性和职业风貌的独特性推选出他们可以信赖的某一个(或某几个)人或者神作为本行业的行业守护神,俗常便称之为"祖师爷"。

　　祖师崇拜的鼎盛时代在封建社会的成熟期。在中国,是唐宋元明清时期;在欧洲,是中世纪。这个时期里行会(行帮)制度（西方称为"基尔特"）非常盛行，行业分工越来越细。中国民间有三十六行、七十二行、三百六十行的称谓，还有三教九流、七十二寡门的说法，可见社会分工是非常繁博的。在封建社会制度下，各种行业间又存在着高低贵贱的分别。比如理发、修脚、民间艺人等都被视为"下九流"的贱业，被整个社会所看不起。民间亦有因职业的差别所形成的各种俗见，比如因为可以供给其他行业工具，所以铁匠、木匠受敬重；而纺工、粉匠则因不必自备原料只需出卖苦力，所以被轻贱，等等。由于封建制度的腐朽，造成了一些人被迫沦落到闯荡江湖的下层社会、秘密社会中，其情境就更加悲惨。为了不至于失掉饭碗，保住最低限度的生活水平，各行业中的人就设想出种种办法维持发展自己的行业，如成立各种行业公会，制定各种行规俗约，像规定"不得跨业"（不得兼做两种生意）、"不得跳业"（不得任意改行），等等。这些做法在客观上都起到了"固行""护业"的作用。与此同时，从思想上、精神上统制本行人的办法之一，便是极力强调祖师崇拜，宣扬"祖师至上""三百六十行，无祖不立""拜师入门""投师如投胎"，等等。要求行业中人对祖师爷绝对尊崇，定期祭祀，不能稍有不恭。否则，便以行业公会的名义"罚香钱"，或打骂体罚，由此来维护行业的一体性。在这种情况下，一方面祖师崇拜成了封建制度下人们精神生活的"麻醉剂"；另一方面祖师崇拜客观上成为维持行业团结，以便与社会上其他行业相抗衡的一种生存竞争的必要手段。

各行各业的祖师爷都是有神性的。不过，祖师神不同于原始神话中的神。原始神话中的神是人类早期对自然力的人格化幻想的产物，而祖师神却是后世人们对自然力、社会力人物化（历史化）后的神格化的想象。祖师神的神性中既包括了人们对自然力的崇拜，也包括了对社会力的崇拜。也就是说，只有当人们意识到或潜在地意识到了自我存在对于"人力"（社会力）的依赖关系时才有可能确立祖师神的神性。这大约就是祖师神与原始神的一个根本区别，也是后世神与原始神的一个根本区别。

考察祖师神的来源，我认为大体上可分为三个方面、四个类别，即始祖神、宗教神和历史人物三个方面。其中，历史人物又可分为帝王将相和能工巧匠两类。

始祖神如神农氏、伏羲、女娲、嫘祖等。这些神祇原本是人类共同的始祖，由于原始神话中关于他们的传说同某种行业发生了某些牵连（很可能是后人附会的），便又使他们在后世的神话传说中得到了再生。于是，这类始祖神便屈尊于某种行业而成了这一行业的祖师神。同时，他们的神性也就随之转化为后世神的神性了。

宗教神如达摩、观音、李老君、张果老、吕洞宾、铁拐李、葛洪、邱祖、罗祖等。这些神本身便是后世宗教神话传说中的神灵。由于他们在民间影响颇大，所以也被某些行业借用来称作自己的祖师爷了。他们大都与行业的生成和发展毫无干系，人们仅从他们的神通和法力中取其所需，谎称其为祖师爷。与此同时，他们原来宗教意义的神性便淡化了，甚至消失了，变成了地地道道的半人半神的祖师神的神性。

历史人物中帝王将相一类如杜康、帝予、楚庄王、刘备、李隆基、朱元璋、比干、赵公明、范蠡、孙膑、伍子胥、蒙恬、关羽、张飞、魏徵等。这些帝王将相都是历史上确有其人并且颇具名望的。有些可能对某种行业有过特殊贡献，有些或者仅是偶然与某种行业发生过一些牵连，有些也并非一定有什么关系，他们之所以被敬奉为祖师爷，基本上仍是行业中人借用其威望和地位来抬高本行业的"声誉"和"身价"，其中便更多地显示了祖师爷社会神的神性及其封建的时代色彩。

历史人物中还有一类便是能工巧匠，如鲁班、张班、蔡伦、华佗、孙思邈、吴道子、师旷等。这些人物多为某种行业的首创者或是某种行业技能的佼佼者。他们被神化，在民间被视为具有特殊天赋的非同凡响的神。人们常常把本行业的工具、产品、技艺等的发明创造和重大的成就都集中归于他们一身，以显示自己行业的神秘性和显赫性。这样，虽然他们是一般的技艺工匠出身，却也可以因为有了神奇的本领而和那些帝王将相、宗教神、始祖神一样平起平坐，成为一方、一行的同业人的祖师神了。实际上，这一类祖师神正是祖师爷这类神灵的"正宗"。而其他类别的祖师爷则属于一种"讹祖"现象。所以说这一类祖师神是祖师崇拜的核心和基础，虽然在祖师神中它所占的比例数目并不算很大。

祖师神一般说来是一行一神。然而，由于各地行业分布疏密不等，民风民俗存在着差异，加之宗教势力的影响传布不均等因素，有些行业的祖师还存在其他一些不同的情形。比如理发这一行的祖师爷，在中原一带敬的是罗祖，在江浙一带敬的是吕祖（吕洞宾），还有的地方敬的是卢天赐。这就是说同一行业在不同的地域内可能有不同的祖师爷，另外，同一祖师神又可能成为不同行业的祖师爷。比如木匠和石匠都敬鲁班，河南坠子和玉器行都敬邱祖。还有一种情况是，同一祖师所指不同。如唱戏的祖师爷都说是老郎神，可老郎神究竟是谁却说法各异。有的说是唐明皇，有的说是耿梦，还有的说是一只真正的狼。更有一些行业本身就有多个祖师神，如补锅匠就同时敬李老君、女娲和饿佛三位祖师。这些都是客观的事实，我们只有承认这种现状。这种复杂现象也正说明了一些行业在各地的发展是不平衡的以及民间信仰的驳杂性和随意性。

祖师崇拜是一种"隐示文化"。所谓"隐示文化"，是指它是该行业中人的心理（包括知识、态度、观念等方面）的现象，与该行业的有形的物质产品及其动态的显示行为相比较，它是非明显的文化形态。虽然未必是对外隐藏的东西，然而由于外行人可以不必明了它而仍能与之正常交往，因而它的实际情景很少为外行人所知，这一特点本身有时便成了维系本行人情谊的链条。由此，一些关于祖师爷的传说故事也总是在行内不胫而走，外行人很少听得到。只有那些接触社会面广的较大的行业，才可能把本行业祖师的传说讲给外人听，并由此传向全社会，如鲁班的故事便是这样。

祖师传说的作用在于对内促进团结，唤起同业者的一体感和职业自豪感，激发求学进取的信念；对外则可以提高本行的地位和声望。

祖师传说从内容看大体可分为几个类型：一是说明祖师之所以成为祖师的原因的；二是赞扬祖师功绩和技能的；三是讲述祖师以其非凡的智慧和魔力帮助后辈同业者避难呈祥的；四是歌颂祖师虚心好学，刻苦成业，从而激励后世学者以他们为楷模的。这些传说以祖师爷为"核"，加上种种"事实"的佐证，力求使听者相信是真实的故事。其中大都有着浓重的幻想成分和明显的理想色彩。它着重表达的是劳动者自己的观念形态，体现着劳动者本身的才能和智慧，以及他们质朴、勤劳的人格特征。祖师传说中的祖师爷往往是"箭垛"式的人物类型。人们把一切功绩集中在其一身，从而抒发劳动人民热爱自己的职业、尊重自我的劳动以及乐于为全社会服务的高尚品德。同时，这类传说也常常借助于祖师爷的神力给予社会中的恶势力以应有的惩罚。在这些方面，祖师传说是有其积极的社会意义和健康的美学价值的。当然，由于祖师传说产生于旧时代，其中也必然会带有旧社会行业组织的某些狭隘、保守的印痕以及封建迷信的色彩，这些是需要引起我们注意的。还有，祖师传说因是民间集体创作，往往是不具备真正的历史性的，很多情况下是打乱了历史朝代的限制和秩序的，不同时代的人物、不同神系的神灵都会不期而遇地走到一起来的。这些缺点和不足都是时代在意识形态方面给予劳动者的局限，我们不能以今天的眼光过于苛求当时的创造者。总之，祖师崇拜也好，祖师崇拜的神灵——祖师爷以及关于他们的传说也好，都是人类社会发展进程中的一个历史时期内的产物。随着时代的前进、历史的发展，祖师崇拜已经成为过去，那些关于祖师爷的种种传说无疑也就失去了它的生活的实用价值。然而，其文学的、美学的欣赏价值和民俗学、社会学、文艺学的研究价值却仍然存在着并且越来越显示出它的宝贵性。这，就是今天我们之所以要将它搜集起来加以整理保存的意义所在。

目　录

论 述

行业神崇拜

史 料

演 艺

传 说

CHUANSHUO

农业的祖师

神农氏的传说

　　传说神农就是农业上的神，是咱种田人的祖师爷。

　　在很古很古的时候，人都不知道庄稼是啥样子，草和庄稼长在一起，分不清啥能吃啥不能吃。那时候的人只知用石头或木棒打个兔子、狗熊，剥扒剥扒吃生肉，或上树摘个果子吃，过的是食不果腹的日子。

　　后来，神农氏出世了。他力大无穷，老粗的树，一伸手就拔出来了。他把树叶捋捋，

朱仙镇木版年画田祖师

树皮剥剥，拧成了一条鞭子，"啪啪，啪啪"，把地上长的各种树木花草都赶到大地的一头儿去。然后挨个儿地尝，把能吃的放在一边，把不能吃的放在另一边。结果选出了五谷杂粮，有高粱、玉米、谷子、小麦、大豆。选好了，他把人们叫到一起，教给人们怎样种庄稼，怎样收庄稼；哪些能吃，哪些不能吃。

说来也巧，刚刚教完，天上就下起"谷雨"来了。各种各样的粮食种子纷纷掉在地上。人们就把这些种子收拢起来，开始按照神农教的法子种起庄稼来了。

庄稼种下去后，天大旱，庄稼苗都快干死了。人们没有办法，又去找神农。神农就拿着神鞭的把儿在地上一连戳了几个洞。一会儿，洞里就往外涌出了清清的泉水。水流进田里，庄稼就又都活过来了。

眼看着到了秋天，庄稼就要熟了。这时候，地里突然跑来一个头上长着犄角的怪物，在地里乱盘腾，见庄稼就咬、就吃。人们害怕，又去找神农。神农跑来一看，啊，原来是牛魔王偷偷下界跑到地上来了。

神农举鞭就打，牛魔王吓得扭头就跑，边跑还边吃庄稼。牛魔王一口咬掉一个高粱穗，神农赶上来一鞭把牛魔王的嘴打流血了，所以直到现在高粱穗都是红色的。牛魔王又去吃玉米，刚把一棵玉米吃得只剩下两个玉米棒子，神农又赶上来，一鞭甩去，把牛魔王的右犄角打弯了，牛魔王疼得赶紧跑了，所以直到现在玉米大都是只长两个棒子。牛魔王又跑到谷地里去吃谷子，刚咬住谷穗尖，神农一鞭打来，又把牛魔王的左犄角打弯了。牛魔王疼得赶紧又跑了，而谷穗直到现在尖上都没有谷粒。牛魔王跑呀跑呀，跑到了豆地里，刚张开嘴要吃豆子，神农赶上来用力一鞭，只听"啪"的一声，把牛魔王的上牙全给打掉了。这一下牛魔王疼得"哞哞"直叫，再也不敢乱吃庄稼了。

神农抓住了牛魔王，用根棍子往它鼻子里一插，牛魔王就现了原形。原来它是一头大牛，只是角也弯了，上牙也没了。神农对牛魔王说："你就留下老老实实地帮助人种地吧。要不，还用鞭子抽你！"

牛魔王望望鞭子，又用舌头舔了舔上嘴唇，心里又害怕，又不情愿，就说："好是好，就是这地方蚊蝇太多，我怕叮。"

神农说："那不要紧，我给你一把蝇甩子。"说罢，递给牛魔王一把蝇甩子。牛魔王无话可说了，接过蝇甩子往屁股后一插，就乖乖地跟着人走了。从此，人们就用牛来耕作，种起庄稼来了。人们感激神农帮助他们掌握了种田的本领，就尊神农为农业上的神仙了。

（讲述人：张智杰）

渔业的祖师

伏羲和海龙王的传说

在旧社会，中国人几乎没有不敬龙的。对帝王天子，都说他们是龙子龙孙，又说中国人都是龙种，是龙的传人。为啥这样说呢？据说人祖太昊帝伏羲就是天龙和地母所生。

远古的时候，中国这片地方叫"华胥氏之国"。有位叫华胥氏的姑娘，她就是地母。

这一天，地母华胥氏到风景优美的大沼泽雷泽去游玩。正走之间，突然看见一个巨大的脚印出现在眼前。地母心想，这是谁的脚印？这么大，可比我的脚印大得多了。心里想着，就伸过脚去踩住这个大脚印，想和它比一比。可这一踩不当紧，只觉得心中一惊，就怀了孕。后来就生下了一个儿子，名叫伏羲。

地母踩的是谁的脚印呢？是雷神的。雷神是天龙，是专管打雷下雨的神。伏羲就是天龙雷神的儿子。

伏羲长大之后,力量大,智谋高,有勇有谋,大家都拥护他。有一年,在地中央忽然长起了一棵大树。树长得很奇怪:树身笔直笔直的,眼看着往上长,不一会儿就钻进了云彩眼儿里。两边没有树枝,到了天上才长出了一些枝条,弯弯曲曲地盘绕起来,像一把大伞盖。有一位牙齿和头发都掉完了的老人说,这树叫建木,是能够上天的天梯。不过,没有福气的人可上不去。谁要是能上到天上再回来,就可以做地上的人主了。

伏羲听了老人的话,决心试一试。开始时,伏羲一爬上树,树皮就剥落下来,像一层层的黄蛇皮。树皮一掉,伏羲也就跟着滑落下来,怎么也爬不上去。后来,伏羲急了,两腿紧紧地摞着树干往上爬,爬着爬着,伏羲的两条腿变成了蛇形,从下边往上望去,好像一条黄龙往上攀登。树皮再也不剥落了,伏羲就一直上到了天上。过了好久好久,伏羲才又顺着树干回到了地上。这时,地上的人们都赶来了,跪在地上迎接伏羲,从此便称伏羲为太昊帝人主(人祖)了。

伏羲当了人主,自然关心人们的生活了。他根据从天上观察到的阴阳变化的情况,画出了"八卦图"。这样,不论遇到什么疑难问题,他都能用八卦推演出应该怎么办了。

那时候,人们不耕作庄稼,不喂养牲畜,地上有什么可吃的就吃什么。可是只知道在陆地上找吃的，天上的、河里的都不知道吃。慢慢地，地上的野兽少了，有时候打不到，就得饿着。

伏羲看到这种情况，心里很着急。人们老挨饿还受得了吗？得想个法子。他想着走着，走着想着，来到了一条河边。突然，一条鲤鱼跳出河面，"扑通"一声，惊得伏羲一愣，他往水中一看，哟，河里的大鲤鱼多得很。他心想，鱼儿这么多，不知能吃不能。于是就跳到水里，东捞西摸，一会儿抓到一条鲤鱼，撕开一尝，肉味儿蛮鲜的。伏羲赶忙上岸把人们都叫来，让人们都来河里抓鱼吃。从此以后，人们又知道河里的东西也能吃了，就每天到河里抓鱼捉虾。

后来，鱼虾到海龙王那儿告状去了，海龙王很恼火，他不愿意让人们吃鱼虾，因为鱼虾是他的臣民。人都把鱼虾吃完了，他还当谁的大王呢？所以海龙王就来找伏羲辩理。海龙王说："伏羲，你不能这么乱抓鱼虾，要不，我就兴大水，把你们都给淹死。"

伏羲是天龙的儿子，还能怕海龙王吗？就对海龙王说："你凭什么不让抓鱼虾？要不，我把地上的水沟河口都堵上，也不让天上下雨，这样你龙宫就得让太阳给晒干，到时候，你可别后悔！"

海龙王见伏羲不让步，他们两个就打起来了。伏羲也现出天龙的原形，两条龙直打得天昏地暗、日月无光。从地上一直打到天上，闹到了天庭，请天帝出来评理。天帝是个昏君，没问个青红皂白，就各打了五十大板。然后对他俩说："凡间的事就是那样，谁想吃谁，谁就吃谁；谁能吃谁，谁就吃谁。人吃鱼虾，海龙王你就别管了。可是人到底是陆地上的生灵，不能下到水中去，想吃鱼可以，但不能用手抓。伏羲听见了吗？就照我说的办！你们俩别打了，也别闹了，快下界去吧。"说完，天帝就把两条龙赶了出去。

海龙王回到东海龙宫，心想，人不用手抓还能吃到鱼吗？这回你伏羲可没办法了。于是就放心地待在龙宫里不出来了。

伏羲呢，回到地上，可犯了愁：这个天帝昏君，明着说叫人吃鱼虾，可又不让下水抓鱼，那还吃得上吗？他想啊想啊，突然发现对面树枝上有个蜘蛛在结网，左一道，右一道，绕一圈儿又一圈儿，不一会儿，结好一张大网。蜘蛛把网结好就爬到一边躲了起来。过了一会儿，那些飞蛾、苍蝇、蚊子飞过来，一个一个都被网到网上，飞不走啦。这时，蜘蛛又爬了出来，逮着这些猎物饱餐一顿。

伏羲看着蜘蛛网，忽然有了主意，便跑去找了一些葛藤和树枝，扎捆成一个网的样子，然后就到河里用网捉鱼。这网一捞啊，嘿，网上来的净是大个儿的鱼虾，多极了，可比用手抓快多啦。而那些小鱼小虾，都漏过网去，它们还可以在水里长。伏羲心想：嗯，这个办法好，天帝和海龙王你们可就说不出什么来了。人们有了它，就可以经常吃到鱼虾了。于是，伏羲就把做渔网捕鱼的办法教给了人们。

鱼虾常被人们捕捉，它们就又到海龙王那儿告状去了。海龙王听了鱼虾的话，摇摇头说："唉，这回我也没法子了。人是用网捕的呀！"鱼虾见海龙王不管，一个个气得眼珠子都鼓出来了。直到现在，鱼虾鼓出来的眼睛都还没缩回去呢。

从那以后，人间就有了打鱼的行业。因为渔网是伏羲造的，打鱼是伏羲教的，所以打鱼的人就把伏羲敬为自己行业的祖师爷。凡是打鱼的人都受祖师爷伏羲的保佑。不过海龙王也时刻都想着对人进行报复。在岸上用渔网、渔罾捕鱼的他不能管，可谁要是下到水中用手抓鱼，或者乘船到江河湖海里捕鱼，他就会兴风作浪，人们一不小心，就有被海龙王给害死的可能。祖师爷伏羲虽然尽力保护，可是人们有时也难免受海龙王的害。所以，为了平安无事，渔民们也敬海龙王。因而，海龙王也算得上是渔业的半个祖师爷了。

（讲述人：董义礼）

商业的祖师

财神爷的传说

财神，在旧社会里是家家都敬的。逢年过节各地都有"迎财神""敬财神"的风俗，尤其是春节过年时，敬财神都用饺子（扁食）上祭。敬罢财神之后，这些饺子就被说成是财神赐给人们的"元宝"，吃了饺子就可以"财运亨通""金玉满堂"了。这是民间希望生活富裕、财源茂盛的一种心愿。过去，商业行中也敬财神，不过，他们和民间敬财神还有所不同。他们是把财神爷当成自己行业的祖师爷来敬的。人们把每年正月初二和七月二十二说成是财神爷的生日，到了这一天都要举行隆重的祭礼。祭品一般都要有鱼，有的还用"全鱼供"，为的是图吉祥利市，年年有余（鱼）。

要说财神爷是谁，说法也不一。有的说是姓何，叫何五路，过去有"五路财神"的称号。还有的说财神分为文财神和武财神，文财神就是比干，武财神就是赵公明。提起文、武财神来，还有一段传说呢。虽说是无稽之谈，可讲起来也怪有趣呢。

据说，凡是神灵都是姜太公姜子牙封的。有一天，姜子牙闭目静坐，忽然心头一动，说声："不好。"原来他算出比干将有大祸临头，于是就去设法搭救。

比干是殷纣时的丞相。他为官清正，德才兼备。因为看到纣王被狐仙苏妲己迷惑，日夜沉湎于酒色之中，不能自拔，心中万分焦虑，就想了一个主意，命手下人抓了许多狐狸，用这些狐狸皮制成一件狐皮大衣，献给了纣王，想把苏妲己吓跑。谁知苏妲己见了狐皮大衣，气得心中暗骂比干，她不但没被吓跑，反而生出一条毒计来，要害死比干。一天傍晚，比干正在家中筹划如何劝谏纣王的事，忽然听得门口有人喊道："卖心啊！卖心啊！"比干觉得奇怪，怎么还有卖心的买卖？于是就到大门口张望。他到门口一看，原来是一个老头儿在喊叫。比干就问："喂，这位老汉，你说的什么？难道真的要卖心吗？"

那老头儿说："对，是要卖心。你要买吗？"

"人是万物之灵。心是命的主宰，你怎么要卖它？"

"心是是非之源。心正，手足正；心不正，手足不正。我将心卖掉，就可无是无非，平允公道，岂不最好？所以我要卖心。"

"人心只有一个，你将它卖掉了，还能活吗？"

"能活！我这里有一丸灵药，将它吞下，就能护住五脏六腑。这样，就是没有了心，也能活下去的。"

"拿来我看。"

"好。"那老头儿将药丸递给比干。比干放在鼻尖上闻了一闻，果然一股清香沁透脏腑，的确是灵丹妙药。比干心中半信半疑，转身回首，想再细问一下，可那老头儿不知怎么一下子就无影无踪了。原来，这老头儿正是姜子牙姜太公。

比干心中满怀疑团，拿上药丸，回到家中。一夜无事，到了第二天上午，突然几个王宫卫士来到相府，宣召比干即刻进宫见驾。比干连忙收拾穿戴，准备进宫。这时心想，纣王多日不理朝政，为何今日催促得这样紧急？他便问卫士："何事紧急，要这等催促？"

卫士们平时都很敬重丞相，见丞相动问，不敢不答，就说："丞相在上，大事不好了。"比干又问："何事惊慌？"卫士们说："容禀。"接着就把宫中的事说了一遍。原来，今天早上纣王和苏妲己正在鹿台上用膳，忽然间妲己大叫一声，翻身跌倒在地，口吐白沫，昏迷不醒。这下可把纣王给吓坏了，忙叫人扶到龙凤床上，唤了半天，苏妲己才慢慢睁开眼来，口内哼哼不止。纣王问她怎么样了，她说是自己的老病根儿犯了。纣王又问她如何才能治好，苏妲己说："要想除根，除非用七窍玲珑的心做药引子才行。"

纣王急了："这七窍玲珑的心又该到哪里去找呢？"苏妲己说："远在天边，近在咫尺。满朝文武，就是丞相比干一人长着七窍玲珑心。只怕大王不肯救妾，舍不得杀死比干。"

纣王说："你是娘娘，他是臣子。哪头轻，哪头重，我还不知道吗？只要能治好你的病，别说一个臣子，就是杀一百个，寡人也舍得啊。"于是就接二连三地派人来催比干进宫见驾。

卫士这样一说，比干大惊失色，齐家老小，哭作一团。过了一会儿，比干突然想起昨晚卖心的老头儿，说什么无心也可以活下去，还给过自己一粒灵药。于是，就对家人说："此一去凶多吉少，你们大家不要悲伤，各人好自为之吧。唉，可叹的是国家将要破败，朝中再也无人劝谏圣上了。"说罢，让家人取来一杯温水，将那粒灵药吞下，穿好朝服，上马进宫去了。

比干见了纣王，纣王就说要借他的心给苏妲己治病。比干说道："君叫臣死，臣不得不死，可如今大王听妖妇之言，欲摘吾心，只恐成汤二十八世天下，要断送在你手。"

纣王哪里肯听，便命武士们下手。比干说："慢！拿剑来。"武士们把剑递给比干。比干解开衣襟，一剑下去，将胸腹剖开，并不见血流出。比干伸手把心摘下，扔到地上，一言不发，转身离去。

比干走出午门，离开京都，来到民间。从此便广散金银财宝，成了一位财神。因为他吃了姜太公姜子牙的灵药，所以虽然无心，却也仍然可以护着五脏六腑，不会死去。而且，因为没有心了，也就无偏无向，办事公道，所以很受人们的爱戴、称赞。那时候，在比干手下做买卖的人，都公平交易，谁也不坑害谁。

后来，赵公明在峨眉山罗浮洞修炼成仙了，他出世后，扶假灭真，助纣为虐，被殷纣王召去当了赵公元帅。赵公明武艺高强，并有黑虎、铁鞭以及百发百中的定海珠、缚龙索等宝物，所以连姜子牙也打不过他。

有一次，赵公明又和姜子牙打仗。赵公明摆下了"十绝阵"，姜子牙被骗到阵中不能脱身。赵公明上去一铁鞭，把姜子牙打得真魂出窍，神不守舍。赵公明见姜子牙被打昏迷了，可又知道他不会死在

赵元帅（采自《绘图三教源流搜神大全》）

自己手中，将来还要登台封神，心想，不如趁此机会向他讨个美差。于是便说："老匹夫，如若你肯封我为财神，把天下的财宝都归我管辖，我便放你出阵；如若不肯，我便将你困死在阵中。"

姜子牙灵机一动，对赵公明说道："好吧，我就封你为财神。不过财神现在比干正当着呢，你若能把比干的心掏出来，那财神就是你的了。"

"好吧。你说话可要算数。"赵公明见姜子牙答应了自己的要求，就把姜子牙放了。

赵公明放走了姜子牙，随即命黑虎去民间寻找比干，要黑虎掏心，把比干的心摘下，拿回来给他吃了，好当财神。

这时，比干正在民间散财。一天下午，比干走到一个山坡下，实在累得很了，就躺到一个石板上睡着了。忽然间，山中狂风大作，飞沙走石，天昏地暗。比干睁眼一看，只见一只吊睛黑虎从山上扑了下来。比干大吃一惊，急忙翻身坐起，就要与黑虎搏斗。可是，已经来不及了，那只黑虎直冲比干扑来，把比干按倒在地。这正是赵公明的那只黑虎。它不动嘴张口，只是把一只黑乎乎的虎爪探入比干胸中，乱摸一气，要掏比干的心。可是摸来摸去，怎么也找不着比干的心在哪儿。摸了半天也没摸着，黑虎气得大吼一声，撇下比干，悻悻而去。这也难怪，本来比干就没有心了嘛。姜子牙是故意骗赵公明的。可是，虽然黑虎没有掏走比干的心，却因它那黑爪子在比干胸腹内一搅和，把比干的五脏给染黑了。从此以后，比干这位文财神办事儿也不那么公道了，常常会出一些偏差，以至于"发财的人越富越富，穷苦的人越穷越穷"；买卖人也不那么老实本分了，时不时地做些个损人利己的黑勾当。这都是那黑虎掏心惹下的祸害。直到现在，打架动武，还有一个狠绝的招数，就取名叫"黑虎掏心"呢。你说造孽不造孽。

再说那赵公明，因为黑虎没掏来比干的心，也就没捞着金银财宝。可是，他毕竟被姜子牙封为了"金龙如意正一龙虎玄坛真君之神"，也就是"财神"，手下还有"招宝""纳珍""招财""利市"四个大官。于是，民间也就跟着拜赵公明为"财神爷"了。因为赵公明曾经挂帅领兵打过仗，于是就被称作"武财神"。比干当过丞相，文才出众，就被称为"文财神"。旧社会，商贾人家都挂文、武财神的画像，文财神比干是相简朝笏，蟒袍玉带；武财神赵公明元帅是黑面乌须，黑虎铁鞭。至于正月初二和七月二十二哪个是文财神的生日，哪个是武财神的诞辰，可就说不清楚了。反正到时候两个财神爷都敬，谁也不敢怠慢。

这就是财神爷的传说。旧社会里当正经事儿办，现在当笑话讲讲而已。

（讲述人：陈龙兴）

养蚕业的祖师

马头娘的传说

养蚕业的祖师各地说法不一，大多数民众都是敬的嫘祖。嫘祖是黄帝的妻子，相传是她创造的养蚕缫丝。养蚕业也有敬马明王菩萨的，也有敬蚕花五圣的，咱这里说是敬的马头娘。说起蚕神马头娘来，这里边还有一段故事呢。

据说，在很古很古的时候，有位老伯出远门做事去了，家里只留下一个女儿和一匹公马。一天，女儿在喂马的时候，又思念起自己的父亲来了，就对马说："马呀马，你要是能把我父亲叫回来，我就嫁给你。"女儿本来是一句玩笑话，谁想那马听了之后，就把缰绳挣断，飞奔而去。

那马跑啊跑，一直跑到老伯做事的地方。老伯见到自家的马跑来很觉惊异，又很高兴，就骑上它。那马冲着家乡的方向，嘶鸣不已。老伯心想："这马怎么叫唤个不停呢？莫非我们家出什么事了吗？"于是，他两腿一磕，骑着马就回家了。

回到家后，老伯觉得这匹马赶到千里之外找回了自己，心里很是感激，觉得它能通人性，就待它特别好，总是拿上等的饲料来喂养它。可这匹马总不肯吃，而每当看见女儿走来时，它就刨蹄尥蹶，乱蹦乱跳，显得精神异常。时间一长，老伯慢慢地觉察出问题来了，心中暗暗奇怪，就把女儿叫到跟前，悄悄地问她是怎么回事。女儿就把怎么想念父亲，怎么和马开了个玩笑的事告诉了老伯。老伯听了很生气，对女儿说："这事儿可别往外说，让人家听了笑话。你这几天也不要出门了。"随后，老伯就埋伏了弓箭，亲自将马给射死了，还把那马的皮剥下来，放到院子里晒。

过了几天，老伯又出门走了，邻居家的女孩们来和她一起玩耍。她们在院子里嬉戏时，女儿用脚踢踢那晒着的马皮，说："你是畜生，还想娶人做媳妇呢！结果招来了杀身之祸，还不是自找倒霉。看你……"话还没说完，就听见"砰"的一声，那晒着的马皮猛然卷了起来，把老伯的女儿裹上就走。这时候，其他几个女孩被吓呆了，都不敢上前去救，只有让人捎信去告诉老伯。等那老伯回来再找女儿，已经找不到了。

后来，老伯又找了好久，才在一棵大树上找到了马皮和自己的女儿。这时马皮和女儿一起都化成了蚕，正在吃那树上的叶子呢。因此，后人便把这种树叫作桑树，"桑"就是"丧"的意思；还把蚕叫作"蚕女儿""蚕姑娘"和"马头娘"。如果你仔细看看的话，就会发现，蚕的头的确都长得很像马头呢。人们还常常把蚕吐出的丝比作"情思"，这都是有讲究的啊！蚕丝还可以做衣被用，人们感激蚕对人们的贡献，就尊马头娘为蚕神，供奉她为养蚕业的祖师了。

纺织业的祖师

一、黄道婆的传说

在我们那儿纺纱织布的农村妇女都知道黄婆婆的故事。相传纺织这一行就是黄婆婆传下来的，大家都供奉她。

黄婆婆从小给人家当童养媳，白天下田干活儿，晚上回来做家务，一天到晚辛苦劳累，还常常挨公婆的打骂。公婆动不动就把她关到柴屋里，打得她遍体鳞伤。

一天，公婆说她干活儿偷懒，又打了她一顿，把她关到了柴屋里。柴屋里放的净是芦苇。那时候富人穿丝绸，穷人穿麻衣，黄婆婆当时人小体弱，身上披着几片麻衣，冻得直打战，就在柴堆里揪些芦花絮包脚缠手，遮风蔽寒。她躺在柴堆上，伤心地哭，觉得自己这一生不知要苦到什么时候才算个头。哭着哭着，她就睡着了。忽然，她觉得柴门开了，进来一个老者。这位老者仙风道骨，长眉白髯，面目慈祥，对她说："你在这里太受苦了，愿意不愿意跟我当个徒弟呀？我可以带你到很远很远的地方去，教你个本事。你要学会了，就能帮助天下人不再受冷受冻了。"黄婆婆当时听了就说："好吧，我跟你走，就是到了天涯海角，也要学会这项本事。"老者见她很有决心，就对她说："那好，明天你上田里干活儿时，见有一条黄狗，你就跟上它，它走到哪儿你就跟到哪儿，遇上什么也不能停步，只要你心诚就行。"说完，那老者转眼就不见了。黄婆婆心想，怕是遇到了神仙了吧。

第二天，黄婆婆又被公婆赶到田里干活儿。临到天快晌午的时候，果然看见一条黄狗从田里蹿出，朝着西南方向跑去。黄婆婆想起了昨天梦中那位老者说的话，就径直跟了上去。就这样，黄婆婆一直跟着那条黄狗，跑呀跑呀，一直跑到大海边上。谁知那条黄狗还不停步，一头就跳进了大海。呀，这可怎么办呢？黄婆婆来不及多想，跟着就往海里跳去，哪知跳下去却落在一张木筏子上。这时风暴来了，木筏子顺风漂去，一眨眼间就不知去向了。

也不知过了多久，木筏子靠了岸，黄婆婆上了陆地。她一看，这里的人都穿得如花似锦，人人乐得喜笑颜开。黄婆婆就问他们："你们穿的是什么？"人家说："是衣服。"她又问："是啥做的？"人家说："是吉贝草。"她说："叫我看看是啥样的？"人家就领她认认地上长的一种草。这种草长着很多小桃子，桃子熟了，就裂开来，里面露出又白又软乎的东西。人家告诉她，就是用这种又白又软的东西做成的衣服。黄婆婆高兴极了，又跟着人家看咋样种"吉贝草"，咋样摘"桃"，咋样织布，一边看一边帮人家干活儿。人家看她机灵又勤快就把她留下来，啥都教给了她。

黄婆婆在那个地方住了很长时间，生活得蛮好的。有一天，她突然想起家来，觉得应当回去看看。虽然公婆对她不好，可她觉得他们会变的，会对自己好的。而且家乡的山山水水都清清楚楚地呈现在眼前，总也忘不掉，说什么也得回去看看。可是自己连家乡在哪儿也记不得了，怎么回去呀？想来想去，她想出一身病来。正在这时候，那个老者又出现在眼前，对她说："你的心思我知道了，你要走就走吧。明天是顺风，正好赶回去。我也没啥送你的，就送你一点儿'草籽'吧。"他说完又不见了。黄婆婆低头一看，手上果然拿着一包东西。打开一看，原来是一包吉贝草籽。她高兴得一下子病就好了。

第二天，果然刮起了顺风，她就结了一个木筏，从海上漂了回来。谁知到家一看，公婆早已去世了，家里什么人也没有了。原来她去的是一个仙境，在那儿觉得没多久，可一回来才知道已经过了好几百年。真是"洞中才一日，世上几千年"啊。

从那以后，黄婆婆把"吉贝草"种下，就成了现在的棉花。黄婆婆又把纺纱织布的技术全部教给了人们，人们就有了棉布穿了。一直到今天，这一带还流传着这样一首民谣："黄婆婆，黄婆婆，教我纱，教我布，两只筒子两匹布。"因为黄婆婆本领高，大家又传说她遇见过神仙，修行过，所以都称她为"黄道婆"。人们传颂着黄道婆传授纺织技术的故事，奉她为纺织业的祖师，表达了群众对她的无限敬仰和尊重。

（讲述人：陈双立）

二、织女的传说

传说人间的纺织业是九天仙女传授的。人们把这九天仙女称作"织女"，敬她为纺织行业的祖师神。

织女的传说，大家都知道，传得很广，过去唱戏的演的"牛郎织女"就是这档子事。

古时候，有一家弟兄两个，父母都去世了。开头哥哥待弟弟还不错，可自从哥哥娶了嫂嫂，就容不下弟弟了，干活儿光让弟弟干重活儿，吃饭可不让弟弟吃好饭。闹到最后，兄弟二人分了家。家里的房产土地、百样家什都归了哥哥；弟弟啥也没要，只牵了一头老黄牛。

弟弟领着这头老黄牛上山开荒，过着非常清苦的日子。大家都称弟弟为"牛郎"。一天，牛郎和老黄牛干活儿干累了，就停下来休息。弟弟坐在田头想心事。他想，自己一个人生活，怪闷得慌，不如讨个老婆。可自己这么穷，咋能讨得起老婆呢。想到这儿，他不由得长长叹了口气。

老黄牛好像知道了牛郎的心思，突然开口说话了："牛郎，你想要媳妇了吧？明天七月初七，南天门开放，晚上王母娘娘的七个女儿要到山后银河里去洗澡，到时候，你把最小的那个仙女的衣服抱走，不要给她，她就给你做媳妇了。"

牛郎一听，高兴极了。到了天黑，牛郎等在银河边上，果然见天上飞下来七只仙鹤，到了河边，扑棱都变成了美貌无比的仙女。她们脱了仙衣，就下河洗澡去了。牛郎看清了最小的那个七仙女把衣服放在哪里，就赶紧过去把衣服紧紧地抱在怀里，又躲起来。

一会儿，仙女们洗完了澡，一个个都上岸穿上衣服飞上天去，唯有七仙女找不到自己的衣服。她忽然看到一个小伙子拿着自己的仙衣，立刻羞得面红耳赤。七仙女走到牛郎跟前，说：

"你拿俺的衣服干啥哩，快还给俺吧！"

牛郎低着头不吭声，两手把衣服抱得更紧了，任凭七仙女怎样催问，反正不给。后来问急了，牛郎说："那，那你给俺当媳妇吧。"七仙女笑了，点了点头。

从那以后，七仙女和牛郎就成了夫妻。每天牛郎下田耕地，七仙女就在家纺纱织布，小日子过得挺美满。

七仙女是天上的神仙，织出来的布还能不好？她不单能织白布，还能织蓝布、花布。织布机一打开，她就摆动双手，东边招来一朵花，西边招来一片云，南边招来一只蝶，北边招来一只蜂，都织进布里。那布织出来，五颜六色，光彩照人，甭提有多美啦，拿到街上一亮相就卖个一干二净。人们都说这女人心灵手巧，能干，大家人前人后都称她为"织女"。

就这样过了几年，织女生了两个孩子，一男一女，非常可爱。可是，好景不长，织女在凡间的事儿叫王母娘娘知道了，就派天兵天将来叫她回去。织女没法，只好撇下牛郎和两个孩子回天宫去了。

织女走后，牛郎别提多伤心了。整天吃不下，睡不着，愁得要死。两个孩子也一天到晚吵着要妈妈。这时候，老黄牛又说话了："牛郎啊！你把我杀了吧。"牛郎说："唉，你是我的恩人啊，我怎么能杀你呢！"老黄牛说："嗨，别说啦！你杀了我，我好帮你上天去找你的媳妇呀！你披上我的皮，拿上我的角，就能挑着两个孩子上天啦。"

牛郎听了老牛的话，就照它说的办，披上牛皮，拿上牛角，挑着两个孩子上天了。谁知到了天上，王母娘娘不讲人情，从头上拔下一根金簪，顺手一画就画出一道天河，硬是把牛郎和织女隔在河两边了。牛郎带着两个孩子和织女遥遥相望，却不能团聚。

后来，玉皇大帝看着太不像话了，说说情，王母娘娘才同意每年七月初七这一天，让牛郎织女见一次面。这一天，所有的喜鹊都飞到天河上搭起一座鹊桥，让牛郎和织女在鹊桥上相会。

天上牛郎织女相会，人间也高兴。因为是织女传给了人们精湛的纺织技术，所以大家把这一天叫作"七夕节"，又叫"女儿

牛郎织女天河配

节""乞巧节",就是称赞织女的功绩的。先前的时候,妇女们都爱在这一天夜晚,躲到葡萄架下偷看牛郎织女相会。据说,看得见的可以成为心灵手巧的巧闺女、巧媳妇哩!

（讲述人：孙庆芬）

陶业的祖师

范蠡的传说

现在人们家用的盆盆罐罐等器具，好多都改用搪瓷盆、塑料盆了，过去人们没有这些用具，都是用的陶盆。这种盆做出来成套。卖陶盆的有挑挑子的，有推独轮车的，走乡串户，沿街叫卖，还用一根小竹竿敲打着盆沿儿，发出清脆悦耳的响声，说明他那些盆盆罐罐是上好的货色。

过去，豫北一带农村里就有许多做陶盆的陶工，据说是从山东定陶过来的。这一行的人都敬范蠡为祖师爷。陶工坊里塑了他的神像：头束发髻，面目清秀，五绺长髯，斜领长袍。每年三月半和十月半陶工们都要聚会祭祀他；做陶盆卖钱发了财还要给祖师爷烧香磕头。要不敬好祖师爷，陶盆就烧不成，烧出来也容易打碎。

要说为啥陶工敬范蠡，这话说来可就长了。范蠡原来是越王勾践手下一位安邦定国的能臣。他心计深，主意多，给越王出了不少好主意。后来越王打败了吴王，成就了霸业，非常感激范蠡，就赏给范蠡好多好多金银财宝。可是，范蠡手指头缝宽，属笊子哩，能捞钱，不能存钱。有了钱就得散发出去，周济穷人，要不散发心中就不高兴。这回越王一下子给了他那么多钱财，他可受不了啦。一拔腿，从午朝门里溜了出来，不在朝里做官了，到民间散财去了。

范蠡一边走一边想，我人是出来了，名字可也得换换呀，要不换，人们就容易认出来。换个啥名字好呢？我在朝里是穿大红袍的，应个"朱"字；位在公爵，应个"公"字，就叫"朱公"好了。姓呢？姓也得改改。不姓范了，逃出来的，就姓"陶"（逃）好了。于是，谁问他叫啥名儿，他就说，叫陶朱公。

话说范蠡南北走了一圈儿，把身上的钱财都散完了。这一天，他来到了一个小镇上。正走着，迎面过来一个老头儿，手里拿着一根小竹竿，在地上点着，看样子是个盲人。可是，你要说他看不见吧，他知道让路，在人群里穿来过去，也碰不住人。可就是到范蠡这儿不行了，光跟范蠡打照面。范蠡往东躲，他也往东躲；范蠡往西让，他也往西让。让来躲去，躲来让去，"咚！"两人来了个头碰头。范蠡火气上来了，说："你，你瞎了？！"

那老头儿不急不慢地说："我瞎了，你也瞎了？"

"你!"范蠡还想急哩,一看人家就是挤着眼哩,没法子,赶紧说,"好,好,好,你过去好了,快快走吧!"

"我走?我走你可别走啦!"瞎老头儿伸手拉住了范蠡。

"哎,你走你的,我走我的,你为啥不叫我走?"

"你叫啥?"

"我叫啥你也不认识,叫陶朱公。"

"叫陶朱公?叫陶猪母也不行。你知道这地方叫啥名?叫'定陶'。定住你了!哈哈哈……别走啦!啊,哈哈哈……"这瞎老头儿说完一阵哈哈大笑,撇下范蠡,径自去了。

范蠡心头一愣,心里说:"哎,这老头儿话中有话呀,莫非……"他掉过头来就追那老头儿去了。

老头儿在前边走,范蠡在后边跟。二人一前一后,来到一条小河边上。瞎老头儿不走了,一屁股坐到河边上。范蠡呢,离他不远,也坐下了。一会儿,就见那老头儿把手中的竹竿往河面上一举,往外一甩,一条大鱼活蹦乱跳地给"钓"出来了。范蠡看得正发呆,"扑腾",那鱼竟落到了自己的手上。他赶忙两手一扣,卡住了鱼,才要给那瞎老头儿送去,一抬头,那瞎老头儿没影了。

"哎,怪事儿!唉,管他呢!鱼到手了,就是我的啦。"范蠡心里想着,一只手抓着鱼,另一只手从河边挖起一把一把的稀泥,摔到膝盖上,三捏两捏,捏了一个泥盆。他翻过来把鱼放进去，又放进些河水，找点柴火，烧起鱼汤来了。

不多一会儿，鱼汤烧好了，喷香！范蠡再往四周望望，还是没有瞎老头儿。他肚子饿得咕咕叫，就顾不了许多，狼吞虎咽地把鱼吃进了肚子，但仍然不饱，就捧起盆儿，把鱼汤也喝了。吃完了鱼，一看这泥盆儿，嘿，油光发亮，瓷实硬棒，匀称美观，甭提多好看了。于是范蠡心想，哎，要这么的做些个盆拿到街上去卖，恐怕也不会卖不出去吧。这可比那铜盆铁盆强得多了，又省事儿，又便宜。

范蠡刚想到这儿，就听"哈哈哈哈，你吃了我的鱼，也不问价呀"。一抬头，那瞎老头儿也不知从哪儿又冒出来了。这可把范蠡窘坏了，忙说："老先生，刚才找您没找见！这么样吧，我把这个盆赔给您得啦。"

瞎老头儿一听，又是一阵大笑，说："嗯，跟你说笑话的，我哪能要你的盆儿呀。你过去乐善好施，积了大德。现在身无分文，穷到这个份儿上，我还能要你的东西吗？我是特意来给你指条路的，你就捏盆儿卖吧。我这根竹竿也给你，你敲敲盆儿，跟这个音儿一样的就能卖，可别把那些个炸纹露气儿的盆儿拿到街上坑害人哪。"

"唉。"范蠡赶忙点头道谢。

"不过，"老头儿又说，"这个盆儿你可别卖，留着有用。你记住，谁摔碎了它，就可以继承你的财产……"瞎老头儿说完这话，一晃，又不见了。

这时，范蠡见瞎老头儿能知前断后，才知道他定非凡人，一定是神仙前来给他指路。他赶忙向空中高喊："请仙翁留下姓名。"可是，已经晚了。大概神仙已经走远了，范蠡只听到半句："我是姜……"

"哦，是姜神。"打那以后范蠡再做鱼时总是放几块姜在锅里，让姜神也一块尝尝鱼肉味儿。直到如今，人们吃鱼还是这样做的。其实，范蠡当时误会了，那姜可不是生姜辣蒜的姜，而是姜太公姜子牙的姓呀！

不过，范蠡虽然没弄准是哪位神仙帮的忙，却是按神仙说的做了。从此，他就在定陶河边做起了盆、碗、缸、罐等各种各样的器具。做好了拿上神仙留下的小竹竿敲打着到街上去卖。果然，很受人们欢迎，总是一抢而光。大家看这些器具怪稀罕，不知叫啥名，听说是个姓陶的做的，所以就叫它陶器了，现在还有称陶盆、陶罐的呢。

姜太公在此，百事无禁忌

因为大家都爱买陶器，所以很快范蠡就又发大财了。前边说过，范蠡见不得发财，钱多了他就受不了啦，于是就在每年三月半和十月半的时候开设粥棚，让穷苦乡民都来聚餐，还经常地接济贫苦人家，施舍衣物、钱财。越这样，大家越敬重他，都来成全他的买卖。后来，很多人还跑来跟他当学徒。就这样，做陶器的越来越多，越传越远。可不管哪儿，陶工都敬自己的祖师范蠡，每年三月半和十月半，大家也在一起聚餐，称作"散福"。

后来，范蠡老了，他膝下无儿，就寻思，把这份家业传继给谁呢？他想起神仙留给他的话，就把周围的乡邻都叫到跟前，拿出他第一次做的那个老盆来，说："你们都说说，我死后，你们把我的这个老盆咋办？"

大家七嘴八舌地说开了，有的说一起葬埋了；有的说用红绸子包好放起来；还有的说献给王上。谁也没说到点子上，范蠡只是摇头。这时有个后生说："我看，这盆是人用的东西，人在物在，人去物去。干脆，到时候，我给您摔碎了算啦！"

范蠡点点头，对大伙儿说："我死后，这份家业就让这位后生继承吧。今天请大家就做个见证好了。"

从那以后，这一带人死后，都要弄个陶盆摔碎在坟头上，就叫"摔老盆"。谁摔的老盆，谁继承家业，这成了一种民俗。

（讲述人：张耕春）

铸造业的祖师

李老君的传说

在旧社会，凡沾着用火炉子的行业都是敬李老君。传说李老君在天上就是用火炉子炼仙丹的。不过用火炉子的行业也挺多，像铁匠、补锅匠、砖瓦窑等等，大家都敬李老君，只是传说的故事不大一样。像俺们铸造业——打铁的，都爱讲干将、镆铘造剑那一回事。

传说，当年楚王平定中原之后，要找中原最好的打铁匠为他铸一双鸳鸯尚方宝剑。找来找去，就找到了干将和镆铘。

干将、镆铘是一对夫妇，他们不愿意给楚王造剑，可没有办法，也只好勉强答应下来。不过在造剑时他们却真下了功夫，一直锻炼打造了三年，才把剑造好了。两把剑一雄一雌，果然吹毛离刃，迎风断草，亮锃锃，冷森森，惊天地，泣鬼神，的确是一双好剑！

干将铸剑图

这一天，干将把镆铘叫到跟前，对她说："贤妻，现在剑已造好。不过早已过了期限，咱就是把这双剑都交给楚王，也难免一死，不如留下一把，现在，你已身怀有孕，将来生下的若是个男孩，等他长大后，叫他替我报仇好了！"镆铘难过地流着泪水，默默地点了点头。

干将说完，便拿了雌剑去见楚王。楚王见干将把剑送来，当场一试，果然好剑。楚王问为什么只有一把。干将说，就打造了一把。楚王不信，说道："花费了三年时间，只打一把？你想骗谁？"干将闭口再不答言。楚王盛怒之下，就下令把干将杀了。

这一年，镆铘果然生了一个男孩，叫作"赤娃"。赤娃长到十五岁那年，邻居家小孩和他吵架，说他没有爸爸，是个野小子。赤娃便哭着跟镆铘要爹。镆铘见赤娃已经渐渐长成了大人，便哭着告诉他："你的爹就是造剑的能手干将啊！十五年前给楚王造了一双鸳鸯尚方宝剑，但只给他送去雌剑，让楚王给杀了。他临死的时候嘱咐我，等你长大后，要你给他报仇！"

赤娃一听，忙问："那么雄剑在哪儿呢？快给我，我一定给爹报仇！"

"你向南走，看到有松树长在石头上，就敲开那石头，便能找到那把雄剑了。"镆铘说完，一扭头，猛地撞死在墙根下。她这是给赤娃送行，要他义无反顾啊！

赤娃见娘撞死，痛哭一场，将娘埋葬了。随后便向南走去，一直走了九九八十一天，终于找到了那棵长在大石头上的松树。赤娃用斧子劈开大石，果然一把闪闪放光的宝剑藏在这里。赤娃得了宝剑便向都城走去。到了都城，可进不了王宫，还是无法报仇啊！急得赤娃在王宫城墙外边来回转圈。

这天夜里，楚王睡觉时做了一个梦，梦见有一个少年提着宝剑向他奔来。小孩长得黑红脸膛、浓眉大眼，口中喊着："报仇！报仇！"吓得楚王惊叫一声，从床上坐了起来，再也睡不着了。第二天，楚王就命人把梦见的少年照样画了下来，四处张贴告示，悬赏千金，要捕拿想刺王弑君的少年。赤娃一看，那告示上画得和自己一模一样，知道难以下手了，便离开都城，逃进了深山。

再说干将、镆铘死后，魂升九天，在上苍拜倒在太上老君的面前，前因后果一讲，太上老君大怒，他护着铁匠这一行的，能叫他俩受冤屈吗！李老君说："别管了，此仇非报不可，这事儿交给我了。"说完，安慰了干将、镆铘一番，就下凡来了。

炉火之神（采自《行业神崇拜——中国民众造神运动研究》）

这时，赤娃正在山间行走，一边走一边悲愤地唱着哀怨的歌。正走之间，迎面过来一位白发苍苍的老头儿，这正是太上老君。老君拦住赤娃的去路，说："小娃娃，为何哭得这样伤心啊？"

赤娃见老人慈眉善目，又无恶意，便对他说："老人家，我是干将、镆铘的儿子。楚王杀害了我的父亲，母亲也死了，如今我一心要找楚王报仇，可就是难以下手啊！"

老君点点头，说："要报仇，你可有胆量？"

"有胆量！"

"不怕死吗？"

"只要大仇能报，万死不辞！"

"好！那么我可以替你报仇，不过要借用你身上两件东西。"

"老人家，只要能替我家报仇，别说用两件东西，十件、百件都依您。但不知您要用什么东西？"

"我听说楚王用千金收买你的人头，请把你的头和剑给我，我来与你报仇！"

"好啊！这个办法太好了！"赤娃听完老君的话，丝毫没有犹豫，把剑一挥，"咔嚓"，砍下了自己的脑袋，尸身立而不僵，双手将头和剑一齐奉献给老君，说道："老人家，拜托了！"

老君一看，赤娃果然有决心，心中大喜。原来老君有意试试赤娃的胆量和决心怎样，才故意这样考验他。其实，老君早已安排好了，要让赤娃的灵魂也升入天庭成仙，与其父母相会。于是，老君当下便对赤娃尸身说道："好孩子，老身一定不负所望。你，放心去吧！"话一落地，就见赤娃的尸体向后一仰，"扑通"，便僵倒在地上。

再说老君进了都城，撕下王榜告示。卫兵们一拥而上，将他带到金殿上。老君把赤娃的头献给楚王，说："你要的人头，我带来了。"楚王睁眼一看，果然正是梦中所见少年的头颅，不禁大喜。再仔细一看，那少年的眼还直瞪着，鼻子里冒着粗气，满脸怒气冲冲的样子，吓得楚王不敢再看。

这时，就见来送人头的这位老人上前一步，说："大王，这人头不死，可用油炸。"

楚王连说："好好，快支油锅，炸烂这颗怪头！"

于是，就在大殿前支起了大油锅。卫士们把赤娃的头放进油锅里炸了三天三夜，仍然不烂。

这时，老君对楚王说："大王，这人头炸了三天三夜，你来看看烂不烂。"楚王走了过去。他刚走到油锅前，老君拔出宝剑，一挥手，便把楚王的头砍了下来，正好掉进了油锅里。卫士们大惊，正要冲上前去捉拿老人，就见那老人又一挥手，自己的头也掉进了油锅。等到卫士们围了上来，三颗人头在油锅中乱滚，都炸烂了，再也不能分辨出谁是谁了。无奈，他们只好把三颗人头一起下葬，据说就埋在咱河南汝南县了。至今，那儿还有个大土坟，叫作"三王墓"呢。不过，老君可没有死，他是为了不让人认出哪是楚王，哪是赤娃，好把赤娃也当作君王一样安葬。他自己呢？早又回到天上做神仙去了。

（讲述人：王长久）

钧瓷业的祖师

烈火圣母的传说

窑工一般是敬李老君，也有敬火神爷的。可烧钧瓷的窑工过去都敬烈火圣母。

传说神垕镇过去烧钧瓷的每年都要给皇上进一次贡。这一年皇上点名要一件稀世珍品——百色彩釉瓷壶。限期一百天，到时交不上货来，就要把神垕镇上的窑工全都斩尽杀绝。这一下可难坏了窑工师傅们。谁也没见过百色彩釉瓷壶是个什么样的东西，吓得不少人丢家弃业，背井离乡，逃难去了。一时间，神垕镇冷清萧条，出现一片破败的景象。

光阴似箭，日月如梭，转眼间过去了三个月，人们谁也烧不出那一百种颜色的瓷壶。眼看限期就要到了，大家愁得吃不下饭，睡不稳觉。

有一天，窑工名师张三禄老汉夜间躺在床上，翻来覆去地睡不着觉。突然间有个白胡子老头儿颤颤巍巍地走到床边，对他说：

"张师傅，你想烧成百色彩釉瓷壶吗？"

"啊？"张三禄老汉一惊，坐起身来，"是的。要能烧成百色彩釉瓷壶就救了全镇人的性命，我咋不想呢？"

"好啊，我可以帮你的忙，不过，你舍得自己的亲生女儿英英吗？"

"什么？难道说要英英她……"

"对，你好好想想吧！"说完，那白胡子老头儿就不见了。

第二天，张三禄老汉起了床，整日里傻呆呆的，一言不发。女儿英英过来问他："爹爹，该开窑了，你怎么不去啊？说不定这一回能行呢！"张三禄望着女儿英英，眼泪扑簌簌落了下来。

英英很吃惊，问："爹爹，您怎么啦？您不是决心要烧好百色彩釉瓷壶，救全镇人的性命吗？"

"唉，你不知道，烧成百色彩釉瓷壶不是一件容易的事啊！听老辈人说，是要用人'祭窑'的。"张三禄万般无奈，便把昨天晚上的事说了出来。他最后说："我知道，这是土地公公传的话。可是，我怎么能舍得你哟！"说完便大哭起来。

这时，英英全明白了。她想，只要能救镇上所有的人，自己牺牲了又有什么呢？于是，她就转身朝瓷窑那边奔去。张三禄老汉一见女儿跑了，赶忙撵了上去。

英英跑到窑火前，两眼一闭，一纵身便跳进了炉膛。张三禄老汉赶上前来本想拦住女儿，一伸手却只抓掉了英英的一双绣花鞋。窑中熊熊的大火一下子就把英英吞没了。张三禄老汉痛苦地昏倒在炉子旁边。

开窑了，这一窑果然烧出了一只百色彩釉瓷壶。就见壶上出现了海棠红、葡萄紫、翠竹青、碧玉蓝，那真是红里有紫，紫里有青，青里有蓝，蓝里有白，白里有红，千姿百态，变幻无穷，果然是一件名不虚传的稀世珍品。全镇上的人都跑来看这只百色彩釉瓷壶。大家七嘴八舌地问张三禄老汉是怎么烧成的。张三禄老汉流着泪把前因后果一说，大家都默不作声了。大伙儿为了感激英英的献身救命之恩，就一致尊称英英为"烈火圣母"，把她奉为窑工们的祖师了。直到现在，钧瓷都是在快烧成的最后一刻"窑变"而成的。钧瓷烧成后，都像端庄秀美的少女一般闪烁着耀眼的光辉，只是底部啥颜色也没有，据说那是英英脚上没穿绣花鞋的缘故。

（讲述人：史三）

盐业的祖师

葛洪的传说

葛洪是盐神。过去，盐工都敬他为葛仙，把葛洪称为自己的祖师爷。盐场里挂着葛洪的画像，盐工们经常烧香磕头祭奠他。

盐工们为啥敬奉葛洪呢？传说葛洪的从祖父葛玄修仙得道，炼出了一枚仙丹，吞食之后，竟然白日升天而去，成了神仙。于是葛洪也崇信道教，每日修身养性，在山中苦炼仙丹。终于感动了上苍，玉皇大帝便也赐他一枚仙丹。

一日，葛洪炼丹炼到七七四十九天，打开炼丹炉一看，只见里边银光闪亮，有一枚仙丹大似鹅卵，雪白如银，光洁似玉。葛洪不禁大喜，连忙取出，拿在手中，爱不释手。他心想："果然，功夫不负有心人。我得了这枚仙丹，也可以升天去做神仙了。"

正在这时，山中来了一群老百姓。葛洪一看这些百姓，个个面黄肌瘦，无精打采。便想，今日我炼得了仙丹，难道只顾一人升天成仙而不顾百姓的生死苦难吗？想来想去，断然下定决心，要拯救这些灾民。于是，他拿出仙丹，让每人过来舔一舔。大家起初不信会有什么好处，后来有几个胆大的人舔过仙丹之后，顿时精神大振，力量倍增，面色红润，谈笑风生。于是大家都来舔这仙丹，舔过仙丹的百姓们个个红光满面，有用不完的力气。

葛洪看到仙丹对人们有这么大的好处，就带着仙丹出发，到各处游历。他每到一地都让人们舔这仙丹。因而，凡是葛洪到过的地方，人们就吃饭吃得香，干活儿干得猛，连寿限都增加了许多。大家也不知道那是仙丹，看着像块石头，就叫它岩（盐）了。那时，"盐"是一种宝物，只要舔过一次，就留在体内了，不会跑掉，也不需要再吃了。

后来，玉皇大帝知道了这事儿，气坏了："好啊，葛洪，我有心让你升天成仙，你却不识抬举，把我给你的仙丹都给众人分享了，这还了得！"遂命太阳神和龙王下界把葛洪的仙丹收回来。

太阳神和龙王来到了人间，找到葛洪，说明来意。葛洪听了，微微一笑说："你们说的倒好听，这仙丹是我炼出来的，凭什么给你们！妄想！"太阳神和龙王一看葛洪不给，就想动武。谁知刚往前一凑，葛洪把仙丹一举，霎时间光芒万丈，霹雳一声，把太阳神和龙王一个崩到天上，一个崩到海里去了。

太阳神和龙王还不死心,就合伙商量着想办法偷葛洪的仙丹。太阳神说:"龙王老弟,咱俩的本事倒是比葛洪大,可他有仙丹,咱也没得办法。不如咱想法去对付人,把人的'盐'偷走。咱不跟葛洪照面,他能送,咱能偷,他不就白送了吗?"龙王一听大喜,说:"行!就这么办,你偷吧,偷了放我那儿。这回葛洪就没法子了。"

于是,太阳神就放出毒火,烤得人浑身流汗,那"盐"呢,也顺着汗水往外流出来了。水流归大海呀,最后"盐"又都流到了龙宫里。就这样,没过几年工夫,人身上的盐又都让太阳神和龙王爷合伙给盗去了。

再说葛洪,转来转去,眼看着人们又是面黄肌瘦、无精打采的了,总不知是什么缘故。他再给人们舔那仙丹也是撑不了多长时间,过不几天又成了原来的模样。人们身上无盐,吃不下饭,四肢无力,不能干活儿。眼看人们越来越虚弱,有的活不到三四十岁就病死在街头了。葛洪感到事情不好,就细心查访,发觉原来那仙丹的宝气都顺着汗水流走了。葛洪一琢磨,嗯,看来还是太阳神和龙王爷捣的鬼,就下决心去找这两个家伙算账。

这天夜里葛洪悄悄摸到了终南山山坳里,太阳神正在呼呼睡大觉,葛洪上去揪住了太阳神的耳朵说:"好啊,太阳神,你胆敢偷我的宝物,快快从实招来,不然的话,我用仙丹砸断你的腿，叫你再也出不了终南山。"太阳神当时吓得浑身如筛糠，连连求饶："哎哎，别价别价，我说我说。你的宝物不就是盐吗？我偷是偷了，可却不放在我这儿，都放在龙王那里了。""那我不管，你能给他就得给我再要回来！""哎，好好好！"太阳神眼珠一转说："不过，你得把龙王给我撵到岸上来，他藏在海底龙宫里我进不去呀！""好吧！你等着。要是你说话不算话，到时候我可就不客气了！""哎哎哎，一定、一定。"

太阳神给葛洪出了道难题，心想着葛洪要是不敢去斗龙王，不能把龙王弄到岸上，那就不能怪我了。

葛洪来到大海岸边，龙王知道了，他耍起了威风，呼啸着卷起小山一样的浪头朝着葛洪压了下来。可是葛洪手托仙丹，面无惧色，迎着巨浪走了过来。说也奇怪，那海浪到了葛洪面前，好像被什么东西挡住了似的，一下分开两股，向两边涌去，葛洪身上竟连一滴海水也没有沾上。就这样，葛洪一直朝龙宫走去。这下可把龙王吓坏了，他知道葛洪来者不善，赶紧命虾兵蟹将打开宝库，把盐都抛了出来化到了海水之中，妄图销赃灭迹。

不一会儿，葛洪到了龙宫大殿。他把仙丹拿出来轻轻一晃，直震得龙宫东倒西歪，梁倾柱斜，龙王在龙王宝座上再也坐不住了，一个跟头摔倒在台阶下，趴跪在地上直磕头求饶。葛洪收起了仙丹，问龙王道："哒，把我的宝物藏在什么地方了？"龙王还想狡辩，说："我没见什么宝物啊！""没见？太阳神早已招供了，你还敢抵赖？"龙王忙说："哎哎，不敢不敢。可是，我真的没偷什么宝物啊，不信，请你到宫里宫外搜一搜，若要搜出，我甘愿受罚。"

葛洪就到龙宫搜查，查来查去，果然不见放在何处。刚要离去，突然，觉得身边一凉，原来是岸上一股河水流进了大海。葛洪灵机一动，舀了一碗河水尝尝，甜滋滋的，又舀了一碗海水尝尝，咸得要命。"噢，原来是把'盐'都化到海水中了！"葛洪就要再找龙王算账，谁知却不见了龙王的踪影。原来龙王跑到天庭去了。葛洪一怒之下，又追到了天上。

到了天宫一看，龙王和太阳神正在向玉皇大帝告状呢。玉皇大帝听了龙王和太阳神的一面之词，就要下令处罚葛洪。这时，就见朝班中有一位白发老者开口说话了："陛下，微臣有本奏上。"

玉皇大帝一看，原来是太上老君，就说："爱卿，有何本章请讲。"

"陛下，"太上老君说，"想那葛洪，一心一意修仙求道，千辛万苦炼就的仙丹，本是陛下洪恩所赐，不料葛洪有心接济万民百姓，普度众生，也是陛下皇恩浩荡，陛下不该对葛洪问罪责罚，而应加封奖赏才是。倒是太阳神和龙王违背圣意，偷去人间宝物，实属触犯天条，理应追究。还望陛下三思！"

"嗯，这……"玉皇大帝听了太上老君的一番话，幡然醒悟，便说，"爱卿言之有理，着令太阳神和龙王将人间宝物还上，不得有误。"

这时葛洪也赶到了天宫，一见玉皇大帝秉公处理，也就不再说什么了。

从那以后，葛洪就留在天上做了神仙。龙王呢，只得每年往陆地上去交还人们的食盐。又因为太阳神帮助龙王偷走了盐，所以，还得他要回来。不信你看，盐都是太阳晒出来的。盐工呢，只不过是替祖师爷葛洪讨还债务罢了。

（讲述人：秦忠义）

造酒业的祖师

杜康的传说

（1）杜康河

洛阳龙门以南，有条河叫杜康河，原名叫空桑涧。

相传上古时，有一个妇女做了个梦。梦见一个白发老人对她说："臼出水，东走。"妇人醒来，觉得很奇怪，这是啥意思呢？她不明白。可是梦里的情景记得清清楚楚。

过了几天，妇人出门一看，见她门前石臼里出水了。她想起梦中老人对她说的话，于是，就对左邻右舍说："咱们赶快往东边逃吧，这儿要有灾难，不能久住了！"可是，众人不相信，都不听她的话。她就一个人往东逃去。刚走不多远，身后边滔天大水涌了上来，把她原来住的那个村庄全淹没啦！这个妇女已是身怀有孕的人。她看见村里的人都被淹死，非常悲痛，大哭一场，然后又继续往东逃去。她走啊走啊，一直来到伊河上游南边一条小河旁，再也走不动了，就化作了一株桑树。

后来，有一个采桑女来到这儿采桑，听到有婴儿啼哭的声音。她找来找去，也看不见婴儿在哪里。仔细一听，发现婴儿就是在这桑树洞里哭哩，就从树洞里把婴儿抱出来。她觉得这件事很奇怪，就报告给皇帝。皇帝也感到很奇怪，就让采桑女把这孩子抚养起来，吃喝穿戴全由国家负担。这孩子天资聪明，后来长大当了宰相——他就是商朝有名的大臣伊尹。

那个妇女变成的桑树，从那以后就成为空桑。空桑旁边那条小河，因此而得名空桑涧。

这以后又过了许多年，到了东周，杜康出世了。他家就在这空桑涧旁。杜康常常把吃剩下的饭倒在那空桑树洞里，经过雨水浸泡，时间一久，桑树洞里积的雨水散

始酿佳酒杜康仙师（采自《中国民间木刻版画》）

发出一股浓郁芬芳的香味，一尝，十分好喝。后来，杜康就根据这个办法造出了酒。这件事情在古书上都有记载。

杜康把他造的酒献给了皇帝。皇帝一喝，精神振奋，食量大增，心中非常高兴，就封杜康为"酒仙"；杜康的家，也被封为"杜康仙庄"（今河南汝阳县蔡店乡杜康村）。那条空桑涧，也就改名叫"杜康河"了。

（讲述人：程国喜）

（2）杜康造酒醉刘伶

木匠敬鲁班，铁匠敬老君，造酒的敬杜康。杜康是酒家的神仙啊。

"杜康造酒醉刘伶"这个故事，人老几百辈都这样传说："天下好酒数杜康，酒量最大数刘伶……饮了杜康酒三盅，醉了刘伶三年整。"就是说的这一回事。

刘伶是晋代"竹林七贤"之一，出了名的好喝酒，能喝酒。酒量之大，举世无双。他对当朝统治者不满，到处游历，走到哪儿喝到哪儿。

一次，刘伶来到洛阳南边，走到杜康酒坊门前。抬头一看，门上有一副对联，写的是：

猛虎一杯山中醉，

蛟龙两盏海底眠。

高处那横批是：

不醉三年不要钱

刘伶一看这副对子，算是恼透了。他心说，你开酒馆前也不先访一访，谁不知俺刘伶酒量大，往东喝到东洋海，往西喝过老四川；往南喝到云南地，往北喝过塞外边。东西南北都喝遍，也没把我醉半天。你竟敢口气这么大，不醉三年不要钱。一怒进酒馆，把你的坛坛罐罐都喝干，不出三天叫你把门关。

刘伶带着气进了酒馆，杜康拿出酒来让他喝。喝了一杯还要喝，杜康劝他别喝了，他不依，又要了第二杯。喝了第二杯，刘伶还要喝，杜康说，别喝啦，再喝就醉了。他不听，又要了第三杯。三杯酒下肚，刘伶说："头杯酒甜如蜜，二杯酒比蜜还甜，三杯酒喝下去，只觉得桌椅板凳、盆盆罐罐把家搬。"他喝醉了。

这时，杜康过来对刘伶说："怎么样？先生，酒够了吗？"

刘伶醉醺醺地说:"够了,够了,真是琼浆玉液。"说着便往兜里掏酒钱。一摸,钱袋是空的,便支支吾吾地说:"掌柜的,我忘了带钱了,先记个账吧。我叫刘伶,改天再给你送来。"

刘伶说罢,出了酒坊往家走。一路上东摇西晃,口中还嘟嘟囔囔地说着胡话。杜康把刘伶送出酒馆,对着他的背影,客客气气地说:"过三年见……"

刘伶趔趔趄趄地走到家,一进门就跌倒在地上,他媳妇赶忙把他扶到床上。刘伶自觉不行了,给媳妇交代说:"我要死了,把我埋到酒池内,上边埋上酒糟,把酒盅酒壶给我放在棺材里。"说完,刘伶就死了。他一辈子爱喝酒,他媳妇就照他嘱咐的那样把他埋了。

不知不觉,过了三年。这一天,杜康来到村上找刘伶。村上的人指给他刘伶的家,杜康上前拍门,刘伶的媳妇出来,问:"啥事?"杜康说:"刘伶三年前喝的酒,还没给酒钱哩。"刘伶的媳妇一听,心中好恼,说:"他三年前不知喝了谁家的酒,回来就死了。原来是喝你家的酒呀!你还来要酒钱哩,我还得找你要人哩!"杜康说:"他没有死,是醉啦!走走走,你快领我到埋他的地方看看去。"

就这样,他们来到埋葬刘伶的地方,挖开坟墓,打开棺材一看:刘伶穿戴整齐,面色红润,跟生前一个模样。杜康上前拍拍他的肩膀，叫道："刘伶醒来！刘伶醒来！"只见刘伶果然打个哈欠，伸伸胳膊，睁开眼来。嘴里连声叫道："杜康好酒！杜康好酒！"从那以后，"杜康美酒，一醉三年"的话就传开了。

后来，刘伶跟着杜康成了酒仙了。据说，杜康这次下界故意醉倒刘伶，就是来度刘伶成仙的。

（讲述人：何修路）

酒席业的祖师

詹王的传说

酒席业的厨师，过去都敬詹王为祖师爷。

相传，隋文帝杨坚刚建国时，还能够体恤民情，生活上也比较俭朴。可是，没过多长时间，他就觉得，既然当上了皇帝，要还跟平民百姓过一样的生活，那可有点儿太冤枉了。于是他就慢慢地讲吃讲喝、生活腐化堕落起来，再也不管人民的疾苦和死活了。

这一天，又到了用膳的时候，隋文帝一见满桌的鸡鸭鱼肉、山珍海味，心里就腻透了，一点儿也不想吃。勉强地夹了两筷子一尝，心头一阵干哕，差一点儿没吐出来。这一下气得他大发雷霆，说厨师不会做饭，有意坑害他，立即下令把厨师给杀了。

第二天，御膳房又换一位厨师。这位厨师听说前边厨师因为做的饭皇上不爱吃被杀了，心中也是提心吊胆的，赶紧把自己的最好手艺都亮了出来，那真是"山中走兽云中雁，陆地牛羊海底鲜，珍肴百味样样有，外带龙心和凤肝"。那菜肴做出来，别说吃了，看一眼一辈子都忘不了。

御膳端上来，隋文帝一看，果然面带喜色，吃了几口，也觉得味道不错，于是下令奖赏厨师。可是，没过十天半月，隋文帝又吃腻了，御膳一端上来，就直摇头。厨师又换了些花样，他还是不吃。隋文帝又生气了，一拍桌子，又把这个厨师杀了。

皇帝，谁管得了他呀！杀一个厨师，再换一个。一进皇宫你就别想跑掉，过不了几天，吃腻了你做的饭就杀。就这样一连杀了七八个御膳厨师，再也没人敢来了。怎么办呢？张榜招贤。谁做的饭叫皇上吃了满意，谁不怕死，谁揭榜。一时没有人揭榜。可是又得给皇上做吃的呀，就挨着排，轮到哪个厨师，哪个厨师来，杀了谁，谁倒霉。一时间，京城的各种饭铺、酒馆纷纷停业关门，厨师们也都改行的改行，逃跑的逃跑，都不敢再做饭了。

可巧，这一天，一个流浪汉来到皇榜下边。他看墙上贴着一张黄缎子布，心想，这东西兴许能卖两个钱，就上去揭了下来。谁知守在一边的卫士一拥而上把他抓了起来。

流浪汉被抓进了皇宫。卫士们奏明皇上，有人揭榜。皇上还挺高兴。这么多天也没人揭榜，今天倒要看看这个揭榜之人是个什么模样。于是宣揭榜人流浪汉上殿，皇上问他："你姓什么？"

"姓詹。"

"叫什么?"

"叫詹鼠。"

"好,詹鼠,你既然揭了皇榜,那么你说说,这世上什么东西最好吃?"

流浪汉心里也不明白,心想,皇上把我抓来,怎么问这些个呀?也不敢不答,就说:"什么最好吃呀?葱花大饼面条汤呗!"

皇上一听,咦,这名儿倒是没听说过。就又问:"那么,你会做吗?"

流浪汉点点头,说:"嗯,会做。"

"好。快快到御膳房内替朕做了上来。"

这詹鼠就被押到了御膳房。不一会儿,葱花大饼面条汤做好了。詹鼠给皇上端了过来。皇上一吃,"呀呸!什么东西!没滋乏味的,又垫牙,又噎嗓的。呸呸!好哇,小詹鼠,你胆敢欺君罔上,该当何罪?"

詹鼠一见皇上发了怒,心里明白了,心说:"你吃不上来呀!你是吃饱了撑的!"他赶紧说道:"哎,皇上,您别生气!您刚才问的是什么东西最好吃,可没问是谁吃呀!这葱花大饼面条汤,要归我吃,那就是最好吃的东西了。要您吃,可不是最好吃的东西。"

皇上一听,怎么,吃东西好坏还得分人?就问:"那么,什么东西朕吃着最好吃呀？"

"这个嘛……"小詹鼠说到这儿，故意往两边看看，做出一副欲言又止的样子。

皇上连忙让左右退下，又催道："小詹鼠，你快说呀！"

"皇上，您最好吃的东西，不是别的，是'饿'呀！"

"那么，你快去为朕做来尝尝。"

"皇上，这可不行。您这皇宫里边可没这种东西，也做不出来。要想吃，您得跟我出宫到外边找去。"

"行！"

"不过，您跟我出去，可不兴带人。而且一定要听我的话，我叫您干啥，您干啥。要不这样，这世上最好吃的东西，您可是吃不到啊！"

"行，行。"

当下皇上微服出访，跟着小詹鼠就出了皇宫。小詹鼠领着皇上大街小巷地来回窜，一会儿也不停。皇上跑累了，他也不让歇，说怕晚了赶不上那"饿"。

他二人跑到天傍黑的时候，小詹鼠把皇上领到了饭市上去。这里烧饼、油条、蒸包子、馄饨……各式各样的民间风味小吃排列了一街两巷。皇上的脚开始挪不动了，两只眼，光往街两旁溜，有几次站在那卤肉锅前直嘬手指头。小詹鼠只当没看见，又催："皇上，快走啊，要不那最好吃的'饿'可就找不着啦。"皇上只好跟着他又跑。

这回小詹鼠把皇上领出了皇城，来到了郊外大野地里。两人走啊走啊，整整走了一夜。天快亮的时候，皇上再也走不动了，拉着詹鼠说："詹鼠，你小子骗我，怎么到现在还没找到啊！我可是饿啦！"说完，一屁股坐在了地上。

"哎，找到了。"小詹鼠说，"这'饿'就在这儿。"

"在哪儿？快给我尝尝。"

"给。"小詹鼠把原来自己做的葱花饼递给了皇上。皇上也来不及看是啥，张口就咬。哎哟，这个香甜呀，真是世上最好吃的东西了。皇上一口气吃了五个饼，才想起来看看是什么东西。一看，原来还是小詹鼠做的葱花饼。顿时呆愣在那儿了，半天没言语。心想，原来人饿极了吃啥啥香啊！他回头找詹鼠，却哪儿也找不见了。小詹鼠把皇上撂下，跑了。

后来，皇上回到宫里，再也不杀厨师了。生活上也对自己有所约束了，对人民的疾苦又能体恤一点儿了。终于，他统一了全国，建立了大隋王朝。为了感激詹鼠，隋文帝就封詹鼠为詹王。民间酒席业的厨师们也就敬詹王为自己的祖师爷了。

（讲述人：时东仁）

造醋业的祖师

帝予的传说

造酒的祖师爷是杜康，造醋的祖师爷是谁，你知道吗？就是杜康的儿子——帝予。民间有一句俗话，叫作"杜康造酒儿造醋"，说的就是这码子事。

说起来，这还是夏朝时候的事呢。当时杜康在洛阳南边，伊水河畔造出了酒，受到大王的赏识，一下子出了名。方圆几百里都来找杜康学造酒。杜康看着来的人老实，就教；看着来的人奸猾，就不传。许多穷苦人学到了手艺，高高兴兴回家乡造酒卖酒去了。那些学不到手艺的黑心眼人，就使坏，不让杜康安生过日子，搅得杜康没法，就出门走了。谁知他一出门就再也没回来。据说是王母娘娘把他请到天上瑶池造酒去了。

这一年大王又想喝杜康造的酒哩，便派大臣来请杜康。到村上一问才知道杜康不在家，早外出了。两个大臣怕交不了差，要把杜康的儿子予娃"请"走。予娃这会儿还小，才十三四岁。他娘不放心，说："他还小哩，他不会造酒。"

"不会也不行！没吃过猪肉，还没见过猪走吗！赖好门里出身也比外人强。"二位大臣不依，一定要予娃跟他们走一趟。无奈，予娃他娘只得把家里剩下的一些酒糟包了一大包，让予娃带上，跟着两位大臣往陕西去了。走哇走哇，好不容易走到了王城。可大王一听说来的不是杜康，是杜康的儿子，又见予娃人小体弱，根本没有造过酒，就生了气。他把两个大臣打了一顿，把予娃也轰出了王城。

予娃独自一人来到渭水边上，吃不上，喝不上。实在没法，就想，不如自己也试着造酒，说不定能赚些盘缠钱，好回家。于是他就把那包酒糟放到一个缸里，用渭河水浸泡上，上边盖上大木盖，压上石头。后来，他出去打短工干活儿把这事忘了。一直到第二十一天下午天傍黑时才想起来，赶紧跑回去把缸盖揭开。这时，缸中透出一股香气，倒出来一尝，酸中带甜，怪好吃的。他就叫街坊邻居都来品尝。大家一吃都觉得挺好，但又不是酒味，这是什么东西呢？咳，就叫它"醋"吧。因为它是第二十一天酉时造出来的，"醋"字正好是二十一日为"昔"，又和"酉"字拼起来的。这样一来，"醋"这种东西就传开了。

后来，大王有一天吃鱼被鱼刺卡住了咽喉，谁也没办法治，眼看要死了。予娃就带了些醋去，让大王一喝，鱼刺变软了，便咽了下去。从此，王宫里每次用膳都要有醋才行。据说因为予娃救了王上的命，王上还把予娃收为螟蛉义子了呢。这就是历史上夏朝的帝予。

（讲述人：王世奇）

造纸业的祖师

蔡伦的传说

　　造纸业敬的祖师爷是蔡伦，这是人们差不多都知道的事。因为蔡伦这个贡献太大了。造纸，是中国古代四大发明之一，全世界的人都敬佩得不得了呢！

　　蔡伦，字敬仲，东汉桂阳（今湖南耒阳）人。他虽然出身卑微，但天资聪慧，勤奋好学，所以他年纪轻轻的就被汉和帝召进了宫，做了中常侍，可以出入宫廷，侍从皇帝，传达诏令，掌理文书，成了皇帝的亲信。蔡伦为人谨慎而又敢于直谏，很受朝野的敬重。可蔡伦并不喜欢交际，性格还有点儿乖僻，平日在家时，总是闭门谢客，独自关起门来读书，勤于思索问题。

　　一天，蔡伦从宫廷回来，皇上交给他一批公文，让他带回来审理。那些公文都是用竹简刻写的简牍，七八个人抬上了一辆牛车，把车压得咯吱吱直响。走到半路上，牛一打滑，给压到车辕底下了。书简也散落了一地。蔡伦好不容易才把书简收拾起来，牛也跌瘸了。他只好重新找来一辆车，才把这些公文运回了家。

回到家里，蔡伦累极了，躺在床上，心里憋气，就琢磨开了。他想，现在这种简牍实在太笨重了。听说战国时代有个叫惠施的学问家，每逢出门，都要拉上五辆牛车的竹简，号称"学富五车"；秦始皇那会儿，看一天公文，捆到一起称，得有一千多斤；就说本朝吧，汉武帝一次张榜招贤，有个叫东方朔的写了一篇比较长一点儿的自荐文章，一共用了三千多片竹简，几个人抬着，才进了宫。你说这读书写字的人得耗费多少气力来伺候这些个竹片子啊！唉，累死人了！能不能想个别的法子，不用这竹简写字呢？对，得想个办法换一种东西，换个轻点儿的……换成什么好呢？蔡伦想啊，想啊，也想不出啥好法子来，便走出屋门散心。

蔡伦从屋里出来，也没出大门，就转到了后院。他们家后院里有个池塘，塘里沤着一坑麻，几个下人正在那儿捞麻，制麻批儿呢，又是摔打又是捶砸的。蔡伦低头迈步，转悠了过来，刚走到池塘边，"啪"飞来一物正打在蔡伦头上。蔡伦一惊，低头一看，原来是一截麻秆，上边的麻秆皮已经摔落了，可还留着一层薄薄的麻纤。蔡伦心中一动，捡起了麻秆，仔细瞅起来。这几个下人见捶起的麻秆，打在老爷头上，赶快跪在地上，诚惶诚恐地请罪。可蔡伦呢，光顾看麻秆了，根本没注意到他们。

蔡伦小心地把留在麻秆上的一层薄膜揭下来，心想，这东西干了不知能不能写字？就是还嫌丝儿太粗了些。这样，他一边走一边想，一边想一边走。突然，脚下一滑，"啪！"蔡伦摔了一个大跟头，半天没有爬起来。蔡伦痛得龇牙咧嘴，闭上了眼睛。可是，等他再一睁眼呀，眼前地上出现了一张白花花、毛茸茸的丝绵片。蔡伦还当是摔花了眼呢，揉了揉眼，再仔细一看，果然不假。这一下他也不觉得身上疼痛了，连忙爬跪起来，用手轻轻地揭开一片丝绵片，端详起来。看来看去，越看越高兴，这不正是自己要找的东西吗？这丝纹细腻，网片很薄，分量也轻得很，可这究竟是什么东西呢？正在这时，从对面织房里跑出来两个女用人。见大人摔着了，赶忙过来搀扶。蔡伦也顾不上别的，连忙问两个用人："快看，这是什么东西？"

"噢，大人问这个呀，这是捶打蚕茧时留下的碎毛絮呀。"两个用人连忙回话。

"好，好……好！"蔡伦连声叫好。从此，蔡伦就像着了魔似的，他一手拿着麻秆上的纤网，一手拿着丝绵片片，反复地思索着，想着想着，突然眼睛一亮，大叫一声，向家门口冲去。

原来，蔡伦想到了好办法，去找人帮着搞试验了。他叫人收集树皮、麻头、旧绸缎、破渔网、破布片等东西，拿来剁碎，放大锅里煮。然后，再捞出来捶打，制出一种多原料的合成纤维丝浆。再把它们放进水中，放点面糊之类的黏汁，最后用细帘子从水中捞。结果，捞出来一张张薄膜，放在地上，贴在墙上，晾干，就成了一张张又轻又软的纸了。

终于，在东汉和帝元兴年间，蔡伦第一次造出了纸，并把它献给了皇上。皇上非常高兴，随即下诏书通令天下采用。一时间，朝野上下，文人墨客无不欣喜，人人称赞蔡伦造的纸好。因为蔡伦曾被封过"龙亭侯"，所以大家都叫这种纸为"蔡侯纸"。打那以后，就有了造纸的行业。造纸的人也就世代相传，把蔡伦奉为自己的祖师爷了。

（讲述人：王元路）

制笔业的祖师

蒙恬的传说

传说毛笔最先是由蒙恬制造的，直到现在制笔业都敬蒙恬为祖师爷，有的地方还建有蒙公祠。每逢农历九月十六，制笔业者都要到蒙公祠中来祭奠笔祖。

蒙恬是秦始皇的一员武将，怎么成了笔祖了呢？这里边有一个传说。

当年秦始皇统一了中国之后，北方匈奴不服，还时常前来侵犯边境。秦始皇便命大将军蒙恬前去北疆镇守，并让他亲自监督修筑万里长城。

万里长城修起来了，匈奴果然被挡在北方，不敢轻易进犯了。这时蒙恬每日里闲暇无事，就常到野外去打猎。

一天，蒙恬又带领一班子人马到野外打猎。锣鼓一敲响，人们围成一个大圆圈，都往中间赶野兽。蒙恬挽弓搭箭正往前走，突然发现有一只狐狸和一只黄鼠狼迎面跑来。蒙恬射箭多准啊，简直百发百中。可就在蒙恬举箭要射的时候，那黄鼠狼和狐狸吓得瑟瑟发抖，趴跪在地上不住地磕头求饶。蒙恬见这情形，不由动了恻隐之心，又把弓箭放下，一摆手，让它们向身后跑去了。

这次围猎抓了许多狼虫虎豹，其中还有一头长着大犄角的梅花鹿，它长得特别漂亮。蒙恬一高兴就吩咐把梅花鹿送往京城，献给了皇上。

这时候是秦二世当政，秦二世是奸臣赵高立起来的，什么事也得听赵高的。赵高在朝廷里是说一不二的。他把蒙恬送来的梅花鹿献给二世，却愣说这是匹马。二世不信，问各位大臣，大臣们都怕赵高，也不敢直说。有个别说了实话的，后来全被赵高杀害了。赵高为什么这样干呢？他想篡位当皇帝。

赵高想当皇帝，就得夺兵权。他诬蔑蒙恬有叛乱之心，逼令二世下诏让蒙恬自尽报国。

一天，大臣带着诏书来到了边关。蒙恬跪接圣旨之后，悲痛万分，他说："圣上为什么赐我死呢？我们祖宗三代忠于秦王，多次为国立功。而我现在仍统领着三十万大军，如果要背叛朝廷，早就打进京城去了。皇上不能枉杀忠臣啊！"可是大臣不听他的哭诉，便把他软禁起来，给了他绳子、刀子、毒酒，限令他两天以内自尽。

这天晚上，蒙恬苦苦思索，不得其解，心想，自己即便要死，也应当让皇上明白自己的一片忠诚。可千里迢迢，又怎么能给皇上剖白心意呢？想着想着，便迷迷糊糊地睡着了。过了一会儿，他听得耳旁有人在呼唤他："大将军醒来，大将军醒来。"

蒙恬睁开眼一看，原来是两位女子。蒙恬就问："你们两位女子怎么到这里来了？"

那两位女子说道："实不相瞒，我俩就是你上次救下的两个小生灵。上次大难不死，多亏您的恩赦。现在将军蒙难，我们虽不能救您的命，也愿以死报恩，完成您的心愿。"说完，两位女子便向墙头撞去。蒙恬一把没拉住，两个女子都撞死了。原来正是那次逃生的狐狸和黄鼠狼。

蒙恬无奈就把"狐尾狼毫"揪下，捆在一根筷子上，做成了一支毛笔，咬破手指，蘸了血，在袍子上写了一道奏章，申明了自己的冤枉，并劝皇帝能为天下百姓多想想，除去奸恶，扶植忠良。写完，就饮毒酒自尽了。

据说，后来皇上看到了蒙恬的血书，也为蒙恬的死而感到悲伤，就把他依礼安葬了，还把他制的笔留在宫中，命工匠们照样仿制。所以现在制笔业都敬蒙恬为祖师爷了。制出的笔似"狐尾狼（黄鼠狼）毫"为最好。可狐尾、狼（黄鼠狼）毫一过了农历九

月十六就不值钱了。因为九月十六是蒙恬的忌日。据说在这一天
去敬祀笔祖蒙恬的制笔匠人，只要心诚，就能得到祖师爷的慷慨
恩赐，制出上等的好笔来。

（讲述人：李明奇）

玻璃业的祖师

陆毒大王的传说

传说玻璃的发明者是一个名叫陆毒的绿林好汉。后来，他就被玻璃行业敬为祖师爷了。

早在汉朝，王莽篡国以后，一连几年天灾人祸，水、旱、蝗、雹，加上征战，闹得黎民百姓生活不下去了，他们就纷纷揭竿而起，占山为王。这些绿林好汉中，有一个叫陆毒的，因为抗粮抗税，被官兵追捕，就带领一班人在南阳扯旗造反，当了山大王。后来投奔他的人渐渐地多了，便组织成了一支不小的队伍。有一次南阳府的官兵来袭剿，竟被他们打得落花流水，大败而回。

王莽听说后，雷霆大怒，又派十万人马前来围剿。这一回陆毒抵抗不住了，就带领人马下山去投奔刘秀。刘秀那时正在南阳招兵买马准备中兴汉室。

陆毒带领部下，星夜出山，突围向西逃去。王莽的大队人马，浩浩荡荡，紧追不舍。

这一天，陆毒的队伍逃进一座山口内。这座山，地势险要，真是"一夫当关，万夫莫开"。王莽的大队人马整整攻了一天，也没攻下来。眼看着天又黑了下来，他们就把这座山团团围住。

陆毒见敌军停止了进攻，忙命军士们埋锅造饭。谁知饭还没做好，就听得山口外一声炮响，敌军又开始攻击了，他们像潮水般涌上来，突破了山口，要往山内冲击。突然，山谷内亮起一片耀眼的光芒，把整个山谷照得如同白昼。王莽的大军不知是怎么回事，生怕中了机关和埋伏，吓得人仰马翻，纷纷倒退，又缩回到了山口外边，这时，陆毒领着义军又连忙堵住了山口。

陆毒再回首看时，那白光又不见了。他很惊奇，就亲自跑到刚才放光的地方查找。找来找去，他发现支饭锅的大石头，都被烧成透明的了。他想，原来是这种东西放的光。于是就命军士们砍柴运石，做好准备，每天晚上就烧炼这些石头。果然，这些石头一烧就放出奇异的光彩，耀得人眼都睁不开。

王莽的军队白天攻不开山口，到了晚上又惧怕山谷内耀眼的光芒，不知底细，不敢轻易冒进，就这样僵持着，围了一个多月也没攻进山口。到后来刘秀的大军到了，把王莽的军队打垮了，陆毒大王才和刘秀见了面。陆毒说："多亏了这些石头啊，要不，我们就见不了面啦!"

刘秀问起了缘由,陆毒就把炼好的透明石头献给了刘秀。刘秀视若珍宝。他真的封了陆毒为王,并且让他领着部分军士,就在这座山内烧炼那些宝石,然后将之制成各种器皿。

据说,陆毒烧炼的石头,就是玻璃石。从那以后,就有了玻璃行业。而玻璃这一行也就敬陆毒为自己的祖师爷了。

(讲述人:刘四喜)

鞭炮业的祖师

火神祝融的传说

造鞭炮的，全国不少地方都有。有了喜事，用它庆贺庆贺；有了不如意的事，用它崩崩霉气。这是咱中国民间的一种传统风俗。

要说这鞭炮业有没有祖师爷，有，那就是火神祝融。

据说，火神爷叫黎妞（当地人称小名为某妞，男女都一样）。他生来聪明伶俐，性情火暴，红脸膛，大眼睛，动不动就火冒三丈。他有一种本领，会摆弄火。那时人还野性得很，想吃熟食，又不敢招惹火。大家每次都让黎妞去弄火。说也奇怪，黎妞不怕火，火到他手

火神祝融

里，叫它咋着它咋着，说熄就熄，叫着就着。烧火做饭、烤火、打猎、照明、熏蚊子，大家都来找他。黎妞有一副热心肠，谁请跟谁去，一般都是有求必应，好像火就装在他的口袋里似的。他帮助好人做事，也能惩治坏人。谁家要是黑了心，损了人，他就不客气，半夜到他家里柴火堆上弄两块石头一敲一磕，往柴堆上一撂，火就烧起来了。这家就准得失火破财，弄不好还得死人丧命。

后来，黄帝知道了黎妞的本事，就把他请去当了火正官，专门管火。黄帝看他为人正派，很器重他，就给他起了个名字，叫"祝融"。意思是，祝愿他永远给大家带来温暖、和睦。所以，从那以后人就改口叫他祝融，敬他为火神了。

那时候，南方有个恶神叫蚩尤，他能呼风唤雨，常来侵犯中原，骚扰百姓。黄帝就派祝融去和蚩尤作战。蚩尤请来风伯雨师，霎时间狂风大作，暴雨倾盆，妄想把火神祝融制服。可火神祝融也很机灵，你下雨时，我就收住火，不放；你雨一停，我就放火，放烟，风再一吹，火借风势，风助火威，把蚩尤烧得焦头烂额，大败而逃。蚩尤回去后还不死心，二次又来。这次他弄云作雾，想迷蒙住祝融的眼睛，再乘机打败祝融。谁知祝融早有准备。他把竹竿点着，四处乱扔。竹竿一烧，噼啪乱爆，不但把云雾给崩散了，还把蚩尤的眼睛给崩瞎了一只，吓得蚩尤扭头就跑。这时候黄帝的大队人马赶了上来，紧追不舍。赶过黄河，撵过长江，一直追到蚩尤的老家，把他逮住杀了。从此以后，天下太平了。

黄帝心里明白，这次打败蚩尤全是祝融的功劳，就重重奖赏了他，并且派他住在衡山，镇守南方。

再说祝融来到了南方，住在衡山上，经常下山教南方人如何使用火。教他们煮饭，教他们照明，所以他处处受到人们的欢迎。

这一天，祝融来到一处，看到当地的人每天天还不黑，太阳还没下山，就都躲到家里睡觉去了，第二天太阳升起老高老高了才从屋里出来。祝融很奇怪，就问是怎么回事。当地人说："不是我们懒，是这里常闹鬼。附近一带有一种叫'山魈'的恶鬼，每天夜里都去各家各户搅闹一阵，人人吓得躲在被窝里打战。所以就早早地睡觉，迟迟地起床了。"祝融一听，可气坏了。就砍来一大堆竹竿，把它们截成两头有节的不透气的竹筒筒。到了夜晚，山魈果然又来了，成群结队地往各家去闹腾。祝融赶忙把竹筒点着，四处抛撒，只听得村子里到处噼里啪啦的"爆竹"声响，把山魈吓得晕头转向，出出溜溜，都从各家蹿了出来，逃得无影无踪了。

从那以后，山魈就不敢再来了。可人们不放心，就让祝融教给他们怎么放"爆竹"。一旦有个什么动静，人们就照样放上一阵子"爆竹"。有的还用浸透油的棉线绳把竹筒穿起来挂在房檐上，随时准备燃放。这就是最早的鞭炮。后来，人们才改用纸裹硫黄、硝、炸药做"爆仗"了，可还是管它叫鞭炮。到了现在，花样更多了，什么青火鞭、大地雷、二踢脚、地出溜，等等，花样多得叫都叫不上名来。可制鞭炮的都知道，不管制啥样的鞭炮，从根上说，都是火神爷祝融传授下来的。因此，大家都敬火神祝融为祖师爷，有人又称他黎祖。据说南岳衡山的最高峰就叫祝融峰，峰顶上有一座火神殿，就是当年祝融住过的地方。而且直到现在还是南方浏阳、醴陵一带的鞭炮做得最好，因为黎祖一开始是在那里传授的，他们是嫡传子弟呀！

（讲述人：郭立峰）

席篾业的祖师

张班的传说

张班是席篾匠的祖师爷。

传说张班是鲁班的师兄。早先，他是人们最尊敬的工匠。他会用苇篾、竹篾、草秆等材料编织各种各样的使用物件。像炕席啦、草垫子啦、篮子啦、篓子啦等等，人们生活中少不了这些东西。比如，先前吃饭时都坐在他编的席上，叫作席地而坐，所以现在请人吃饭还叫坐席。

后来，鲁班的手艺学成了，他好用木头做东西。有一次他给张班做的席下安了四条腿，席面就变成桌面了；给张班做的草垫子下安四条腿，草垫子就变成板凳了。这样一来，人们坐着、用着就更方便了，都夸赞起鲁班来，渐渐地把张班给冷淡了。张班很生气，对鲁班说："你做桌子、板凳我不反对，名字还得按我的叫。"鲁班很尊重张班，连连说："中、中！"打那以后，使用的东西都变样啦，名字却还是叫原来的。所以直到现在请客吃饭喝酒时还叫坐席。可是，时间长了，也有些不懂规矩的人把这名字改了，把请客吃饭叫坐桌。不过，凡是木工都懂得，那还是得叫"坐席"，不能说了不算，坏了规矩。

（讲述人：贾连云）

配水业的祖师

水母娘娘的传说

现在城里人都用上了自来水，在早年间哪怕是京城里的人也要买水吃的。有一种职业是专门管配水的，传说水母娘娘就是配水业的祖师。

从前在一座很高很高的山上，住有一家独户，这家主人领养了一名童养媳。童养媳到他们家那年才十二三岁，婆婆对她很不好，整天让她劈柴扫地，打水做饭，做很多很重的活儿。童养媳虽然很勤快，但还是一天到晚地挨婆婆的打骂。

这一天，童养媳又到山下一个泉井处去打水。忽然发现在泉井处不远的地方，有一条小青蛇，躺在干地上，快被晒死了。她很可怜小青蛇，就把它小心地拾起来，放进泉井里去了。

童养媳打满了一桶水，背着往回走。她走啊走啊，好不容易背到了半山坡上，一不小心摔倒在地上，一桶水全洒了。童养媳这时已经累得筋疲力尽了，她想如果回去重新打水，那就回家迟了，赶不上做饭，又要挨婆婆的打骂，心里难过极了，就坐在山坡上呜呜地哭了起来。哭着哭着，就听得耳边有人说话：

"小姑娘，别哭啦，有什么难事吗？"

童养媳抬头一看，见是一位长着白胡子的老爷爷。童养媳从来没有见过他，就问："老爷爷，您是谁呀？怎么我从来也没见过您啊！"

老爷爷说："我呀，是东海的显仁龙王。刚才你救了我最小的儿子。我知道你是个好心的孩子，是特地赶来报答你的。你看，我能帮你干些什么事呀？"

童养媳摇摇头说："不，龙王爷爷，我不要什么，我还得赶快去打一桶水来。"说着童养媳就要走。

龙王急忙拦住她，说："要是这样，我给你一条鞭子吧，你用这条鞭子在桶里正转三圈倒转三圈，水就满桶了。"

童养媳听了很奇怪，就接过鞭子试了试。果然，一下子水就满桶了。这下童养媳可高兴啦。心想，以后自己就用不着再跑很远很远的路来背水了。她赶忙谢过龙王爷爷，把鞭子收了起来。龙王爷爷呢，满意地笑了笑，一眨眼就不见了。

从那以后，童养媳就用这条鞭子在水缸里转悠。正转三圈倒转三圈，水缸就满了，她再也不出门背水了。

时间一长，这事儿被婆婆发觉了。她趁童养媳不注意，就把鞭子偷了出来，想试试究竟是咋回事儿。婆婆拿起鞭子在缸里一搅，水就冒了出来。可她只知道正着转圈，不知道倒着转圈。水一直从缸里往外涌，再也收不住了。婆婆吓得把鞭子往缸里一扔，扭头就跑。这下可坏了，水缸里发起了大水……

这时童养媳回来了。她找不见鞭子，也没得办法了。就稳稳当当地端坐在水缸上，水才被止住了。但水缸已经被大水漂了起来，冲下山去。一直漂呀漂呀，最后冲到平原上，停住了。

后来人们便把这位童养媳当作神灵供奉起来，叫她"水母娘娘"，还为她盖了庙，纪念她。民间还流传着一句谚语，叫作"涝不涝，娘娘庙"。配水业的人更是把水母娘娘和井泉龙王奉为至尊。每逢农历六月十七水母娘娘的生日和六月十八井泉龙王生日的时候，都要赶庙会，烧香祭奠。人们还要讲水母娘娘的故事，夸赞她的勤劳、善良，感谢她止住了大水，救了百姓。

（讲述人：赵振理）

屠宰业的祖师

刘、关、张的传说

人们都把干屠宰业这一行的人看得很粗鲁，其实也并不都是这样。但为什么给人这种印象呢？恐怕这与过去屠宰行敬的祖师爷刘、关、张有点儿关系。

相传，张飞从小时，劲儿就很大，爱跟人家比力气，爱跟人家打架。论打架，谁也打不过他，打起来，就让他捶得鼻青脸肿的。后来人们一见着他就躲得远远的，不敢傍他的边儿。弄得他想打架也打不成了，整天手脚发痒。心急了，他就找牲口的事，不是跟牛顶头，就是跟驴较劲；再不然摔羊打猪，踢狗撵鸡，闹得左邻右舍不得安宁。不管打杀了什么畜生，他就用匕首把皮剥剥，割成几块，放到火上烤烤，吃了拉倒。

这一天，张飞走到一处，见一头大公猪迎面而来，便心中不忿儿。好，你不怕我，我也不怵你，咱俩斗斗！上去就拽猪耳朵，那猪疼得嗷嗷直叫，猛一摆头，把张飞撞了个屁股蹲儿。张飞这下火上来了，拔出匕首，噌一刀戳到了猪屁股上。那猪疼得嚎叫着向前跑去，张飞紧追不放。

再说关公，这一天正担个粮食挑儿，去集市上卖高粱、绿豆。正走之间，忽听得身后边呼哧呼哧的声响，回头一看，见是一头大肥猪跑来，急不择路，脑袋一摆一晃的，一头撞到关公的后挑子上，粮食撒了一地。关公也急了，抽出扁担照猪头上猛地一击，那猪"扑通"一声就倒地上不动了。

正在这时，张飞跑了过来。见到地上的猪，掂起来就走。关公心想：这个黑汉好不讲理！我打死一头猪，他跑过来捡个现成的。就拍了张飞一掌，说："哎，老弟，这猪是我打死的，为啥你要掂走啊？"如果张飞心平气和，解释一下，说：这猪是我先杀的，你看这猪屁股上不是还有把刀吗？这样一说不就完了？可是，他不。哟嗬！还有人敢理我的碴儿哩，好咧，多长时间没揍人了。"嗯"上去就回了关公一拳。关公哪里肯让，俩人就在路上对打起来。你来我往，拳打脚踢，各不相让，直打得天昏地暗，日月无光。

正打着，刘备扛一捆草鞋去赶集路过这里，他一见路边躺着一头死猪，两条汉子在打架，心里就明白了八九成。他走过去用捆草鞋的草绳把猪的四只蹄子一捆，拉上就走。

再说关公和张飞正打得难分难解，一见猪被人拉走了，就停下手来，一同追赶。关公跑得快，在前边赶，张飞跑得慢，跟在关公身后。可是，不管怎么撵，关公老赶不上刘备，张飞老撵不上关公。就这样三人你追我赶到了涿县县城，见到了招军的告示榜文。哥儿仨都有心去投军，就在桃园饮酒结义，成为生死之交。这便是后世传为佳话的"桃园三结义"了。

后来，屠宰业就敬张飞为祖师爷了。张飞性格鲁莽、直爽，人们便都猜想屠宰业的人都是如此。因为刘、关、张三人是生死之交，不可分离，所以屠宰业敬祀都是到三圣殿，把刘、关、张一起供奉的。过去屠宰行的人最重义气，大概和这也有很大关系。

（讲述人：王玉玺）

郎中的祖师

神医华佗的传说

从前，有些地方把看病的医生称作郎中。郎中这一行的祖师爷，都敬的是神医——华佗。下边就讲两段关于华佗看病的故事。

（1）"看病"的来历

中医为病人治病，讲究的是"望、闻、问、切"四个字。望，就是看气色；闻，就是听声音闻气味；问，就是问病情；切，就是号脉。这四种技能，尤其能够显示出医术高明的是头一个"望"字。"望"者，"看"也。所以如今人们请大夫治病又都称之为"看病"。提起"看病"，就使人想到神医华佗，据说"看病"就是从他那里传下来的。

华佗

华佗是到处游走着为人治病的。人们有病没病，不用讲，他打眼一看就能看出来了。这一天，华佗来到豫北一个小镇上，正走着看见从东边来了一个人。这人长得膀大腰圆，体壮如牛。他是这镇上东关一家铁匠铺的铁匠。华佗对他望了两眼，眉头一皱，迎了上去，说道：

"喂，壮士！你有病啊！"

"谁？我？我长这么结实，有什么病啊？"

"你别问啦！快回家吧。你得的是个急症，现在治都来不及了。要是走得快，还能死在家里头。"

"你！"那壮士听了华佗的话，以为是欺侮他，咒他死，挥拳就要揍华佗。谁知刚扬起手，就觉得头晕目眩，差点儿栽倒。这才知道华佗不是跟他闹着玩的，也顾不上说什么了，扭头就往家走去。

华佗见那壮士回家走了，想想，又一个病人没来得及医治就要丧生了，心里很难过。他就走进了一家酒店，想吃杯酒，解解闷。他进了酒店，看见有几个人正在喝酒，像是一伙朋友，大家喝得热热闹闹。可其中有一个人却只劝别人吃喝，自己倒不吃不喝。另外几个人也不劝他吃喝。华佗觉得有些奇怪，就走过去想看个究竟。谁知一看，就发现了问题。他走上前去拍拍那个不吃不喝的人说：

"喂，老客，你是不是嗓子堵得慌，吃不下也喝不下呀？"

"哎，对了。我是这镇上的丝绸店店主。不知咋的，前几天突然嗓子堵得厉害，吃不下也喝不下。我想，反正是活不长了，就请几个朋友来吃吃喝喝，热闹热闹算了。明天，我那丝绸店就关门大吉了。我就腈等着饿死了。"老板说完，心里的愁闷，再也掩盖不住了，就趴到桌子上呜呜地哭了起来。

华佗见他哭得挺伤心，另外几个人也不吃不喝，跟着一块儿唉声叹气地发起愁来。华佗就说："你们几个既是这位店主的好朋友，就该想法帮他治治病呀！"

"唉，治了。镇上的先生都请遍了，谁也说不上来是啥病，都说看不了。要有办法，我们说啥也得帮他治病呀！"几个朋友七嘴八舌地说。

"这样吧，你们几个到对面包子铺买些蒜汁来吧。我来给他治治。"

说话不及，几个人弄了蒜汁来。华佗让他们用醋调和调和，给那位店主灌了下去。喝了没多大一会儿，就见这个人"嗷"的一声吐出一团东西来。大家凑上去一看，原来是一条像蛇一样的大虫。说也奇怪，大虫吐出来后，这个人的嗓子马上就不堵得慌了，肚子饿得要命，立刻就能吃东西了。当下便对华佗千恩万谢，一定要请教华佗贵姓大名，当他知道了面前的正是神医华佗时，真是高兴得不知如何是好，一定要华佗跟他到家中叙谈叙谈。于是，大家一同就往丝绸店店主的家中走去。

一伙人刚出了酒店的大门，就见街上鞭炮齐鸣，笙笛唢呐，吹吹打打，好不热闹。原来是有人娶媳妇办喜事。新姑爷骑着高头大马，披红挂彩，走在头里；新媳妇坐着花轿，轿窗里透出上半截身子，顶着盖头，戴着红花。

街上人多，不好走路，几个人就站在路边上看热闹。突然华佗挤进人群来到花轿跟前，上去拦住了花轿。他上去把花轿门帘掀开，把新娘拉了出来，两只手把新娘死死抱住不放。

这一下，大街上可炸了锅啦。

"怎么，这位老客疯啦！"

"哎呀！羞死啦！"

男的上前就拉就拽，女的都吓得乱躲乱藏。新女婿回头一看，气得跳下马来，赶到跟前，动手就打华佗。

华佗呢，任凭人们怎么叫喊、咒骂，任凭新女婿拳打脚踢，就是不撒手。

　　新娘子这时连急带气，脸憋得通红，又咬又抓，连踢带打。折腾了好一阵子，华佗才把手松开，一屁股坐到地上。新娘子出了一身虚汗，坐在地上哭天喊地地要寻死，新女婿还要打华佗。丝绸店店主和他的朋友们也赶忙挤了上来，一把拉住新女婿，说："新郎官，请手下留情。你知道这位先生是谁吗？"

　　"管他是谁呢，他调戏我媳妇，我就揍他。"

　　"您等等，这位先生就是神医华佗！他这样做想必有什么缘故。你问问清楚再打不迟呀！"

　　新郎官一听是神医华佗，便说："噢，原来是神医华佗呀！难道他疯了吗？怎么干出这么无礼的事来？"

　　这时华佗才从地上爬了起来，说："新郎官，请恕罪。华佗我一不疯来二不傻，倒是你这媳妇最近得了癔症是不是。一犯病就又哭又笑，大吵大闹，牙关紧咬，话也说不出来是吧？"

　　华佗这话一说，新郎官倒愣那里了。心想，我们家的事，这老头儿怎么知道啊？

　　原来，这一对新婚夫妇是从小青梅竹马的姑表亲，可他们一年前正式订婚不久，新媳妇突然被一条狗吓了一跳，从此得了癔症，这病又叫"脏躁症"，一犯病就和华佗说的一模一样，平常也是呆呆愣愣的。这次办喜事是两家商量好了提前办的，想用喜事冲一冲霉气。

新郎官还有点儿不明白，他气呼呼地冲着华佗说："我们家的人再傻再憨，你也不该做这种不要脸的事啊！"

华佗说："咳，您不明白，我这是给新娘子治病啊！她刚才一急，一躁，这病就好了一多半了。我再给你开个方，回去一吃，准除根。"

"真的？"新郎官还有点儿不相信，扭头一看新媳妇，咦，见新媳妇盖头也掉了，两只大眼忽忽灵灵地，正含羞凝神朝着新郎官笑呢。过去那种傻呆气全都没有了。新郎官心里一高兴就过去跟新娘子说话去了。华佗呢，向街坊要了笔墨，写下一个药方，交到抬轿人手里，就跟着丝绸店店主，又往前走了。

他们刚刚走到东关铁匠铺门口，就听里面"哇"的一声，齐哭乱叫起来。原来，刚才一进镇子见到的那个铁匠回到家里，果然在这时咽气了。要搁现在说，他得的是心肌梗死，是一种突发症。

华佗到丝绸店店主家里吃喝叙谈的事咱就不用再多说了。你看华佗看病看得多准吧！从那以后，谁都知道华佗会"看病"了，有了什么不舒服的病症，都跑老远来让华佗"看病"呢。

"看病"也就传了下来。

（讲述人：高宪章）

（2）华佗求学

华佗成了名医，千里以外的人都知道他的医道高明，有了难治的病，都来求他医治。

这一天，有一个商人来找华佗看病。华佗号过脉后，知道他病得很重，就问他："你现在是刚刚出门，还是做完了生意要回家乡？"

商人说："我生意做完了，要回钱唐老家去。"

华佗说："那你就赶快回去吧，这病不好治了。药是有，就是药引子不好办。"

商人说："要什么药引子啊？"

华佗说："龙肝凤胆。"

商人听了，吓一跳，这"龙肝凤胆"去哪里弄啊！心中闷闷不乐，辞别了华佗，就回到客店里来了。恰巧这天客店里来了位老道，鹤发童颜，慈眉善目。他见商人在那里唉声叹气，就问："这位财东，有何烦恼之事？"

商人见是一位道长相问，就把自己刚才去找华佗医病的事说了一遍。那道长听了，哈哈大笑说："我当什么事呢？原来是要药引子。治你这病，哪里要什么'龙肝凤胆'，你就到砀山买上两筐砀山梨，一天只吃一个就行，但须连皮带核一起吃下。梨吃完了，你的病也就好了。"

商人听了喜出望外，连连拜谢老道。问了道长的高姓大名，才知是玄通道长。

后来商人就照老道说的做了，果不其然，真的吃完两筐砀山梨之后，病也好了。过了几个月，这商人又到河南来做生意了。哎，巧得很，有一天上街又碰上了华佗。华佗一见这位商人，看他红光满面，精神焕发，一点儿也不像有病的样子，心中很奇怪，就问道："财东，你的病好了吗？"

商人一见是华佗，就说："好了，好了。多亏碰上了玄通道长，他说用不着找'龙肝凤胆'，吃砀山梨就行了。"

这一说，可把华佗说愣了。华佗心想，原来自己认为是不治之症，说用药引子"龙肝凤胆"，不过是托词罢了，现在他的病真的好了，可见自己的医术还是不高明啊！于是就下决心要去找玄通道长学医深造。

华佗详细问了玄通道长的住处，就装扮成一个一般郎中去投奔玄通道长，到了那里一学就是三年。

这一天玄通道长出门不在家，来了一个看病的。他得的是肠痈，肚子疼得要命，在地上直打滚。可是师父不在家，徒弟们谁也不敢下手治，眼看着病人要不行啦。华佗看看不能再拖了，就说："让我来试试吧。"

华佗给病人喝了自己配制的"麻沸散"，很快病人就失去了知觉，被麻醉过去了。华佗用刀子把病人的腹部切开，割去了肠子溃烂的部分。当时另外几个徒弟都吓得捂住了眼睛。一直到华佗用丝线把病人的腹部缝合起来，慢慢地"麻沸散"的药劲过去了，病人开始醒了过来，周围的人才都松了一口气。

病人被抬走了。几个师兄师弟都惊讶地问华佗："师父啥时候教了你这一手啊？你开头给病人喝的药是什么药呀？"华佗怕暴露自己的身份，什么也不说，只是笑了笑。

再说病人被抬下山时，正巧碰上了玄通道长化缘回来。道长见抬的是病人，就走上前问："是什么病呀，怎么没治就回去了？"这时抬病人的说："道长，病人已经治好了，多亏你的徒弟给他开了一刀，从肚子里还拿出一截儿坏肠子呢。"道长听了，心想，这是肠痈呀，连我都治不了，是哪个徒弟干的呢？回到家里，道长就问。华佗看瞒不住了，只好承认是他给病人治的。玄通道长两只眼直勾勾地望着华佗，就是不说话，看得华佗心里直发毛。

半晌，玄通道长才颤颤巍巍地说："华佗啊，华佗，你不该不告诉我呀！让你可受委屈了。"

华佗这才说了三年前自己来投师的原因，又说这几年学到了不少东西，很感激玄通道长的教诲。

玄通道长听了很受感动，觉得华佗这样的名医还能虚心向别人请教，真是太不易了，就把自己多年积累下的秘方、医术全部传授给了华佗。

（讲述人：陈四爷）

医药行的祖师

孙思邈的传说

（1）孙真人与老虎

孙思邈，是唐代医学家，一代名医，著有《千金要方》《千金翼方》等药书，因为他医道高明，后来大家都称他孙真人，奉他为医药行的祖师、神仙。过去的药王庙都在殿堂正中供着他的塑像，赤面慈颜，五绺长髯，方巾红袍，彩带广袖，仪态庄重朴实。他身边还有两个侍立的书童，一个捧着药钵，一个托着药包，左前方还卧着一只吊睛白额的猛虎。为什么有一只猛虎陪伴着孙思邈呢？这里面有一个传说。

相传孙真人当年在五台山上隐居，经常赶着一头驮药的小毛驴到处为老百姓治病。一天，他只顾给人看病、抓药，他的小毛驴偷偷跑到山上去了，结果被一只大老虎吃掉了。当时山神看到了，很生气。心说，这个愚蠢的老虎，也不问三七二十一，逮着东西就吃，那孙真人成天给山里百姓治病，你怎么把他的坐骑给吃了。一怒之下，催动法术，让一根骨头卡住了老虎的喉咙。老虎当下痛得在地上直打滚，后来就跑到山神那儿去求救。山神说："我看不了，你去找孙真人吧。"无奈何，老虎就跑到下山的一个路口等着孙思邈。

孙思邈给人看完了病，要回家了，可怎么也找不到自己的小毛驴了。大伙说送送他，他连说"不必，不必"，就用根扁担挑上草药袋下山了。刚刚走到山根，见路上卧着一只猛虎。孙思邈当时吓得一愣，连忙把药袋放下，抽出扁担，对着猛虎大声喊道："莫非你要吃我吗？"谁知那猛虎却连连摇头，眼中还流露出哀求的目光。孙真人一看这情况，心里猜了个八八九九，又问："莫非你是求医？"老虎听了连连点头。

"张开口，让我看看。"

那虎顺从地张开血盆大口。

孙真人走上去仔细一看，原来是一根骨头卡在老虎的咽喉。他伸手想去给它拔出来，又一想，这老虎喉内的骨头好取，就怕它感到痛时把嘴一闭，岂不咬断我的手臂了吗？遂用一个铁环，套在手腕上，撑住虎口，然后才把那骨头取了出来。老虎得救了。直到现在，凡是在民间流动行医的郎中，手上总拿着一个圆环式的药铃，一摇"哗啦哗啦"地响，那东西俗名就叫"虎撑子"。据说就是孙真人留下来的。

那老虎得救后，非常后悔自己把孙真人的脚力——那头小毛驴给吃了，为了报答孙真人的救命之恩，就主动跟着孙真人，给孙真人保驾，为孙真人驮药。别的山猫野兽一见孙真人有老虎跟着，都不敢上前伤害孙真人了。

可是，人见了老虎也害怕呀，一个个都远远地躲起来，不敢再找孙真人看病了。怎么办呢？后来孙真人想出一个办法，就叫人们把吃过的药渣倒在大门口，又吩咐老虎说："你看谁家门口有药渣，就说明我正在这家给人看病，你不要到人家家里去，远远地在村头等着我就行啦。"老虎听了点点头。从那以后，直到现在民间吃中药都有这种风俗习惯，总是把药渣倒在大门口。这样一来，人们看不到老虎，又都来找孙真人看病了。可是人们心里清楚，孙真人是骑着老虎来的，老虎是孙真人的"保驾官"。于是，人们在药王庙里就也给老虎塑了一尊神像。

（讲述人：师士功）

（2）孙真人和他的徒弟

太行山里到处都能听到关于药王孙思邈的传说。大家都称他"孙真人"。

据说在唐朝的时候，孙真人游乡行医，来到这一带。一天，他走到一个村口，见一家出殡的，抬着一口棺材，棺材缝里还渗出几滴鲜红的血。孙思邈当下拦住棺材说："主家，先别走哩。请问这棺内殡的是何人？死多长时间了？"这时一个老婆婆走上来说："先生，这是俺女儿，死有大半天了。族里人说，生孩子死的，不吉利，得赶快埋。这不，连三天也没过，就要下葬哩。"说着，又抽抽搭搭地哭起来。

孙思邈又走上前仔细看了看血的颜色，一口断定，这棺材里的人没死，要求打开棺材让他来治疗。老婆婆听了，半信半疑：难道人真的能死而复生吗？既然这位先生说得这么肯定，也不妨试试，于是吩咐人们停下开棺。

棺材盖打开了，只见那妇女脸色蜡黄，嘴唇苍白，没有一丝血色。孙思邈仔细摸脉，发觉脉搏还在微微跳动，赶紧选好穴位，给妇人扎上了针。又向附近人家要了些开水，给妇人灌下了一些药。没多大一会儿，那妇人竟然蠕动了一下身子。随后，"哇——"的一声，一个胖小子生下来了，那产妇也慢慢睁开了眼睛。

哎呀，这位先生能让人"起死回生"，一针救活了两条性命，真是神医啊！这除非是孙真人才行啊！大家回头再找先生时，孙思邈已走得无影无踪了。

后来，据说被孙真人救下的这个胖小子被取名叫作"敬真"。敬真从小就很聪明，常常到药王庙里去敬奉孙真人。他长大后也学了医，到处为人治病，很受这一带人的敬重，人们都说他是孙真人点化过的徒弟。

有一回，敬真遇到一个病人，得的是尿潴留病，撒不出尿来。病人难受得嗷嗷叫，求敬真给他快点儿治疗。敬真想，尿撒不出来，再喝汤药，怕尿脬憋坏了。这可咋办呢？一时想不出好办法来，急得直挠头。

正在这时，忽听门口有个老汉隔着栅栏门化缘，说："有这门里的人吗？出来给点儿啥吧！"敬真走出来一看，见是一位云游道士，头戴两块瓦的道冠，身穿一件黑布长袍。他便走过去给了老汉一些散碎银子。心想，云游僧道，经多识广，我何不请教请教这位老道？便说："道长，我们这里有人尿不下来，不知您老可有啥好法治疗没有？"

那老道见问，打一稽首，说道："人都是小时候聪明，老了，就不中用了。"说完，忽然人影一闪，便不见了。敬真心中奇怪，连忙开了栅栏门，出来寻找，哪里还有踪影？只见地上放着一捆大葱。他思前想后，幡然醒悟。"哎呀！这不是孙真人前来指教嘛！"怪不得他问，"有这门里的人没有"呢，还说小"葱"好，"老"的就不行了。这葱叶儿不是可以把尿引出来吗？

敬真赶紧跑回屋里，用一根小葱叶，在火上烧烧，消消毒，切去尖头，小心翼翼地插进病人的尿道，再用力一吹，不一会儿，尿果然顺着葱管流了出来。病人的小肚子慢慢瘪了下去，病也就好了。从这以后，敬真就更加敬重孙真人了，也越发刻苦钻研医道了。

（讲述人：柳鸣久）

车行的祖师

马王爷的传说

　　车行又叫"轮子"行，旧社会里专有些人养马备车为人拉货搞运输，这行人都敬马王爷。农历六月二十三马王爷的生日，这一天要悬挂马王爷的神像。马王爷是个三只眼的大红脸汉，表情狰狞可怖，四肢持有刀枪剑戟，画中写着"水草马鸣王"字样。画像下缘有一匹小马正在马王爷的保护下吃食。画的两边还贴着"蹿山跳涧，如履平地；追风赶月，日行万里""上山敌猛

马王爷

虎，下海斗蛟龙"等对联。这一天里不出车，不用马，还要给马吃些好草好料，有的甚至给马包一顿素饺子吃。为啥这样呢？说到底马是车行的宝贝，要使用它，就得敬它。可车行的人还有一种说法，说马王爷是车行的神灵，因此大家都敬马王爷，把他尊为这一行的祖师爷。

传说，马王爷原来是天上的一个星宿，就是二十八宿里东方苍龙七宿的第四位——房星，又叫"天驷"，是为王母娘娘巡天驾紫云辇的龙马。

有一次，王母娘娘庆寿，在瑶池开蟠桃大会，众位神仙乘坐着仙鹤、白麒麟、玉鹿都来了。神仙们到里边吃仙桃、喝美酒去了，却把他们的坐骑都留在了南天门之外，龙马天驷也留在了南天门之外。他心中不满，就发了几句牢骚。不巧，这几句牢骚话让多嘴的乌鸦神听见了，她跑到王母娘娘那里添油加醋地一学舌，可把王母娘娘气坏了。当即就下令把龙马天驷贬到凡间，还责怪他说："你不想拉我，我还不愿意让你拉呢！你到下界受苦去吧！想吃好的，没那么容易，光能让你吃草；好发牢骚，我罚你永世不能言语；你不愿意等待，我罚你不能躺卧，老得给我站着。我也不打你，让人打你去吧。"

就这样，龙马天驷被罚到了下界。龙马天驷到了人间，人们对他倒是挺好的，照顾他吃喝拉撒睡，把他当成伙伴，称他马王爷。马王爷呢，为了感谢人，就给人干活儿，驮柴拉磨，接人送客，什么活儿都干。慢慢地，人们离不开马王爷了。

这一天，马王爷走啊走，走到了赵州。就听着前边乱嚷嚷的，怎么回事呀。原来鲁班连夜修了一座赵州桥，正和张果老打赌呢。张果老偷偷在他的驴背褡裢里装上太阳、月亮、三山五岳，从桥上一过，差点儿把桥给压塌。幸亏鲁班上去托住了桥身。等张果老骑着毛驴过了桥，鲁班才认出这个老汉原来是张果老。他恨自己有眼不识神仙，越想越惭愧，伸手抠掉了一只眼，扔到了桥边，就悄悄地走了。马王爷一看，顺手把鲁班爷的眼睛拾了起来，安到自己额头上了。从那以后，马王爷就成了三只眼。

马王爷拾走了鲁班的眼，木匠们老想着要回来。他们给马做了好多工具，什么车啦，犁啦，耧啦，耙啦，等等，想着让马方便点好把眼睛讨回来。谁知，工具越多，马干的活儿越多。马王爷一生气，也不给木匠们眼了。所以，直到现在，木工们做活儿，瞄准吊线时还是只用一只眼。

再后来，王母娘娘消了气，又把马王爷召回天上去了。马王爷升天的这一天正好是马王爷的生日农历六月二十三，所以民间养马的都在这一天敬马王爷。有的人平时性急，打过马，骂过马，可到这天上祭品时还要说："打一千，骂一万，马王爷生日吃顿饭。"就算是请马王爷原谅，把平时的罪过赎了。过去开封有马鸣王庙（马神庙），相国寺后街有祖师庙，马道街有星君庙，这些都是车行敬马王爷的地方。

（讲述人：牛佚名）

牛行的祖师

牛王大帝龚遂的传说

"牛行"的从业者是专管买卖牛的生意人，俗称牛经纪。相传这一行敬的是渤海太守龚遂，龚遂又被人们称为牛王大帝，是牛行的祖师爷。

龚遂，实有其人。西汉宣帝即位那年，渤海一带发生了大饥荒，民不聊生，盗贼蜂起。地方官不能控制局面，就给皇帝上了一本奏折，要求选派能人来整治社会秩序，安定民心。当时朝中百官一致推荐龚遂可以担当此任。皇上就任命龚遂为渤海太守。

龚遂这年已经七十多岁了，身材短小，貌不惊人，却是有名的敢于直言进谏的清官。这次见皇上起用，便先提出两个条件。一是要求皇上不可急躁，治乱民犹如理乱绳，只能先使其缓和下来，才可治理。二是既让我去，便不能随意限制我的行动，换句话说，就是我要怎么干就怎么干，你皇上不要管才行；否则，我便不去。皇上这时巴不得地方上太平无事，所以满口答应。于是龚遂就即日起程，上任去了。

龚遂来到渤海地界，郡中听说太守驾到，就派出大队人马，列阵相迎，龚遂却一一谢绝了。然后，又命令各属县把追捕盗贼的官吏都罢免了，并且规定只要是拿着犁耧锄耙等农具的都是良民百姓，官方不再追问。凡是无故持枪刀剑戟等兵器擅生是非的就是盗贼。于是，很快人们都又回到田间耕作务农去了。龚遂又劝说当地老百姓种树植桑，养猪喂鸡，尤其提倡人们发展耕牛喂养。提出"民有带持刀剑者，使卖剑买牛，卖刀买犊"，要是在大街上看见有人带枪佩剑，便问："喂，你为何带牛佩犊？"结果，当时人们纷纷卖了兵器去买耕牛，一时牛的生意大为兴隆，牛经纪这一行就产生了。牛行的人感激龚遂的恩德，就尊龚遂为牛王大帝，视其为自己的行业祖师爷了。直到如今每年农历六月初八牛王会时，牛行的人还要到牛王爷庙中祭奠一番呢。

（讲述人：李金海）

玉器行的祖师

邱长春的传说

北京琉璃厂沙土园有一个长春会馆，会馆门首有一块石碑，上边写着"玉行长春会馆"几个字。馆内早年间还有一个道长的塑像，塑像面部白皙无须，面目和善，身着黄冠羽衣，神态端庄。据说这就是玉器行所敬奉的祖师邱长春。

邱长春是元朝道教的大宗师，姓邱，名处机，字通密，道号长春子，人称"长春真人"。这位道家的"仙师"，为何成了玉器行的祖师爷了呢？这还得从邱长春的得道成仙说起。

原来，邱长春的俗名叫邱左，是山东登州府栖霞县滨都里人氏。祖父务农，世称善门。就在邱左七岁生日那天，门外边来了一位游方道士，长得仙风道骨，鹤发童颜，目若朗星，牙如排玉；身穿八卦道袍，头戴玄色道冠，足下一双白袜青鞋，手持马尾拂尘，文质彬彬。他轻轻叩打门环，口口声声要见一见邱家的贵公子。

邱员外将这位游方道士请进屋内，当作宾客相待。又命夫人将邱左叫到跟前。游方道士见过邱左，便向邱员外说道："果然不错，真是如此。"邱员外当时听出他话中有话，忙又追问："道长，这孩子命相如何，请道长明示。"那道士哈哈一笑，说道："此是天机，不可泄露。不过，我想收贵公子为徒，不知邱员外意下如何？"邱员外当下犹豫不定，那道士也就不再勉强，站起身来用拂尘在邱左头顶绕了三遭，一阵朗声大笑："哈哈哈哈，一十二年之后，便知分晓。"随后打个稽首，告辞而去。

邱员外见道士走了，就没有放在心上。谁知过了十二年整，邱左十九岁这年，果然留下一封书信，辞别了亲人，独自一人出走，从此不知去向。

后来，人们看到他时常披着一件蓑衣，乞食度日，四处游历，大家都叫他"蓑衣先生"。他游遍了天下名山大川，增长了许多见识，最后终于来到宁海昆仑山上，拜了王喆（古"哲"字）老祖为师。这王喆老祖，字知明，号重阳真人，便是当年到过邱员外家的那位仙长。王喆老祖见邱左如期来到山门，心中大喜，遂赐邱左更名为邱处机，并授道号为"长春子"。教他潜心修炼道家各种仙术，一心要成就他为道家仙长。

邱长春果然不负恩师厚望，每日在山中苦苦修炼，很快就掌握了各种道家仙术，慢慢地他的名声就大起来了。有一天，王喆老祖把他叫去，对他说："徒儿，你的道业已经成就，今后你就独掌道门，自行修炼去吧。"于是邱长春就辞别了师父来到陇州龙门山中隐居修道，创立了龙门派教宗，并收下了十八个弟子。

这时候，天下正遭兵乱，宋、金两朝都派人来搬请邱长春辅佐朝政，但邱长春始终不肯下山。

一日，邱长春忽然对他的徒弟们说："现在天下大乱，黎民百姓惨遭战争的苦难，生活在水深火热之中，我们虽为出家之人，亦不能坐视不问了。明天，元太祖派人来召我，我准备下山去了。"徒弟们听说师父要下山，都说："愿与师父同往。"第二天，果然有两个使臣带着元太祖成吉思汗的亲笔诏书前来求见，要求邱长春下山辅佐朝政。邱长春就带领十八个弟子一同下山去了。

他们师徒一行，跋山涉水，一直走了一年，终于在西域雪山顶上见着了元太祖成吉思汗。元太祖当下便请求邱长春指教治民之方，邱长春回答了"敬天爱民"四个字；元太祖又问怎样才能长生不老，邱长春又回答了"清心寡欲"四个字。元太祖听了深有感触，当下收回了要屠杀战俘的成命，并且封邱长春为"大宗师"，赐号"神仙"，命他掌管天下道教。一时间邱长春"一言止杀"的英名，传遍了天下。

后来，邱长春随元太祖来到了北京。元太祖在北京西便门外给邱长春盖了一座白云观，邱长春便住在那里。

谁知元太祖驾坐北京城之后，慢慢地便把邱长春的话忘到了九霄云外，为了享受，再也不顾黎民百姓的死活。不管风灾雨涝，连年荒旱，一个劲儿地向人民摊粮派款，拼命地搜刮民脂民膏。人民群众虽然没有了战火的威胁，却又面临着"苛政猛于虎"的迫害。许多家庭被逼得妻离子散，背井离乡，逃荒要饭……而这时，皇宫里却过着花天酒地、淫逸腐化的生活。

这一年，元太祖要给公主办嫁妆，下令从全国召来一百个有名的玉石匠，把他们全都关在上林院内。他并要各州府贡献金银玉石，必须在一个月内打造上万件珍品，以备办大婚之用，如要拖期就格杀勿论。

这一下，各州府的官员开始变本加厉地搜刮民财了。一时间，民不聊生，怨声载道。玉器行的匠人们也十分着急，这锼金刻玉的事，不是一朝一夕就能完成的。别说一个月，就是三年也做不出这么多玉器来啊！一个个唉声叹气，一筹莫展，只等着人头落地了。

这件事让邱长春听说了，他想，看来元太祖已经违背了自己的诺言，早把老百姓置于生死不顾的境地了。我要再不出面教训教训他，这王朝就将覆灭，人民又要死伤无数了。于是他便上奏皇上，要求元太祖罢免官税，放回玉行匠人。大婚所需的玉器珍品他可以一人承担。

元太祖不相信邱长春所说的话，就把邱长春召进宫去。问他："你说要朕放了百名匠人，还不让下面呈送金银玉器，那么，你自己就能帮助朕做出来这么多的玉器吗？请仙师当面显示一下神力，以解寡人之疑虑。"

邱长春早在昆仑山上就学会了返瑕为瑜、点石成金的本领，这的确难不倒他。于是就说："但不知圣上要什么样的玉器？"

元太祖信口就说："你先当面给我做一个玉石麒麟吧。"

邱长春说声"好"，就顺手往金殿台阶下一指。只见那地面上的一块大砖石"腾"地冒起一股紫气，霎时间变成一块碧绿透明的美玉。邱长春再喝一声："起！"那玉石果然飞起落在邱长春手上。邱长春拿在手中三捏两捏就成了一只玉石麒麟的身形。接着他又让一块石头变成金子，拿在手里，三搓两搓，搓成了麒麟角、麒麟甲、麒麟须，分别安放在玉石麒麟的头上、身上和嘴里。真是没用一袋烟的工夫，一只玉石麒麟就做出来了。

元太祖和金殿上的大臣们都看得发了呆，一个个吐出舌头来，半天缩不回去。元太祖心想：这可太神啦，早知这样，我还愁什么没有金银、玉器！只要我一开口，邱长春就能办得到。

好，好，太好啦！于是他满口答应，一切按邱长春的意思办。放了百名玉器匠人，也免了州县的贡品，让邱长春留在宫中为他赶制各种玉器。

邱长春见皇上答应了自己的要求，就催动法术，念动咒语，果然按皇上的要求，制成了一万件玉器，那真是天上飞的，地上走的，树上爬的，河里游的；吃的，住的，穿的，用的；想到的，听到的，千奇百怪的，样样俱全，琳琅满目，件件稀世。这一下，皇帝可高兴极了，把邱长春封了再封，赏了再赏。

邱长春呢，心里知道皇上只图荣华富贵，压根儿就没有真正地替人民着想过，便从此离开了北京城，又到民间游历去了。

邱长春走到哪里，就把自己制玉器的本领教给当地的匠人。奇怪的是，每当有人学会一件玉器的做法，那宫中原来邱长春给皇上做的玉器就少一件。这样一来，宫里的那一万件玉器就又陆陆续续地分散到了民间。原来当年邱长春制玉器时，就是用全国各地的玉石，现在又回到当地人手里去了。只有那玉石麒麟还留在宫中，不过又变成了石砖，就是现在故宫里太和殿上的那一个。

从那以后，民间的玉器行业都把邱长春奉为自己的祖师爷了。大家都称他为"邱祖"。一来是纪念他救过玉器行匠人的命；二来是他传下不少玉器的样品和绝技，大大促进了玉器行的发展。一般老百姓也感激邱祖的好处，所以北京每年农历正月十九邱祖生日这一天，玉器行匠人和老百姓都要到白云观去烧香磕头敬邱祖。道士们也总是热情地招待大家，特别是玉器行的匠人和道士们都以兄弟相称，可亲热啦。这一天又称作"燕九（宴邱）节"。传说，这一天邱祖是一定要来的，不过他总是改了装束的，或者装扮成商人、游客，或者装扮成乞丐、艺人。但只要你留心，或许就能认得出来他。不信，到时候你去试试看。

（讲述人：马翠英）

豆腐行的祖师

孙膑、庞涓的传说

豆腐行的祖师爷我可打听过，有敬淮南（怀南）的，说是杜康的妹妹；有敬乐毅的，说是个孝子；不过咱这一带豆腐行的都敬孙膑、庞涓。

孙膑、庞涓都是战国时候的大将。孙膑在齐国当军师，有勇有谋，能耐超群；庞涓在魏国当将军，自己没多大本事，还妒才忌能，爱整治人家，结果落个乱箭穿身的下场。那他俩咋成了豆腐行的祖师爷了呢？老辈人是这样传说的：

当初，孙膑和庞涓一块儿到山里求师学艺。来到龙虎山拜了鬼谷子为师，每天练武习文，倒也不错，可后来慢慢地显出差别来了。孙膑是敬师如敬父，老师叫干啥干啥，叫咋练咋练，吃苦耐劳，没半点儿怨言。庞涓呢，光想着下山当官食俸禄，学不一星半点儿本领，就觉得了不起了，因此练武偷懒，干活儿耍滑，背地里还偷着骂老师。你想，这俩徒弟老师喜欢谁？当然是喜欢孙膑，讨厌庞涓。可庞涓呢，不从自己身上找原因，倒怨恨起孙膑来了，一天到晚想找孙膑的碴儿，陷害孙膑。

　　这一天，师父生病了，吃不下饭，躺在山洞里呻吟不止。孙膑着急了，得想个法子让师父吃点儿新鲜东西，可山上有啥呀，五谷杂粮，煮煮蒸蒸，都吃腻了。想个啥法，叫它变变样呀？哎，不如把这黄豆青豆磨磨，叫老师喝碗豆浆变变口味。他想到这里，说干就干，找了两块石头，把豆子磨成了浆，放在洞口外一口锅里煮。不一会儿，煮了一锅热气腾腾的豆浆。孙膑望着豆浆锅，心想，别叫凉了。干脆我连锅端进洞里，叫师父趁热喝吧。

　　孙膑端着一锅浆就往山洞里走去。到洞口那儿，端不动了，就放下锅喘喘气，谁知洞口崖上晾着他平时淋的盐，夜间露水大，湿了，露水带着盐滴到锅里，一霎时，那豆浆结成了块儿。孙膑看了，十分惊奇。咦，这是咋回事儿呀？天也不算太冷，豆浆咋冻了？要说冻了吧，还冒着热气呢。再仔细一看，原来是崖顶盐上的露水滴进锅里。噢，是"盐露"啊！那不要紧，盐是食中宝，甘露是仙人餐，这说不定是天赐的佳肴珍品呢！孙膑把凝结的豆浆端进洞里，盛了一碗，请师父品尝，果然清甜甘美，可口适胃。师父一连吃了三碗，吃饱了才问："徒儿，今天给为师做的这是什么东西啊？"

孙膑随口答道："师父，这是'豆府肉'哎！好吃吗？"

"嗯，好吃，好吃！"

"好吃明儿个我还给您做。"

从那以后，孙膑就每天给师父做一锅"豆府肉"吃。不几天，师父的病就好了。

师父这次病好后，对孙膑更好了，背着庞涓多教给孙膑好多绝技，孙膑的能耐就越来越大了。

庞涓呢，见师父常常当着他的面夸奖孙膑，又常背着自己单教孙膑，甭提多恼恨了。他想，非得坑你们一次不行，叫你们俩也尝尝苦头。

这天夜里，庞涓悄悄起来，来到洞口外边，把崖上的盐巴拨拉到一边，弄些白石膏面放上，泼上水，就不辞而别，独自下山走了。

第二天一早，孙膑又起来煮了一锅豆浆，端到山洞口接盐露水，哪知流下来的不是盐露水，而是白石粉呀！不过，说也奇怪，那豆浆照样结成了块。孙膑端过去让老师一吃，也还不错，照样能吃，不过吃完之后，稍微有点儿"苦头"。原来，这都是在师父预料之中的事，师父是有意用这种方式考验两个徒弟的。

后来，这事儿传到了民间，民间就有了做豆腐的行业。豆腐就是"豆府肉"的简称。因为做豆腐的分别是孙膑、庞涓两个人教的，所以点豆腐有两种方法：一种是用卤水，一种是用石膏。这两种方法点出来的豆腐大家都爱吃。不过，细品起来还是有差别。卤水点的豆腐有一股子甜味儿，石膏点的豆腐总有那么一点儿苦头。不信，你就仔细品尝品尝。

（讲述人：许里）

泥塑、面塑行的祖师

女娲的传说

捏面人、泥人的都敬三皇。三皇是天皇、地皇、人皇，也有说是伏羲、女娲、神农的。要说这三皇都是人的始祖，应该敬，不过讲起传说来，好像女娲跟这一行的关系更近些。

捏泥人的爱讲女娲团土造人那一回。

相传说，天地初开，混沌始分的时候，这地上无人，天上无鸟，世界一片荒芜，冷冷清清。女娲神有一天坐在河边，觉得怪无聊的，就用河水和泥玩耍。

这时候，伏羲不在这儿，到远方去了。女娲心里想着伏羲，就照着伏羲长的模样，捏了一个小泥人。小泥人有胳膊有腿，有鼻子有嘴，长得挺齐整的，就是没有耳朵、没眼睛。

女娲捏好一个泥人往地上一放，泥人竟然活了，活蹦乱跳地乱跑。女娲说："哎哎，你别跑啊，别跑！"可那泥人没耳朵，听不见，只管跑啊跳的，不停事儿。女娲急了，一把抓过来，用簪子在他的头两边，一边扎了一个眼儿。这下子泥人虽说是啥都听见了，可他一着地还是乱跑乱跳的，而且又踢又打。因为，他看不见东西，憋得难受啊！任凭女娲怎样喊"别跑，别打"，泥人也不停下来。

女娲气急了，两手捏着他耳朵眼儿的地方，说："你没听见？难道你没有耳朵啊？"谁知，这一捏又给泥人添了两只耳朵。

泥人说："我耳朵是有啦，可我没有眼睛啊！我看不见东西能不急吗？！"

女娲见泥人说得也有道理，就说："好吧，再给你安两只眼睛。"说完，女娲就把泥人提溜到河边，从水中捞了两粒黑沙子，安在泥人的鼻子上边了。当沙子安进去时，河水也跟着流到泥人的眼窝里了，所以直到如今，人们眼睛还是动不动就往外冒水呢。眼里有了一粒沙子，就容不得别的沙子再进去了。所以现在有一句俗话，说"眼睛里容不得沙子"。

话还说回来，那泥人看得见，听得见，不急不躁了，老老实实，规规矩矩，听女娲的话，跟女娲一块玩儿。过了一会儿，女娲想，这一个泥人还嫌少，不如多捏几个，随即又照样捏了起来。这一回捏的有男、有女、有老、有少。捏得多了，模样也不能全都一样。所以有俊的、有丑的，有胖的、有瘦的，有高的、有矮的……

开始捏的泥人往东走了，又捏的泥人往西走了，往北了，往南了……这样捏一个走一个。越捏，女娲心里越高兴；越捏，女娲心里越痛快。就这样，越捏越多，越捏越快。到了后来，女娲看看用手捏实在太慢了，就去拿了一条绳子放进泥浆里，然后举起来一甩。甩出来的泥点子，也都变成了小泥人。

女娲团黄土造人的传说，不光是捏泥人的知道，大家都知道人是黄土做的，不然为什么凭你咋洗，身上总还是有泥呢？不过，捏泥人的还有一种说法是别的人不知道的。他们说，自己这一行的先人，刚被捏出来时，偷偷地捡了一截从女娲拿的草绳上掉下来的毛缨，后来化作了他们现在使用的木雕刀。所以，它也可以用来雕塑出栩栩如生的泥人。因此，他们就把女娲（三皇）敬为自己行业的祖师了。据说，只要虔诚地敬祀祖师爷，说不定哪一天，他们雕塑的泥人也会活起来呢。

说到捏面人的，爱讲女娲补天那一回。

传说女娲造了人之后，不知过了多少年，突然，有一天，天塌了，地陷了。森林燃烧起大火，山上洪水暴发，人们奔跑呼救，死伤无数……

女娲眼看着自己造出的人受苦受难，于心不忍。就找了些五颜六色的石子，在大火中烧炼，炼好后把天上的漏洞补上了，又杀死了一条恶龙，平息了泛滥的洪水，人们被拯救了。所以，大家都感激女娲，敬她为神。

据说，捏面人的用五种颜色就是效仿女娲用五色石子补天的意思。那吹糖人的还说烧糖稀的马勺就是当年女娲炼石补天用过的器具呢。因为捏泥人、捏面人、吹糖人都有造人的意思，所以大家都敬女娲为自己的祖师爷。女娲是三皇之一，所以也有敬三皇为祖师的。这些都是老皇历了，是一种传说罢了。现在泥塑这一行也是一门艺术，大家都知道提高技艺是取得成就的根本，也就没人再说这些老话了。

（讲述人：陶然玲）

染布行的祖师

一、梅、葛二仙的传说

在很久很久以前，人们学会了用棉布和麻布做衣服，穿在身上可比穿羽毛兽皮舒适多啦。可就是有一样，人们不会染布，只能穿白色的衣服，那色彩可比不上羽毛兽皮漂亮。怎么能让衣服穿在身上既舒服又漂亮呢？人们想了好些办法。

最初的时候，有个姓梅的后生，他穿着一身棉白布衣服过河，一不小心，滑倒了。幸亏河水很浅，没有淹着他。可是他从河里爬上岸，身上的衣服全让河泥染脏了。他看看旁边没有人，就脱下衣服，在河里洗。洗也洗不干净，衣服成了黄色的了。没办法，他只好穿上回家了。可是，一到村里，大家都围着他看，看得他不好意思起来。人们七嘴八舌，称赞他这身黄衣服真好看，乱问他是从哪儿弄来的。姓梅的后生不好意思说自己是滑倒了掉在河里染的，就一扭头跑了。人们见他不说，也就散了。只有一个姓葛的后生，放心不下，跟在后边紧追，非要问个明白不可。梅、葛二人平时就不错，年龄也相仿，就没啥不好意思的了。于是，姓梅的后生就把掉河里的事儿对姓葛的后生讲了。

梅、葛仙翁（采自《中国古代民俗版画》）

姓葛的后生知道河泥可以染黄布的事儿之后，就去试了试。一试，果然不错。这样，一传十，十传百，人们就都会染布了。从那以后，人们穿的衣服除了白色的还有黄色的了。

可是，河泥染的布不经时候，经不住几次洗涤颜色就褪完了。为这事梅、葛两个后生又动起心思来了，他们想了多少法子也不灵验。

这一天，梅、葛两个后生又去河里染白布。他俩把白布染黄，挂到了树枝上，就躺在树下晒太阳。不一会儿，二人睡着了。这时，突然刮起风来。挂在树枝上的布都被风吹落到不远的草地上。等他俩起来一看，咦，染的黄布都变成花布了，上边一块青，一块蓝的。两人觉得太难看了，就又把布放到河里洗。可无论咋洗，也洗不掉了。两人寻思了半天，觉得毛病一准出在草地上，就把青草薅了一大捆，弄碎，放到河湾里一个小水坑内。然后，又把布也放进去，各人手里拿根棍子猛搅和。过了半个时辰，拿出来一看，哎哟！布全都变成蓝色的了。这下，他们可高兴了。原来这种草就可以染蓝布啊！他们发现了这个秘密之后，就成了专门染布的仙师了。

从此以后，人们就又有蓝布衣服穿了。为了识别这种特殊的草，人们就把这种能染衣服的草叫作"蓼蓝草"。

为了让更多的人能穿上蓝衣服，梅、葛二位仙师就没日没夜地用蓼蓝草染布，染好布就送给人们做衣服穿。人们也不亏待他俩，每天都有人送来好酒好饭，让他俩吃饱吃好，喝够喝足。

这一天，梅、葛二仙师干得实在太困乏了，光想栽到地上好好地睡上一觉。可是，还有最后一池蓼蓝浆没有用呢。这种蓼蓝浆必须一直用棍搅和，一不搅和就变成泥糊沉到池底不能用了。怎么办呢？葛仙师说："梅兄，咱喝点儿酒，提提劲儿再干吧。"说完，也不等梅仙师答应，就一仰脖子灌下了一瓦罐烧酒。谁知，他喝得太猛啦，心里一阵翻涌，忍耐不住，"哇"的一声，便把肚子里的酒饭全吐到了染池内。呕吐了一阵子，就一歪身儿，出溜池边上睡着了。梅仙师呢，也累得晕晕乎乎的。他见葛仙师呕吐到染池里，心里一惊，赶紧拿起棍子搅和了几下。心里想，反正这池子染浆是不能用了，算了吧，我也睡会儿吧。想到这儿，他身子一软，也躺倒在地上睡着了。

第二天，天大亮了，梅、葛二仙师醒来。梅仙师就把昨天晚上的事儿说了。葛仙师听了，心里挺后悔。他俩都觉得

梅、葛二圣染布缸神（采自《民间文学论坛》）

舍了一池子浆，怪可惜的。二人起来正要把浆放掉，谁想往池子里一望，呀！满池子染浆碧蓝碧蓝的，还散发出一股股清香的气味。梅、葛二仙师大为惊奇，连忙拿了一匹白布放进浆中，浸透捞出，拧干一看，哎呀！布竟染成了鲜蓝鲜蓝的颜色。哎哟，这是怎么搞的，怕是遇上神仙了吧？从此以后，梅、葛二仙师就改用酒糟发酵使蓼蓝沉淀物还原的办法来染布了。这样染布又快又省力，蓝颜色染得鲜亮好看，长久不掉色。到后来，就有更多的人来干染布这一行了。

染匠们为了纪念梅、葛二位仙师就把他俩尊为祖师爷，称之为"梅、葛二仙"了。直到新中国成立前，每年四月十四日和九

月初九日这两天，染匠们都要到梅葛祠里聚会祭祀，同饮"梅葛酒"，以示行业兴旺，后继有人。

二、遇仙泉的传说

你到过豫北百泉吗？那里流传着一个遇仙泉的传说。据说，那遇仙泉就是染匠的祖师爷葛仙显灵传技的地方。

在很古很古的时候，人们都是穿素装，就是穿白布做的衣裳。不过，大家都说天上的神仙是穿的五彩衣裳。有时候，天一下雨，神仙们就趁人们躲在家里的时候，下凡间来走走。天一晴，就又回到天上去了。有时走得慢了一步，他们穿的五彩衣服就被太阳照出来了，那就是美丽的彩虹。

有一年夏天，天下大雨，百泉庄上有几个年轻的庄户人在牛棚里避雨。他们七嘴八舌地正嗑闲话，就见一个人影从雨中走了过来。远远看去，那人影像是穿着一身花衣服，五颜六色的，好看极了。大家看得呆愣愣的，谁也不说话，各人心里想，敢情是遇上神仙下凡来了？于是，不等雨住，就一起从牛棚里跑出来，跟上那个人影，想要看个究竟。

说来也怪，那个人影在前面走，几个庄户人在后边撵，你撵得快，那个人影也就走得快；你撵得慢，那个人影也就走得慢；撵也撵不上，落也落不下。天虽然下着大雨，身上也不觉得雨淋。就这样，走着撵着，撵着走着，一直来到一座山坡下。

这时，天放晴了。就见那个人影站在一块大石头上，他身上穿的五彩衣拖在地上。眼看太阳快要从云彩缝里钻出来了，几个庄户人急了，怕这神仙升上天去，就紧跑几步去拽他的衣裳。几个人刚刚拽住他的衣裳角，那人影就开始升天了。几个人也不知从哪儿来的胆量，从哪儿来的劲头，各人拉着一缕衣裳死活不撒手。哎，你猜咋着？那个人影竟然升不起来啦。于是，他问大伙："老乡们，你们这是干啥哩？"

几个人大着胆子说："不干啥，就是想问问您是哪路的神仙？您是谁？"

那人影回答说："唉，既然这样，算是咱们有缘分，我是葛玄葛孝先。好啦，放开手吧，我该走了。"

"噢，您就是葛仙啊！您看您都成了神仙啦，俺们还整天在人世上受苦哩。您能不能度我们几个人也都上天当神仙啊？我们甘愿拜您为师。"

"嗨，当神仙有啥好哩！"

"咳，谁不知当神仙好啊！不愁吃不愁喝的。您看您穿的这衣裳，五颜六色的多好看！"

"噢，原来是这样。好吧，我就答应你们的要求，收下你们为徒弟，保证你们今后不愁吃不愁喝。不过，你们可得听我的话。"

"中！"

"各人拽好我的衣裳，都把眼闭上。"

"中！"

"我不说让你们睁眼谁也别睁。"

"中！"

他们讲好了条件，几个人拽着葛仙的衣服，把眼闭得紧紧的。就听耳边"呼"的一声响，觉得双脚离开了地面，升到了半空中。几个人心中不由得有些害怕，又不敢睁眼，只是死死地拽住衣裳角不撒手。过了老大一会儿，他们耳边的风也小了，身子也平稳了，心也不太慌了，好像驾云似的，蛮舒服的。

这时，就听葛仙说了一句："到家了！"

几个人以为到了天上的什么神仙洞府了，一齐把眼都睁开啦。哪知这是葛仙考验他们的。葛仙并没有让他们睁眼，只是说到家了。这几个人可惜都没有成仙的命，都把眼睁开了。葛仙无可奈何，叹了口气，用手一挥，割断衣襟，几个人一人手里拽着一块彩色布条就掉下去了。

几个人虽然从天上掉了下来，但由于手上执有神仙的衣裳布条，也都没摔死，只是把地上砸出几眼泉水。等他们各自从泉眼里爬上来，他们原来穿的白色衣服也都变了颜色。有的变成了青的，有的变成了红的，有的变成了蓝的，有的变成了黄的……都和他们手上拿的那块彩色布条是同样的颜色。后来，他们再拿白布放在泉水里浸泡一会儿，拿出来，同样变成了各种颜色。这一下，他们高兴极了。总不亏拜了葛仙为老师，当了葛仙的徒弟，学会了这么一手绝技。从此，他们便用那泉水染布，干起了染匠活儿，倒也真像葛仙答应过的那样，不愁吃也不愁喝了。后来，这几个人又走到一起来了，互相一说，都觉得应该好好感谢葛仙的功德。于是就设立庙宇供奉葛玄葛孝先为染匠们的祖师爷了。再后来，他们互相往来，互相学习，又收了不少徒弟，染匠这一行就发展开了，人们也就都穿上像神仙一样美丽的衣服了。直到现在，你如果到百泉去，人们还会领着你去看那一个个能染出五彩衣裳的泉眼呢。

镖行的祖师

一、少林初祖达摩的传说

早年间交通不便，路途中又经常有土匪抢劫，所以那年头有一种职业叫镖行，就是保镖的，也叫镖局。保镖的都有一套武艺，既能防身，又能出击。镖行所敬奉的祖师可不一样，那得看这镖头是学的哪路拳脚，学什么拳脚，就敬那位祖师，他们是按武林门派各有所尊的。

少林武功的祖师敬的是初祖达摩。

据说达摩是印度（天竺国）王子，印度佛教禅宗第二十八祖。他深深的眼窝，鹰钩鼻子，耳朵上戴着一对大耳环。梁武帝时他运用轻功，足踏一根芦苇飞渡大江，来到中国北方。

这一日达摩来到嵩山五乳峰，看到这里高山瀑布，苍松翠柏，正是修身养性的好地方，就在山顶找了一处石洞，每天端坐其内，面对石壁，净涤心尘。这样一连九年，终于修成正果，成为神人。他自己的身影倒留印在对面的石壁上了。

《面壁达摩图》（明·宋旭绘）

达摩成佛之后，四方僧人都投奔来做他徒弟。他就指派徒弟们在少室山盖了一座寺院。因为是在少室山阴的茂密树林之中，所以取名为"少林寺"。

达摩祖师每天就在寺中说法。一开始徒弟们听得还可以，可慢慢地就精神萎靡，昏昏欲睡了。这时达摩就在每个徒弟身上连击十八下，并且要求徒弟们想法抵挡。每次要打十八下时，徒弟们就排步直立，呼浊吸清，挣腰运肘，凝神静气，正体努目。打完之后，徒弟们又觉得筋畅神怡，仿佛增添了百倍的精神，再也不觉得困顿了。日子一久，大家就把祖师的十八招全记下来了，分别叫作：朝天直举、排山运掌、黑虎伸腰、揖肘钩胸、雁翼舒展、挽弓开膈、金豹露爪、腿力跌宕……

后来，这十八招拳术秘诀就成了少林拳的基本拳法，少林寺的僧人也就开始了习武练功。后来少林僧兵救了唐王李世民以后，少林武僧又在全国出了名，少林拳也传出了寺院，传到了镖行。因此，镖行也有了少林门派，他们就敬达摩为祖师爷了。

二、洪拳五祖的传说

武林宗派分少林、武当两派。少林为外功，武当为内功。而少林又分为南北两派，所谓南拳北腿。南拳就是洪拳。传说洪家拳敬的是五位祖师。这里有一个洪拳五祖的故事呢。

那是清朝康熙年间的事。当时西鲁国大将彭龙天率领大军打入中国。守卫边关西凉城的地方官不能抵御，西鲁军占领了西凉，又向潼关进发。这时清朝廷上下坐立不安。康熙皇帝见边关连连告急，大惊失色，金殿之上询问谁能平定叛乱，满朝文武却无一人应声。无奈皇上只得发布榜文，招募天下勇士，许下退敌后封侯赐爵。

皇榜传到福建省福州府九莲山少林寺（南少林），被少林寺一百零八个和尚知道，就揭了皇榜。他们声称不用皇家一兵一卒，就能荡平西鲁。康熙皇帝闻知大喜，准其出征。不久，一百零八名和尚果然斩了西鲁大将彭龙天，杀退了敌兵，金鞭敲镗，得胜回朝。皇上御赐游街三日，犒赏甚厚，又要当殿封官。众僧奏道："我等皆是出家之人，不愿做官；也不稀罕黄金白银，只求赐予每人一领袈裟，回寺修行便可。"皇上听言准奏，御赐和尚每人一领袈裟，又赐少林寺一颗二斤多重的玉印和一盏宝灯，宝灯是一年添一次油。和尚们领了赏便高高兴兴地回少林寺去了。

从此以后，多年无事。谁知到了雍正即位之后，朝中出了个奸臣邓胜。邓胜被任命为福建臬司。他到任后常去少林寺烧香拜佛。见到御赐的玉印和宝灯，就想攫为己有，和尚们拒不答应。这下可惹恼了邓胜，他怀恨在心，寻机报复。

这天上朝时，他对皇上奏说："少林寺和尚武艺高超，当年曾不费吹灰之力，荡平了西鲁大军。现在他们目无朝廷，意图谋反。如不早早剪除，恐怕后患无穷。"皇上听了奸臣邓胜的谗言，就命邓胜率领三千御林军前去抄灭少林寺。

邓胜来到少林寺，命大军将寺院团团围住，诈称行香，骗开了庙门，又假意赏赐御酒。众和尚喝得酩酊大醉，都昏睡了过去。邓胜便乘机放火烧寺。霎时，烈焰腾空，大火无情，少林寺和尚大部分被活活烧死。幸得佛祖达摩师尊闻讯赶来，立在云端一望，叫声"苦也"，连忙降下一场大雨，又把黄黑云彩变成一条长长的沙石路，救出了活着的五名和尚。

邓胜发觉五名僧人逃走，便领兵从后赶来。五名和尚跑到海天相连的地方，发现了追兵，真正是上天无路、入地无门。他们就一齐跪到地上祈祷："如果我兄弟五人命不该绝，万望上天怜恤我们，再赐一条生路。"刚刚说罢，就见水面上出现一座浮桥。五人惊喜异常，连忙叩头谢恩，踏上浮桥而去。等追兵赶到，五位僧人已经无影无踪了。

五位僧人受神灵保护逃出虎口，有一日来到广东省惠州府石城县高溪庙中。大家口渴难忍，就一同来到一条小溪边取水。不料水中突然浮起一个白色的东西，捞上来一看，原来是只白锭香炉，仔细一看上边写有"反清复明"四个字。五人看了正合心意，不禁大喜，说："这可是上天的旨意啊！"随即便有意结拜弟兄，学那刘、关、张桃园三结义。

可是他们眼下处在荒郊野外，想同心盟誓，又找不到信物。不得已插草为香，燃木为烛。又以花碗两个，当作占卜的用具，说：把花碗抛到空中，如果反清复明之事可行，少林寺大仇能报，碗就不破。当下试验，果然碗不破碎。于是大家俱各欢喜，摩拳擦掌，欲竖义旗。当下指"洪"为姓，歃血拜盟，结为洪家。

从此以后，五位和尚便为洪门祖师，广结天下各路勇士，传习洪拳，干起了反清复明的大事。江湖上渐渐地便有了洪门五祖的传说，武林中也有了洪拳的门宗派别了。

梳箆匠的祖师

张、鲁二班的传说

旧社会，赶庙会的各行都有联络。哪里想新立集市、开办庙会，都得约请些生意人来凑热闹。但不能一家一户地去找，得找

庙会图（采自《嵩岳庙史》）

那做生意人的头目。据说，卖梳篦的这行人就是各行生意人的头目，只要和卖梳篦的商议好了，他就能把各行各业的生意人都约来。到时候，卖梳篦的还得帮着会首们指定各家买卖的场地，文买卖挨着文买卖，武生意挨着武生意，不能乱放乱摆。不然的话，两档子文买卖中间加个武生意，锣鼓家伙叮当一响，那文买卖就别干啦。什么是文买卖，什么是武生意，梳篦行的都懂，得让他安排，办会的会首得听他的。各行生意安排好之后，还得要卖梳篦的先开口，先吆喝。啥时候梳篦行的人打开包儿，摆好货，一张嘴吆喝，其他行业才能动家伙，张口做生意。做生意的人和会首们谁都敢得罪，就是不敢得罪卖梳篦的。要是生意人吃了亏，告到梳篦行这里，卖梳篦的又调停不开，他一恼火，把挑儿一收拾，围着会场转悠一圈儿，出会场走了，你看吧，变戏法儿的不变了，唱大鼓的不唱了，文武两档的生意全都收拾家伙不干，散会走了。会首有多大本事，也留不住一档子买卖。什么时候把问题解决了，卖梳篦的又回来了，各种生意买卖才能够返回来。这是江湖上的惯例，东西南北，到哪儿都是这个规矩。为什么会这样？卖梳篦的为啥这么说了算？你听我讲一段故事就明白啦。

　　传说当年大禹接替他爹的职务之后，就领着人们继续治水。开始的时候，大禹还是用他爹那一套"水来土屯"的老办法。结果，用土一堵，水积住了，越涨越高，最后就憋口子冲堤，一泻千里，洪水照样泛滥成灾。大禹东堵西堵，弄不成事儿，实在没法子了，就到天上求神仙帮忙。大禹顺着泰山一直往上走。见虎驱虎，遇龙降龙，好不容易出了南天门，那儿有一匹天马等着他。他骑上天马上了天宫。正走间见前面现出一片云楼琼台、瑶宫玉阁，一位天神端坐在瑶台上面，正是王母娘娘的女儿瑶姬。

大禹赶紧下了天马，走上前去，向瑶姬下拜。瑶姬微微点头。大禹就向瑶姬说明来意，请教治理洪水的办法。瑶姬也不答话，一挥手，旁边的侍女便递过去一只红玉小匣。瑶姬把匣子打开，取出一卷天书交给大禹，随即便隐遁不见了。

大禹手拿天书回到地面上，打开一看，天书上只写着一个大字："疏"。大禹看后，顿时幡然大悟。于是，就率领臣民日夜疏通河道，重新治水，结果把洪水治住了。

随后，舜把帝位让给了大禹，大禹也是个有道明君，干什么事儿自己都身体力行。论治水，那是凿石砍树，劈山挖河，顶风冒雪，除妖驱怪，样样都是亲自干的。前前后后，一十三载，足迹走遍全国各

大禹

地，三过家门而不入。为了尽快治理好洪水，经常是吃不好饭，睡不好觉，别的就更不用说了。就这样，大禹生了虱子啦。

虱子这东西是治懒不治勤。俗话说得好：虱子不咬忙人。大禹正在忙着治水的时候，虽然长了虱子倒也不觉咬得慌，可一旦把洪水治住了，消停下来，可就受不了啦。浑身痒痛痒痛的，跟猫抓的一样难受。立，立不住；坐，坐不安。身上的虱子好办，把衣服换换就行了，就是拿头上的虱子没办法，水冲不掉，火烧不得。急得大禹顺头流汗，痒得他把头皮都挠破了，还是不中。怎么办呢？大禹心想，都说齐天大圣孙悟空有能耐，不如叫他来帮帮忙吧。于是就念动真经，唤来了齐天大圣孙悟空。

孙悟空来了，听说是叫他帮忙拿虱子哩，直想发笑。心说，这么大点儿个小事儿，也值得惊动我老孙！谁知，看着不难做着难，真到下手的时候，孙悟空也没多少咒念。动金箍棒吧，打不得，怕伤了禹王；变个小鸟叼吧，虱子在头发丛里藏着看不见。抓耳挠腮，想来想去，还是没啥好办法，只好动手去捉。于是，孙悟空拔下几根猴毛，用口一吹，"噗！"变出几个小猴，围住大禹就在头上捉起虱子来了。谁知这虱子是"朝生暮孙"，繁殖得很快，几个小猴用手捉，根本来不及。这些小猴子呢，又都是毛手毛脚的，干活儿粗糙。捉住一个虱子，随手一扔，扔到哪儿也不知道。于是，这个猴子捉的虱子扔到了那个猴儿身上，那个猴儿捉的虱子扔到了这个猴儿身上。不一会儿，几个小猴就不给大禹捉虱子啦。咋啦？一个个低着头给自己捉虱子去了！猴子身上尽是毛，虱子一会儿串了全身。猴子是顾得了头上，顾不了脚下；顾得了脚下，又顾不了头上。猴子抓来抓去越抓越急，越抓越恨得慌。捉住的虱子也不敢乱扔了，都放嘴里咬咬吃肚里了。可捉来捉去，再也捉不完啦。直到现在，猴儿还是有空就捉虱子。

大禹看孙悟空也没法了，就叫孙悟空回去了。虱子还是咬他，怎么办呢？大禹一急又上天了。照着原路，登上泰山，过了南天门，骑上天马，找到了瑶姬女神。瑶姬见大禹又来了，还是不说话，一挥手，侍女又送上来一个红玉匣子。瑶姬伸手打开，取出一部天书交给大禹。大禹打开一看，还是一个字："梳"。

大禹回到地面上，心想，这就怪了。治水吧，不堵塞，疏通它，挖几条河沟就行了。这捉虱子咋梳呢？也在头上开沟挖渠？一边想一边用手指头挠痒。挠着挠着想通了。对，叫鲁班来吧，照着手指头的样子做个木头的梳子，大概一梳就能把虱子梳下来。想到这里，就把鲁班叫了来。

鲁班呢，心灵手巧，很快就照大禹说的样子做好了一把梳子。大禹用梳子梳头，果然解痒，头发梳通了，也怪舒服，可就是虱子梳不下来。

大禹一看不行，就问鲁班："能不能再做得齿儿密一些？"

鲁班说:"我是用黄杨木做的,这是最密的了。要不,你叫张班来做吧,他会做篾匠活儿。"

"好。"大禹就把张班叫来。张班是鲁班的师哥,手更巧。大禹叫他的时候,他还在天上补天哩。他是拿黄河里冻的冰补的天。所以冬天天上就下冰花、雪花;夏天天一热,冰一化,又下成雨了。就这样天一冷,就补住了;天一热,就又化了。化了再补,补了再化,张班就待在天上下不来了。大禹叫他这会儿,天刚冷,他见一时半会儿不要紧,就从天上下来,到大禹这儿来了。

张班听大禹和鲁班一说,就连忙破了些竹篾子,把篾的两头削尖,中间拴上一根棍儿,就成了一个篦子。

张、鲁二班先师(采自《行业神崇拜——中国民众造神运动研究》)

大禹用篦子梳头,可灵啦!连虱子带虮子全都梳下来啦。这一下可把大禹的心病去了。他想到天下的百姓也有生头虱的,就叫张、鲁二班收了些徒弟,多做些梳篦让人们用。后来就有了梳篦这个行业。张、鲁二班自然也就成了这梳篦行业的祖师爷。直到现在说到头虱,还有一个民间谜语：

> 高高山上一丛草，
>
> 草中之物人人恼，
>
> 木匠过身只看见，
>
> 篦匠过身就捉到。

说的就是这回事儿。

后来，大禹为了感谢张、鲁二班，就让他二人提个要求，保证满足。张、鲁二班说："不要金银不要宝，巴望着做好的梳篦快卖了。"

大禹说："这个容易。你们做的这梳篦是'头'上的东西，就封你们个'生意头'吧。你们不卖，其他的啥样东西也不准卖，五行八作的生意买卖都得听你们的，行了吧。"

"行了，行了。"张、鲁二班听了，高兴地答应下来。从那以后，卖梳篦的就成了生意人的头目。

讲述人：云凌客

木匠的祖师

鲁班的传说

（1）鱼鳔胶

　　木匠的祖师爷是鲁班，这谁都知道。鲁班的故事多得很，说三天也说不完。就说那鱼鳔胶的事吧。你知道木工为啥要用鱼鳔胶粘木料吗？这里边有这样的传说。

　　据说当年鲁班爷收了不少徒弟，可没有一个学成神仙的。咋回事哩？不是怕脏

鲁班大仙

就是怕累，都经受不住考验。

那时候鲁班爷早就练成仙体了。干活儿的时候，要粘什么东西，用唾沫一抹就粘住了，既省力又方便。这一手，谁都想学。有一次，一个徒弟跑到鲁班面前说："师父，你光叫俺干些个粗活儿，俺啥时候才能学成呢？你咋不教给俺点儿绝招呢？"

鲁班说："啥绝招呀？"徒弟说："就这用唾沫粘木头吧。为啥你一粘都粘住了，俺咋粘不住呢？"鲁班说："你的功夫不到家，学不会这个。"徒弟说："你不教俺，那啥时候能学会呢？只要你教，叫咋着咋着，俺保证学会。"

鲁班见他一定要学，也不再言语。"咳！"吐了一口痰在手里，说："你想学，就先把这个吃下去吧！"

徒弟一看那白花花的黏痰，可恶心了。说吃吧，太难受啦；说不吃吧，自己刚讲过叫干啥干啥。心想，师父真会治人，人家想学手艺，他却来这么一手。没奈何，一闭眼就张嘴把痰咽了下去。虽说吃了下去，心里老不是味儿，总觉得师父是在捉弄自己，也没说啥，闷闷不乐，往回走去。

这个徒弟走呀走呀，走到一条河边，越想这事越恶心，越想越难受，心里就后悔不该去学这一手，结果艺没学成，却吃了一口痰。刚想到这儿，心口一动，干哕起来，那口痰"噗"又咳出来了。这徒弟连忙吐到了河里。鱼一见，游过来把痰给吞吃了。

谁知那口痰就是能粘木头的东西，这样一来叫鱼吃了，那徒弟就再也没有学成用唾沫粘木料的本事。鲁班爷的这一手绝招也就再也没能传下来。以后的木工干活儿都得从鱼肚子里去找粘木头的东西，就是现在用的鱼鳔胶。这都是学本事心不诚的缘故啊！要不，能把鲁班爷的这点儿本领传下来，现在干活儿该有多方便吧。

（讲述人：贾连云）

（2）鲁班一家的发明创造

鲁班一家都爱动脑子，想了不少好办法，发明创造了许多工具。这些工具直到现在还都用着呢。

据说，鲁班最早干活儿的时候只有一把斧子，干什么活儿都靠斧子削砍。有一年，大王命他建造行宫，他就带上斧子到南山上砍木料。可是用斧子砍树太费力、太慢了，砍了几天，才砍下一棵大树。鲁班一合计，要照这样砍下去，到了期限也备不好木料。急得他在山上乱转悠，走着走着，一低头，看见自己的裤腿开了一道一道的口子。心想，这是怎么回事呀。他蹲下身子，用手一拨地上的茅草，就觉得一阵痛痒钻心。再一看自己的手，也被划破了一条条的血道子。哎，这草怎么这么厉害呀！他小心地拔下一棵一瞅，噢，原来这茅草上边长满了小细齿。裤子上的口子和手上的血道子都是它拉破的。鲁班心中一喜，想到，要是用铁做个有齿的家什，不就可以把树拉断了吗？想到这儿他连忙下山找铁匠师傅帮忙打造了一根有齿的铁条，用它一试，果然灵验，很快就拉倒了许多棵大树，备好了木料。从那以后，木匠就都用上了这种工具，大家叫它"锯"。

有了锯，还要想把木头锯得很直怎么办？鲁班就用一根线，染上墨汁，在木头上弹一条印痕照着拉。可是，有时木头很长，一个人顾不过来，于是，鲁班就常常叫他母亲来帮忙。母亲拉住一头，鲁班拉住一头，这样才能把线墨弹在木料上。一次两次还好说，时间一长，母亲一天到晚光顾得拉线了，其他的家务活全给耽搁了。母亲就开动脑筋想了个办法：在墨线的一头拴上挽发髻用的竹签子，用竹签子往木头上一插就扎住了，自己就脱开身可以干别的活儿了。鲁班一看，这个办法确实不错，也挺高兴，就又把竹签换成了带钉的木钩。这样随便往哪儿一挂就能弹墨线了，用起来非常方便。鲁班为了纪念母亲的发明创造，就叫这个木钩为"母智"，后来木匠们又叫它"班母"。

有了锯和斧子，把木料拉开、锯直不成问题了，可是要使它平整、光滑，却很不容易。后来鲁班又想出了好主意，他把刀刮和斧砍结合在一起，创造发明了刨子。有了刨子，木料就可以加工得更精细了。可是刚开始的时候，鲁班刨木头，都要让他的妻子在另一头用手推着顶住。这样也很不方便，一是妻子的劲儿没有鲁班大，鲁班不敢使大劲儿，鲁班的妻子呢，却要费很大力气才行，太累了；二是妻子也有很多家务事要做，老帮鲁班顶木头也不成。后来鲁班的妻子就想了个办法，在长凳子的一端楔一个木橛子，让鲁班在长凳子上刨木头，这样鲁班既可以用力推刨子，鲁班的妻子也可以腾出手来干别的活计了。这真是一举两得的好事。鲁班喜得直夸赞妻子有才干，还顺口把这个木橛子叫作"妻才"。后来的木匠为了纪念鲁班妻子的这项发明创造，就把这个木橛子叫作"班妻"。

这就是鲁班一家发明创造的传说故事。

（3）木工为什么单眼吊线

现在木工做活儿，在平准吊线时都用一只眼冲一下，这是为什么呢？科学上有科学的道理，民间有民间的传说。据老辈人传说，这是从鲁班修赵州桥以后留下的古话。

当年，鲁班和他的妹妹鲁姜周游天下，这一天来到赵州城南洨水河边。河水流得很急，两只摆渡小船来往送着两岸上的行人，半天渡不过几个人去，急得赶路的人直跺脚。鲁班看了，觉得奇怪，就问身边的人："哎，老乡，怎么不在河上修座桥呢？"人们七嘴八舌地说道："洨河水流急，河宽水又深，来往天下客，不见巧匠人。"鲁班听了低头沉思，又仔细看了看洨河的地形水势，就决心在这儿修座桥。

当天夜里，鲁班和妹妹鲁姜就一齐动手造桥。鲁班造桥身，鲁姜在桥栏杆上雕花饰，刻的有龙凤狮狗、奇花异草、牛郎织女、八仙过海……两人差不多干了一通宵，天快亮的时候，桥造好了。

第二天，老百姓一见城南洨水河上一夜间起了一座大石桥，无不称奇。大家奔走相告，消息风一样传遍了各州府县。有人说，半夜里亲眼看到鲁班赶了一群绵羊往河边走，到了河边再一看，哪里有什么绵羊啊，全是汉白玉的大石头。传来传去，最后，这事儿传到了蓬莱仙阁，让八仙知道了。张果老好逛风景，听说鲁班在赵州建了一座新桥，就想去看看这桥咋样。于是牵上他那头小毛驴，驴背褡裢里左装日头右装月，又灌上五湖四海三江水。他到山下又邀上柴王一块儿去。柴王推上他的金瓦银把独轮车，车上装的是五岳奇峰、四大名山。两人晃晃悠悠来到桥前，见鲁班正在桥头站着，张果老高声问道："这桥是谁修的呀？"鲁班迎上来说道："是我修的。老人家，有何见教？"

张果老用手指指柴王，说："我们二人要过桥，不知这桥身结实不，能经得起、吃得住吗？"

鲁班一听，哈哈大笑，说："就你这小毛驴、小推车有什么经受不住的？大骡子大马都过了，没事儿，赌过啦！"

张果老和柴王听了微微一笑，就上了桥。谁知这俩老汉一上桥，桥身就开始晃悠起来。鲁班一看情况不妙，赶紧跳下河去，跑到桥下用双手托住桥身，才算保住了桥。这桥经过这么一压一镇，不但没塌，反而更牢固、更结实了。只是南边桥头被压得朝西扭了一丈多。直到现在赵州桥上还有八个驴蹄印子，那就是张果老留下的仙迹；还有一条三尺多长的车沟，那是柴王的独轮车轧出来的。桥底下还有鲁班托桥的两个大手印。

张果老过了桥，回头看看鲁班，说："桥修得还凑合，就是你这双眼不行啊！"鲁班这才知道原来是八仙之一张果老来到了跟前，也感到自己有眼不识仙人，心里越想越惭愧，就把自己的眼睛抠下一只来，放在桥边，悄悄地走了。后来马王爷路过这儿，把眼睛拾起来安到他的额头上了。鲁班是木匠的祖师爷，所以从这以后木匠做活儿，都要先用一只眼吊一吊线，才能下手，而马王爷也就成了三只眼了。谁要是不懂事，人们就会说他："你晓得马王爷几只眼吗？"这个典故传得很广，城里乡里的人都知道哩！

（讲述人：安东善）

泥水匠、漆匠的祖师

班妻的传说

在早年间，盖房子很粗糙，用石头垒垒，或是砖坯砌砌，架上木什梁檩就行啦。墙没有抹过泥，木头没有漆过。所以，那时候盖房子都是请鲁班爷盖。鲁班是石匠和木匠的祖师爷，有他，就啥都有了。

有一年，鲁班爷领着几个徒弟给人家盖房。房主家是个仔细人，房子盖好后，房主家嫌不好看，就去找鲁班要求给翻修一下。恰巧鲁班出门揽活儿去了，家里就剩下鲁班的妻子和两个小徒弟了。房主家一进门，就喊："鲁班师父，房子咋给盖的呀！胡扺划，猫盖屎，粗而糙！今天跟您说好，要不给翻修，就不给您工钱！"说完，一拍屁股，扭头就走了。

两个小徒弟听见了，赶忙给师娘班妻学说了一遍。师娘听了，对两个小徒弟说："你师父没在家，你们两个给他修修补补，不就得啦。"

一个小徒弟说："他没事儿找事，盖的房又不是不结实，他嫌不干净，不好看。这咋修啊？师父也没教过。"

师娘说："你师父没教过，我教给你。用水和稀泥把石头缝糊住，再抹抹干净。七分主家三分匠人。怕啥，去干吧！"

"唉。"这个小徒弟答应一声，刚想走，又站住了，"师娘，我怕弄不直哩。"

"不要紧。给，把我的纳鞋底绳儿拿去，吊上线就行啦。""唉"了一声，这个小徒弟走了。

师娘又叫另一个小徒弟："你也去把他家的木什梁檩再修一修。"

这小徒弟说："师娘，木头长啥样就是啥样，我不知道咋着才能变好看些，师父没教过。"

师娘说："又一个没教过，我教给你。用水和点儿胶泥红土抹到木头上不就行啦。抹匀了一晾干就好看啦。你赔干啦，怕啥！"

"唉。"这小徒弟答应一声，刚想走，又站住了，"师娘，我怕木头不粘泥哩。"

"不要紧。给，把我打袼褙用的糨糊拿去抹上就行啦。""唉"了一声，这个小徒弟也走了。

两个小徒弟到房主家干了一阵子，果然处理好了，墙上光亮光亮的，梁檩通红通红的，比过去的房子漂亮多了。房主家看了看挺满意，就重重地赏赐了两个小徒弟。

后来，鲁班爷知道了这件事，很高兴，就让两个小徒弟正式拜师娘为师，专干那一行了。这就是后来的泥水匠和漆匠。他们师徒相传，越繁衍越多，越干越精巧。发展到了今天，泥水匠用上了钢筋水泥，漆匠也再不使糨糊、红土了。可是说起他们的祖师来，都还说是师母班妻呢。

（讲述人：贾、刘二师傅）

石匠的祖师

鲁班的传说

俗话说，靠山吃山，靠水吃水。这中岳嵩山上有许多人家都是干石匠活儿的。据说，石匠的祖师爷就是鲁班。鲁班当年就在这一带开山凿石、铺路架桥、修庙盖房，干过好多石匠的活计，教出了一批又一批的徒弟。后来，鲁班爷成了神仙之后，还不忘这一带的石匠，还要时常来照看照看，帮着石匠们出出主意，想想办法，解决点儿难题儿。

有一次，皇上要来嵩山游览，便下令把所有的石匠都集中起来，为他铺路、修石桥、盖行宫，一定得在他来到之前都弄好。时间挺紧啊，石匠们就没日没夜地在山上采石头，一连干了七七四十九天，个个都累得爬不起身来了。就这样，石料还差很多，怎么办呢？监工的急了，就用皮鞭抽打石匠。石匠们个个被打得皮开肉绽，可还是不能把石料备齐。大伙儿就商量着到山上祖师庙里给鲁班爷磕头，求鲁班爷帮忙。

大伙儿刚走到祖师庙门口，就见一个放羊的老头儿从庙后头走了过来。这老头儿身上穿得很单薄，冻得浑身发抖。他身后跟着一大群绵羊。老头儿见有人过来，身子一软，瘫倒在地上。石匠们见放羊的老人病倒了，也顾不得别的了，就七手八脚地把老头儿抬到了庙里。

放羊老头儿躺到祖师庙内，大伙拾些山草，点起一堆火，给他烤了半晌，老头儿慢慢醒了过来。他对石匠们说："我不要紧了，谢谢大伙儿救了我。天快黑了，就让我自个儿在这儿睡一觉吧。求你们帮个忙，把我的羊赶下山去。"

大伙儿问他："你的家在哪儿啊？"

老人说："在太阳出来的地方，鸡打鸣村。"

"那你在这儿吃啥哩？给你留只羊吧。"

老头儿不要。大伙儿说："自己的羊，吃一只怕啥哩。"硬是给他留下一只，随后大伙儿向鲁班爷祷告了一番，就赶着这群羊下山了。

石匠们白天黑夜地干活儿，累得很了，赶着羊往山下走，走着走着都迷迷糊糊地睡着了。忽然听到一声鸡叫，一抬头太阳出来了。再一看赶的那群羊，都变成了一块块凿好的石料，方方正正的一大片，数都数不过来。这时大伙儿才恍然大悟，那老头儿原来是鲁班爷显圣，来帮助大家备料来了。大伙儿看看石料备齐了，就动手修石桥，盖行宫。

这一天早上，远处敲锣打鼓、号炮连天，皇上的龙辇马队浩浩荡荡地开了过来。可是石桥上正中间还缺一块石头，咋也安置不上了。剩下几块石料，不是大就是小，哪个也不合适，石匠们个个急得汗珠子直冒。眼看大祸就要临头了，这可咋办呀？石匠们一急又想起鲁班爷送石料的事了，才觉得硬给鲁班爷留下的那只羊说不定就是该用在这儿呢。于是几个年轻些的石匠，赶忙往山上跑。跑到祖师庙里一看，果然，那儿放着一块石头。一量尺寸，不大不小，不厚不薄，正是桥中间缺的那块。可是，再搬到山下怕也来不及了，几个石匠就把石头抬出庙门，顺着山坡推了下去。说来也怪，那石头骨骨碌碌，一直滚到了石桥上，"啪"的一声就扣在了那个缺口上，严丝合缝的，再没怎好了。这时候，皇上的龙辇马队正好踏上桥头。众位石匠这才长出了一口气，一颗心放到了肚里。

皇上过了桥，到嵩山顶上祭神拜佛去了。这时候，行宫那边又出问题了。原来，行宫里有一座大石碑，又高又大，光碑帽就有二十个磨盘那么大。石碑帽凿好了，可就是没法安到石碑上，石匠们急得团团乱转。要到午时三刻安不好碑帽，皇上从嵩山上下来一看，行宫到现在还没修好，不杀头也得坐大牢呀！这可咋办哩？大伙儿正在着急，就见一个老头儿从南边走过来，来到石碑下边，倒背着双手，仰头看着石碑，一动也不动。大伙儿看着这老头儿有些古怪，就上前问他："老师傅，您看这石碑帽有法儿安上吗？"

那老头儿回说："我？我是黄土围脖的人了，还能有啥法子呀？不行啊，老啦。啥时候黄土封了顶，就心静啦。"说完，老头儿又绕石碑转了三圈儿，扬长走了。

大伙儿还是没办法，一个个沉闷下来。这时，突然有个石匠惊叫了一声："哎呀！办法有了。"

"咋办？"大伙儿问。

"刚才那老头儿不是说了，黄土围脖，啥时候黄土封了顶，就心静了吗？"

"是呀，那又怎样？"

"这个老头儿准是鲁班爷显灵，教给咱上石碑帽的办法哩。你看他绕着石碑转了三圈，咱们就照他说的办法，用黄土把石碑围住，围到碑顶，再把石碑帽推上去，扒开黄土，不就行了吗？"

"对呀！"石匠们霎时愁云顿消，连忙照这个办法干了起来。果然没费多大劲儿就把石碑帽安到了石碑顶上。直到现在这个大石碑还在嵩山书院前边竖着哩。你要不知道这回事儿，保管你也说不上来那石碑帽是咋安上去的。

从那以后，石匠们就更敬重祖师爷鲁班了。

（讲述人：张嵩阳）

鞋匠的祖师

孙膑的传说

过去，鞋匠们都敬孙膑，称他为孙祖。祖师庙里还有孙祖殿，每逢过年过节，鞋匠们都来敬祀一番。为什么呢？据说鞋匠们用的那鞋楦子就是孙膑的脚。

早年间，人们都是穿自家做的鞋，没有说给人家做鞋的，现在做鞋这一行都是因为孙膑才兴起的。传说，孙膑在鬼谷山上学成了半仙之体，这一日下山走到半路上，遇见一位樵夫，被毒蛇咬了双脚，疼得躺在地上直打滚。孙膑过去一看，樵夫的脚肿得跟发面馍馍一样，满头大汗，脸色蜡黄，眼看就不行了。他急中生智，上去一剑把那樵夫的双脚给砍了下来。这一砍不要紧，那樵夫立时就昏了过去。孙膑连忙从自己身上撕下一块布来给樵夫包扎住双腿。心想，这下蛇毒攻不到身上，樵夫的命就可以保住了。果然，不一会儿，樵夫就苏醒过来。他睁眼一看，自己的双脚没了，急得大哭。孙膑只好安慰他，说："是我把你的双脚砍掉了。要不然，你的命也保不住了。"

谁知樵夫听了孙膑的话，不但没有感谢他，反而埋怨说："哎呀，你这哪儿是在救我呀，还不如让我死了好呢。"

"你怎么这样说话呀？难道我救你不对吗？"

"不是的，你也是好心。可是，你想想，我是个打柴的，打柴的没了双脚，还有什么活路呀。这回我们全家老小赌等着饿死了！啊呜……"打柴人说完又哭起来。

孙膑一想，也是呀！人家是个樵夫，没有了双脚怎么行呢？唉，救人救到底，我不如把自己的双脚给了他吧。于是，心一横，眼一闭，咬紧牙关，"咔嚓"一剑下去，便把自己的双脚也砍了下来，然后爬过去把两只脚接到了樵夫的腿上。说也奇怪，刚接上去，樵夫就能站起来走路啦。这回樵夫可真受感动了，冲着孙膑直磕响头。口中说道："恩人啊，这可怎么得了啊！您没有了双脚可怎么走路呢？您叫什么名字？家住哪儿？要到哪儿去呀？"

樵夫问个没完没了，孙膑忍着剧痛，强打精神，笑着说："没什么，没什么，我要下山，你把脚上的鞋脱下来给我穿上吧。"

"这，能行吗？"

"能行，你只管脱吧！"

"嗯，好好。"

樵夫连忙把孙膑的鞋从自己脚上脱下来，给孙膑安到了腿上。刚一安好，孙膑就不觉得痛啦。接着他就从地上站了起来，朝地上跺跺，就听见"噗噗"两声，像是两只空鞋声音。不过，孙膑既然能站住，也不感觉着疼，樵夫也就放心了。

孙膑看樵夫也没事了，就捡起宝剑朝山下走去。樵夫跟着一直送了很远，到了山根，两人才分了手。等孙膑走得没影了，樵夫突然想起，哎呀！怎么连恩人的名字和住处也没问问清楚呀！唉，我真糊涂！再往前找吧，天已经黑了，恩人也不知是朝哪个方向去的，无奈，只好返回家中。

樵夫回到家里把今天遇见的事儿一说，老婆孩子都乱埋怨他。说他不该让恩人就这样走了，咋着也得领家里住几天养养伤啊。樵夫自己心里也老不是滋味，两手抱住头蹲在地上一声不吭，直怨恨自己。

这时，樵夫的老婆说："别难过啦，后悔也晚了。俗话说，滴水之恩，当以涌泉相报。人家救了咱全家的命，怎么也得报答人家的大恩大德呀。我看这样吧，咱赶紧照着恩人的脚样给他做鞋，不然恩人脚上的鞋磨破了，又该受罪了。"一句话提醒了樵夫，他刚要站起来，一想，又蹲下了。"唉，不行啊！"樵夫捶着自己的脑袋说，"我忘了问恩人的名字和住处了，做好了鞋也送不到恩人手里呀！"

"哎，有心大海能捞针，无心小事也难成。只要咱下决心报答人家，早晚有一天能把鞋送到恩人手里。"

樵夫一听这话，来劲儿了："好。你说得对！你做鞋，我去送。"

从此以后，樵夫的老婆孩子每天赶做几双鞋，让樵夫捎下山去。

开始，樵夫见人就打听恩人的下落，后来实在打听不到，就又想：不如把鞋送给人们穿，只要大家都穿上了我家做的鞋，恩人也就算穿上了。

可是，樵夫哪里想得到，孙膑下山之后，就被庞涓坑害把他的两只脚给锯掉了。可那双脚本来就是假的。孙膑为了报仇，想麻痹庞涓，就再也不穿鞋，再也不走路了。

因此，樵夫的鞋始终没有送到孙膑手里。樵夫见不到孙膑，不知道他已经不需要穿鞋了，就一直不停地做鞋，做了鞋就送给人们穿。后来他死的时候，还把儿孙们叫来，再三叮嘱说："当年救我的恩人，是位大好人，一定会长生不老的。你们等我死后，要把我的双脚留下来，继续照样做鞋，这样恩人就能不受罪啦。你们可一定得听我的话呀！"儿孙们连连答应。

就这样，樵夫死后，这一家人还是照样做鞋送人。天长日久，人们都感激这家人家，谁穿了他家做的鞋，就送些钱粮给他们。还有的人家深受感动，也帮着他们为大家做鞋。从此，鞋匠这一行就兴起来了。

后来，鞋匠们才知道原来当年的大恩人就是孙膑，于是鞋匠们就敬奉孙膑为自己的行业祖师了。

（讲述人：吴师鲁）

画匠的祖师

吴道子的传说

吴道子是画匠的祖师，河南禹县人。新中国成立前许昌还有吴道子庙。每年农历十月初四日，人们都到庙里进香，祭祀画圣老祖。据说，这一天吴道子准回到人间来接受香火，指点迷津。画匠们至今流传着许多关于吴道子祖师爷的传说。

（1）受封

吴道子是画匠的祖师，这不是平白无故说的，是天子皇上封的。

传说，唐朝开元年间，唐玄宗正在后宫和杨贵妃饮酒作乐，突然一阵头晕目眩，差点儿摔倒，几个宫娥忙把他搀扶到龙榻上休息。

唐玄宗晕晕乎乎地刚睡着，就听得屋内大喝一声："你哪里走！"吓得他一惊，急忙睁眼看去，见一个大鬼和一个小鬼，在屋里兜着圈子乱跑。那小鬼一手拿着唐玄宗的皇冠，另一手拿着杨贵妃的玉佩，在前边"叽叽"叫着逃跑，那大鬼头戴亮翅黄帽，足蹬长筒朝靴，身穿大红袍，腰扎玉带，满脸须髯，怒目圆睁，紧追不舍。这一看不当紧，直把唐玄宗吓得魂飞天外，神不守舍，两眼一闭，又昏了过去。

第二天，唐玄宗醒来，叹息不止。左思右想，觉得昨晚之事，多为不祥之兆，因而茶不思，饭不想，一病月余，不能起身。杨贵妃叫来许多太医治疗也无济于事。唐玄宗所不放心的就是不知那大鬼抓没抓住小鬼，不如叫人把二鬼画出，拿到民间查访。于是，就把吴道子召进了后宫。

唐玄宗把那天见到的情景又跟吴道子说了一遍，让他把二鬼画出来。吴道子略一思索，就铺纸挥毫，画了一幅《钟馗捉鬼图》。

唐玄宗一看，"啊呀"一声又昏过去了。原来吴道子画得太像了，真和唐玄宗那天见到的二鬼一模一样！皇上受惊，把吴道子也吓了一跳，手中的笔一抖，"啪"甩到画上一大道子墨。吴道子也不敢言语，连忙把画挂在墙上，悄悄地退了出来。这时候宫娥、太监光顾照顾皇上了，谁也顾不上吴道子和他作的画了。好不容易，把皇上安置睡下来，大家也都惶惶不安地退出了寝宫。

谁知，这天晚上，突然一声巨响，又把皇上惊醒过来。只见

钟馗捉鬼年画

眼前一片红光，顿时二鬼又现。只见那大鬼挥舞宝剑，一剑将小鬼斩为两截。皇上猛然心中一动，出了一身虚汗，抬头再看时，原来面前正是吴道子画的那幅《钟馗捉鬼图》。钟馗一手握着一把宝剑，一手正挖小鬼的眼珠子吃呢。唐玄宗这时全醒过来，一身的病也豁然痊愈了。

事后，唐玄宗万分感激吴道子，说他以笔护驾有功。真的，要不是吴道子无意中多给钟馗画了一把宝剑，唐玄宗这皇帝当成当不成可就难说了。为此，唐玄宗赏给吴道子许多金银财宝，让他主管绘制长安、洛阳寺院的佛道壁画，还把吴道子封为画匠中的"活神仙"。从此以后，画匠们就敬吴道子为自己的祖师爷了。

（2）神笔

吴道子是画匠的祖师爷，是画神。他的画不敢画全了，画全了就变成实物了。画鸟不敢添翼，画龙不敢点睛。否则，画鸟鸟飞，画龙龙腾。吴道子作画用的笔，都不敢乱碰。

唐朝有个姓杨的石匠，有一次骑个毛驴，慕名而来，请吴道子画一对狮子，他想比着样儿雕刻。吴道子见他态度诚恳，就给他画了，但没画眼睛。杨石匠一看，不答应，非让吴道子添上不可。吴道子说不能添，他不信。趁吴道子不注意，杨石匠抄起吴道子的笔就在狮子眼睛部位点了一点。这一点不当紧，只见那狮子张牙舞爪地从画中跳了出来，上去一口把杨石匠的驴给吃了，转身又要去吃杨石匠。杨石匠吓得抛了笔，赶忙拿凿子去迎，"吧嗒"把狮子的眼给凿了下来。这一下狮子没劲儿了，"呼！"又跑回画纸上了。吴道子回头望望，捡起笔来走了。杨石匠从地上爬起来，说："哎呀，我的娘啊！这狮子再不敢有眼啦。"从那以后，石匠们雕刻的狮子都没有眼睛。那都是吴道子画的样子，不敢加眼呀！就这样，驴子也不敢近前，要是把驴子拴在石狮子上，它准又踢又咬，吓得乱蹦乱跳的。俗话说"一朝被蛇咬，十年怕井绳"，它是被咬怕了。

（3）神墨

吴道子的画"神"，笔"神"，墨汁也"神"。

吴道子出了名，人人都想跟他结交。

一天吴道子走到北邙山上，天下起了大雪，刮起了北风，冻得他直打冷战。这前不挨村后不着店的，该往哪儿去呢？

正在这时，从吴道子身后过来一个骑马的乡绅。乡绅一见是吴道子，赶忙凑过来问："吴先生，到哪儿去呀？"

"到洛阳城里去。"吴道子回答说。

"天这么冷，歇歇再走吧。前边山坡下就是寒舍，走，到家里避避寒吧！"乡绅说着下了马，殷勤地补上一句，"来，走累了，上马吧。"

吴道子也确实累了，就骑上马到了乡绅的家。一说是画圣吴道子，慌得乡绅全家人腿肚子朝前，又是端茶，又是倒水，还弄了一桌好酒饭，热情招待一番。

吃罢饭，乡绅和吴道子坐在堂屋里唠开了。三言两语，乡绅就拉扯到画画上了。他说："吴先生，听说您是神笔，画啥有啥。我想请您老给画点儿东西，不知您老肯不肯赏光啊？"

吴道子早就看出乡绅的心思了，心说，我就猜着这好酒好饭不是恁好吃的，总有个缘由。就说："唉，你别听人家瞎传，不过随便画两笔也没啥。但不知你想要点儿什么？"

乡绅一见吴道子答应得怪爽快，挺高兴。心想，要点儿啥呢？画几幅山水画吧，还得再去卖哩；要点儿大骡子大马吧，眼下也用不着，还得喂它草料。嗯，干脆，我叫他给我画金子、画银子算了。画了我放着买庄子买地，买啥都行啊！想到这儿，他开口了："嗯，嗯，吴先生，是这样，我家里人口多，生活嘛也不富裕。我想，我想请您老人家给画点儿金银财宝，只当是您老人家施舍给小人我的。"

吴道子见他这样贪财，一点儿不是为了欣赏艺术，心里就烦得要命。无奈吃人家的口软，拿人家的手软，只好强压着火气，说："好，我给你画，不过你可得给我磨墨。我走累了，先睡一会儿。"

"唉，好，好！"乡绅心里说，只要你画，磨墨怕什么。

就这样，吴道子交给乡绅一块墨，自己先去睡了。乡绅磨墨磨了好长一会儿，也不见吴道子醒来。乡绅急了，就叫醒吴道子说："吴先生，您看，可以了吧？"

吴道子过去一看，说："差远哩，磨吧，啥时候我说好时就好啦。"

"唉。"乡绅又接着磨起来。

一直到第二天天亮，吴道子起了床，走过去一看，乡绅趴桌上睡着了，墨汁就放在一边儿。吴道子也不言语，把墨汁端了过来，照着山墙上"哗"地一泼，站起来就走了。

吴道子走后，乡绅醒了过来，四处喊叫，找不见吴道子在哪儿。往山墙上一看，尽是大墨块子，心里恼恨透了。好啊，吴道子，真真不识抬举，我用好吃好喝招待你，临走你给我弄个这，连招呼也不打，真是气死我了。又一想，也怨自己，怎么就磨着墨睡着了呢？要不，他吴道子能溜走吗？敢情是他生我的气了。唉，都怨自己。没法，把全家老少都叫来，弄些石灰又把山墙抹了一遍。一直干了一整天，到了傍晚，天黑下来，才垂头丧气地住了手。

谁知，全家刚说坐下来歇歇，喘喘气，就听见屋里"咕哇，咕哇"的蛤蟆叫声。在哪儿呢？大伙儿一瞅，有个金蛤蟆正趴在山墙根下面，鼓着肚子叫得欢呢，浑身上下，金光闪闪，照得满屋子都亮了。原来，就那儿剩下一块墨汁没被石灰盖上。哎呀！没福气呀！一山墙的金银财宝全给抛撒啦。乡绅气得差点儿没背过气去，来不及后悔，就先逮住这个金蛤蟆吧！说着扑上去就抓。一把没抓住，那金蛤蟆"咕哇"一声跳到桌上，乡绅回身就往桌上扑，"哗啦"一声，桌子倒了，桌上的盆盆罐罐都摔在地上，叮叮当当，砸得粉碎。就这样，金蛤蟆一会儿蹦西边，一会儿蹦东边，全家跟着来回撵，最后也没撵上，金蛤蟆不知跑哪儿去了。屋里的东西撒的撒，碎的碎，没有一件囫囵的了，气得全家人坐在地上乱哭乱叫。乡绅呢，哭得更厉害。哭着哭着，不哭了。原来他的手又摸到了那磨墨的砚台。一看，里边还真有点墨汁哩，马上转忧为喜，抓住砚台拼命往山墙上甩，果然甩了几滴墨汁上去，接着就用手掐，可那几滴墨汁却变成了一窝马蜂，蜇得乡绅满地打滚。

你看，吴道子多会惩治那些个财迷心窍的恶人吧！

（讲述人：任经略）

镉缸、镉碗和补锅的祖师

女娲、老君和饿佛的传说

早年间，镉缸、镉碗的和补锅的不在一起。镉缸、镉碗的敬女娲，补锅的敬老君。每年年底，人们到祖师庙里敬神，都是各敬各的祖师爷。

后来，李老君不愿意了，找到女娲，说："你这样可不行呀！你享受镉缸、镉碗的香火，受他们的祭礼，不合理，得分给我一半。"

女娲一听，把眼一瞪："哎，你这老头儿咋不讲理！你受补锅、打铁的敬祀，我受镉缸、镉碗的敬祀，咱们井水不犯河水，你有啥气不忿儿的？哪点儿不合理？你倒说说看。"

李老君说："你别急，听我说。那缸啊碗啊的，不是窑火烧出来的吗？沾着火的都该敬我。再者说，你们镉缸、镉碗用的拨拉钻、把钉，不都是俺们小炉匠打出来的吗？要没这些个东西，你锔缸、锔碗？锔啥也锔不成！"

女娲一听，脸都臊红啦，气得肚子一鼓一鼓的，说道："别不要脸啦，你这个老没出息的。那么大年纪了，还争这一点儿香火哩。你要不说呀，我还兴许能让着你；你既然不顾情面，我也就撕破了脸皮。你听我给你说说吧，你说有火就得敬你，我当年炼石补天那会儿，可不是用的你的火，不能见火就敬你！再说，你那补锅的，还不是比着我补天学的。民以食为天，吃饭得用锅，锅烂了就得补，补锅就是补天。按理说，补锅的不能敬你，倒该敬我哩！从明儿个起，你就不用食这儿的香火了。给我爬一边儿去吧！"

李老君一听，被噎得半天没喘过气来，急得直翻白眼。心想：得！本来想讨点儿便宜，可鲤鱼没捞着，反倒惹了一手腥。他不服输，抢着说道："哎哎哎，你怎么倒打一耙呀？真……真不讲理！"

"你不讲理！"

"你不讲理！"

正在他俩吵得不可开交的时候，庙门后有人搭腔了。谁呀？饿佛。

"哎，您二位吵啥哩？你俩好赖都有人敬着，祖师庙里都有个神位。可我哩，没人管没人问的，谁进来也不搭理我，把我撂这门后头，好像啥事都与我无关似的。您不想想，要没有我，人们整天都是饱得打嗝儿，要那缸、碗、锅干啥？实话说吧，要再不祭祀祭祀我，我一拍屁股就走了，看谁还来搭理你们！"

这一下，女娲和李老君都不吭声啦。

过了一会儿，饿佛从地上爬了起来，拍打拍打身上的土，就往外走。女娲和李老君可沉不住气啦，赶忙跑过去拉住他说："哎哎，别走，别走啊！有话好说，有话好说嘛。咱给弟子们说说，让他们把咱三个供在一起不就行啦。"

就这样，铜缸、铜碗和补锅的合成了一个行业，一共敬了女娲、老君、饿佛三个祖师爷。不信你问问老辈人，这一行业的一吆喝，都把三件活儿全喊出来，吆喝得还挺好听哩，是这个味儿："锔碗吧……钉锅，铜缸吧……补锅啰……"

（讲述人：卜庆程）

狗皮膏药的祖师

铁拐李的传说

安阳过去叫彰德府。彰德府的狗皮膏药远近驰名，很有效验。卖狗皮膏药的这一行业敬的药仙是铁拐李，据说这狗皮膏药是八仙之一铁拐李留下的。

传说在很早以前，彰德府有一家做膏药的王掌柜，他为人老实，乐善好施，不论贫富，只要有人得了病、生了疮，他都尽量帮忙，给人治好病痛。因此，王掌柜在这一带颇有声望。

这一天，王掌柜带了一些膏药去赶庙会。走到半路上遇见一个瘸腿乞丐，这人拄着一根木棍，浑身穿得稀烂，头发乱蓬蓬的，一股酸臭味儿。王掌柜走到跟前，那乞丐向他伸出手来。王掌柜摸出几文钱来扔给他，可他竟看也不看，仍然向王掌柜伸着手。

王掌柜说："钱给你了。"

乞丐说："我不要。"

王掌柜说："嫌少？"

乞丐说："不是。"

王掌柜说："那你要啥？"

乞丐说："我要你的本事。"

王掌柜说："你咋啦？"

乞丐说："我生了个疮。"

王掌柜说："让我看看。"

乞丐扭过身来，王掌柜一看，乞丐的瘸腿上果然生了一个小疔疮。就说："嗨，不要紧，我给你贴贴膏药，今儿个贴上，明儿个就好了。"说着给乞丐取了一贴膏药，给他贴在疮上。乞丐也没说声谢谢，王掌柜也不在意，就走了。

第二天，庙会结束了，王掌柜回家路上又遇见了那个乞丐，他就主动过去问："哎，你的疮咋样啦？"

乞丐说："疼得更厉害啦。"

王掌柜说："再让我看看。"

王掌柜揭开膏药一看，哟，可不是，疮变得像个鸡蛋样，比原来大多了。王掌柜心里挺难过，就说："不要紧。我再给你换一贴，保险好。要不好，你到家来找我。"

就这样，王掌柜又给乞丐换了一贴新膏药。

过了几天，没见动静，王掌柜心想，那乞丐的疮准是好了。谁知这天一出门，却看见那乞丐正朝自己家门口爬过来。

王掌柜迎上前去，还没开口，那乞丐就骂上了："你怎么坑害人呀，没本事就别吹！我长个丁点儿的小疮你越治越大，你说，该咋着吧？"

王掌柜说："让我看看。"

王掌柜一看，呀，这回可坏了。那疮变得跟碗口那么大，深深的一个洞，流着血脓，露着粉红色的肉芽，叫人看了瘆得慌。王掌柜看罢，直向乞丐道歉，说："哎呀！我可不是有意给你治坏的呀！这样吧，你住到我家，我再想办法，一定得给你治好这疮。"

乞丐说："我看呀，卖膏药的话都听不得，都是吹大气的。彰德府的膏药——净是假货。我都上了你两次当啦，还敢让你治呀？再治一次，不把我治死才怪哩！"

王掌柜听了这话，气得脸儿都白了。可又一想，人家说的也是实情，都怨自己没本事。于是又说："老哥，您可别这样说，我一向是重信义的。这回哪怕倾家荡产，扒房子卖地，我也得给您把疮治好。我去买些灵芝、鹿茸，重新配一服药，咱们再试试。要还治不好，那，那您说咋办就咋办。"

乞丐听了王掌柜的话，微微点了点头，这才同意下来。王掌柜扶起乞丐，走进家门。

这时，王掌柜家的一只大黄狗猛地朝乞丐扑了过来，上去就咬乞丐的腿。王掌柜赶紧呵斥黄狗。要是平时，王掌柜轻轻一声就能止住这狗，可今天咋也不行，黄狗就是不听主人的话，非扑上来咬乞丐不可。王掌柜急了，抄起乞丐手里的木棍，一下子打在狗头上，就听那大黄狗"汪"的一声，趴地上不动了，死了。

乞丐一见狗死了，哈哈大笑，说："哎，好口福，好口福。今天有狗肉吃了。"说完一把将狗拎了起来。

王掌柜把乞丐安排到后院一间屋子里，自己就去配药了。他为了配好药，真的变卖了家中所有的值钱物件，买来了千年灵芝、鹿茸、人参等最珍贵的药品，配成了一贴膏药。配好药之后，王掌柜就急急忙忙往后院跑去，想让那乞丐早点儿把疮治好，挽回自己的过失。

王掌柜走到后院一看，嘿，那乞丐正在那儿烤狗肉吃哩，他见王掌柜来了，便问："药配好了吗？来，给我看看。"

王掌柜把药递给乞丐，乞丐手里还摊着一块狗皮呢。只见乞丐接过药来往腿上一按，连那块狗皮也捂到了疮上。接着，乞丐就拉王掌柜吃狗肉。王掌柜无心吃狗肉，就说："您吃吧，我不吃。"

乞丐一听，急了："你不吃就是看不起我！噢，嫌我吃你家的狗肉了不是？好，我也不吃了！疮，我也不看了！"说着，乞丐一把又将那用狗皮贴在腿上的膏药撕了下来。

王掌柜急于解释，赶忙上前去捂："哎，别撕，别……哎，哎呀！"

你猜怎么着？就见那乞丐的疮，完全好了。就贴那么一会儿，疮口合拢了。原先长疮的地方只结了一个红紫色的小疤，血、脓都没了。王掌柜不敢相信，用手摸摸，说："别动，别动！让我看看。"

王掌柜看看疮确实是长好了，感到很奇怪，心想，那药物虽说是好，可时间也太短了呀！怎么回事呢？要过来膏药一看，见上边有一张狗皮，不禁感慨万分，说："这狗皮膏药可真灵呀！"

王掌柜说完这句话，再回头找那乞丐时，乞丐早没影了。王掌柜思前想后，这才恍然大悟，啊，原来是遇上了药仙铁拐李。是八仙前来指教仙方的呀！

从那以后，彰德府的狗皮膏药就出了名。只是，因为铁拐李曾经说过卖膏药的坏话，所以人们至今还要把说大话、假话的人说成是卖狗皮膏药的。不过，这里边可没有说狗皮膏药不好的意思。那狗皮膏药就是灵，人们腰痛腿酸、生疮长疔都愿意用它来治。

（讲述人：庆府柱）

戏业的祖师

老郎神的传说

（1）唐明皇游月宫

旧社会唱戏的这一行业，都敬老郎神为自己的祖师爷，据说老郎神就是唐朝的皇帝唐明皇。

唐明皇就是唐玄宗李隆基。他是个笃信道教又喜爱音乐的皇帝。有人说他是孔升真人转世，所以特别崇信道术。听说哪里出了道教中的高人，他就想方设法将高人请到宫中，让他们显示神通、传道授业。故当时张果、叶法善、罗公远等仙人都到过宫中，往来禁内，受到很高的待遇。唐明皇喜爱音乐，后来被戏剧行业的人尊为祖师，就和道人叶法善有关。

相传有一年八月十五夜晚，天气晴朗，月色如银，唐明皇在宫中饮酒赏月，不禁心旷神驰，心中暗暗想道：寡人身为至尊，这人间的荣华富贵已然享遍，但不知那天上神仙过着怎样的日子？就转脸对仙师叶法善说道："仙师，你看这月亮，光洁如洗，朕听说嫦娥偷吃了一种什么仙药，就飞身升天奔进了月宫，可不知她究竟吃的是什么仙药。难道除了她，就再没有人能够去游历一下月宫了吗？"

叶法善听后，说道："圣上是想去逛逛月宫吗？这有何难，咱们说走就走，请御驾即刻启程。"

唐明皇说："怎么走法呢？"

叶法善将手中板笏照空中一扔，霎时现出一条玉石砌成的天桥，桥的那端一直伸向月亮中。叶法善躬身一揖，说道："圣上，请吧！"

唐明皇将信将疑，在叶法善的搀扶下踏上了玉桥。桥很好走，他们向前走着，后边的桥身也就随着不见了。唐明皇心里觉得忽忽悠悠的，也不敢多往下看，可不一会儿就觉得身上冷飕飕的，抬头一看，哟，月宫到了。

他们二人跨进月宫，面前有座牌楼，牌楼上有个横额大匾，上书"广寒宫"三字，字迹挺拔清秀。进得门里又见一株硕大无比的桂树，绿荫遮蔽，甚是幽静。再往里走，忽见一群仙女在一块平地上翩翩起舞，仙女们一个比一个长得漂亮，都穿着素色的仙衣；再一瞧，旁边还有一班仙女在吹奏乐曲。唐明皇看得发呆了，他从来没听过这么好听的音乐，也从来没看过这么好看的舞蹈呢。

这时叶法善附在唐明皇耳边说："圣上，这些仙女都是月宫的舞女，她们穿的衣裳叫霓裳羽衣，跳的舞就叫霓裳羽衣舞，那演奏的曲子是紫云曲。"唐明皇一边连连点头，一边暗暗把乐曲记在心中，不住地默默点头赞许。

过了一会儿，唐明皇感到身上有些冷，就想回去。这时叶法善又用手一指，身后飞起两片彩云，于是两人立在彩云上，飞起身来，不一会儿就离开了月宫，渐渐地，又飞临到人间上空。这时大地上一片寂静，在月光照耀下，地上的城池清晰可见。叶法善站在云头对唐明皇说："圣上，刚才您听了仙乐，何不自己试演一曲？"

唐明皇说："是啊，我也想学着来一段紫云曲，可惜寡人平日用的玉笛没有带来。"

"噢，这个好办。"叶法善用手一指，就见一支玉笛已从空中飞来。

唐明皇伸手接过玉笛一看，哎，还正是自己平时吹奏的那支玉笛，不由大喜，随即想着刚才听到的仙乐，按着拍数，照样吹了一曲。吹完又从口袋里拿出一些金钱，撒向下边的城池。

等唐明皇回到宫中，人们都已安睡了，他觉得自己也像是做了一个梦似的。醒来之后，唐明皇便连忙找来宫廷内的乐人，让他们演奏紫云曲，可是宫中的乐人都不会演奏，于是唐明皇就按自己记下的教给了他们，还给他们排练了霓裳羽衣舞。

后来，唐明皇又接到潞州府的上表，说是八月十五晚上，空中有仙乐演奏，并且天降金钱，百姓们都说这是国家的瑞兆、皇上的福气。唐明皇这才觉得他学来的真是仙乐，于是举国庆贺。从那以后，唐明皇就更加喜爱音乐了。他把民间的乐人召进宫中，设置梨园教坊，开办戏业。每逢梨园演戏，唐明皇还亲自扮演角色登场，他有时扮成丑角，有时打鼓指挥乐队演奏。因为演戏，不便君臣相称，艺人们就尊称唐明皇为老郎。后来唱戏用的唐帽至今还叫老郎盔。艺人们把唐明皇尊为自己行业的祖师爷，也就叫作老郎神了。

（2）老狼的传说

说起戏行的祖师爷老郎神是谁，许多艺人讲的可不一样，有说是唐太宗李世民的，有说是唐玄宗李隆基的，有说是楚庄王的，还有说是耿梦的，等等。虽说不一样，可他们都是有名有姓的真人。而我听前辈艺人讲的可不是，说是一只真正的狼。

那是在唐朝的时候，唐明皇从民间召来一班子长得漂亮的童男童女，让他们唱歌跳舞。那时光知道唱唱跳跳，还没有一人扮个角儿演戏。

有一天，唐明皇散朝回宫，听到梨园那边敲锣打鼓，热闹非常，他连朝服也没换，就跑过去看了。

唐明皇刚走进梨园边上，就见有一帮子人从梨树林中走过来，有男有女，有老有少，还有王公大臣，甚至还有皇帝、娘娘哩。这一下可把他吓得不轻。咋的，有人想篡位夺权吗？他就急忙躲在树后看起来。看着看着，他明白了，原来正是自己召来的童男童女，他们穿着各种服装，搬演皇宫里的事哩，演得像极了。唐明皇看得一会儿想哭，一会儿想笑。心想：这些乐人怎么还会这一套啊，倒是怪有趣的。可这是谁教给他们的，平时可没听他们说过啊！

唐明皇经常和这些乐人在一块儿相处，都认得他们，他一个个看过来，突然发现有一个不认得的童子坐在乐班中间打鼓，一边不时地停下来指挥大家演奏，还教那些装扮成各种人物的童男童女表演。唐明皇越看越惊异：哎，这个小子是从哪儿来的呢？看来在这儿闹腾的事都是他教的。于是不由心中一阵恼火，就走上前来叱问道："喂，你们在这儿干什么？真真大胆！"

这一下，可把演戏的一帮人给吓傻了。那个不相识的童子站起身来就跑，眼看着跑进御花园的一座假山洞里去了。

唐明皇随即命卫士把假山围了起来，叫喊了半天，也不见那童子出来。于是，唐明皇盛怒之下，就叫人点着了柴草在洞口烧。不一会儿，就见一只通身灰白的老狼从洞里跑了出来，跪在唐明皇面前，苦苦哀求免它一死。唐明皇见它实在可怜，再想想刚才的事，虽然新奇，却也有些趣味，就一笑了之，饶恕了它。这只老狼见唐明皇开恩赦它无罪，便一股烟飘散到空中，不见了。

这时，那班童男童女可都吓傻了，一个个呆若木鸡。唐明皇却不怪罪他们，反而叫他们不要害怕，让他们回忆刚才的乐曲，接着演下去。可是，没有了打鼓的怎么办呢？唐明皇就亲自操起了鼓板，打了起来，于是戏又接着演了下去，演得好极了。演完一段之后，唐明皇还给每个乐人好多的赏赐。并且，从此以后，唐明皇就专门爱看这样的"戏"了。

所以后来，艺人们就虔诚地敬祀老郎神。老郎神究竟是谁呢？实际就是那只通身灰白的"老狼"！又因为唐明皇支持演戏，所以艺人们也敬唐明皇。唐明皇打鼓坐过的地方，至今还被称为"九龙口"呢。演员们出场前都要整好冠冲"九龙口"打鼓佬拱手作揖，表示尊重。尊重打鼓佬，就等于尊重皇上啊，这是老辈艺人传下来的规矩。

（讲述人：杨延中）

（3）耿梦的传说

过去艺人最忌讳说"梦"字。早晨起来谁要说了"梦"字，就要被惩罚，向祖师爷上香、上蜡，请罪磕头。不然的话登台就会掉板忘词，一天的生意准不好，不定在什么地方就要出岔子。这是为什么呢？

据说艺人所敬的祖师爷的名字叫耿梦，是个小男孩，又被称为老郎神。艺人们不说"梦"字，而改称"黄粱子"（隐喻"梦"字），就是为了避祖师爷的名讳。

传说，明朝楚藩王朱华奎喜欢戏曲，他在宫里养了一班艺人，经常在家中唱戏办堂会。有一天，艺人们正在学习排练一出戏，可就是怎么也练不好、学不会。气得教师爷大发雷霆，还责打了几个艺人。但是，打也无用，艺人们就是不开窍。

正在这时，也不知从哪儿跑来一个白面小儿郎，长得非常漂亮秀气，也跟着艺人们一起练起戏来。说也奇怪，这位小儿郎在前边比画，艺人们在后边跟着学，很快他们就学会了、练成了。大家都很高兴，也很惊奇，互相问道："这个人是谁呀？他是谁家的孩子啊？"可谁也不认得他。于是大家就问这小儿郎叫什么名儿，小儿郎说他叫"耿梦"（也有人说是更梦，因此后来艺人也禁"更"字）。

打那儿以后，这个小儿郎就经常来和艺人们一起排戏。说也奇怪，每当小儿郎一来，大家就智慧顿生，学得很快，练得也好，嗓子哑的变得清脆了，表演呆板的变得灵活了，乐班奏出的音乐也格外好听了。可是等大家练好了、学会了，小儿郎也就不见了。谁也说不清他是什么时候走的，到哪儿去了。时间一长，大家都认为这是"戏神"。于是就照着小儿郎的样子塑了肖像，供了起来，并且都尊他为祖师，称之为老郎神了。

直到新中国成立前，戏班后台和艺人家里都供着一个白面小儿郎，那就是老郎神耿梦。据说你啥时候学戏记不住词曲了，只要给他烧个香、磕个头，他还能教你，保你学得会、演得好。

（4）御后祖师的传说

你知道为啥艺人叫"戏子"吗？这里边有段故事。

清朝的时候，戏曲艺人分两种，一种是民间戏班，称作"外学"；一种是宫廷戏班，称作"内学"。两班敬的祖师也不同。清代道光之后，宫廷"内学"班供的祖师，你知道是谁吗？就是道光皇帝的母亲，被称为"御后祖师"。

相传，御后祖师原来是唱小花脸的演员，那时候可以女扮男装唱丑角戏。后来有一次嘉庆皇帝出外私访，看戏时相中了这位女艺人，就把她接进宫去当了皇妃。后来她生了道光皇帝，又被立为正宫娘娘。娘娘的身份是相当高的，还能再提当年演小花脸的事儿吗？娘娘就一直没把自己这段身世告诉道光皇帝。

有一次，道光皇帝出巡，在外边看"外学"班的戏。当时戏演砸了，犯了道光皇帝的忌讳。道光皇帝一怒之下，要杀这个戏班的班主。结果，这个班主就被下了大狱，单等着秋后开刀问斩了。谁知，这个戏班恰巧就是皇太后原来所在的那个戏班。这班主知道内情，万般无奈，只好冒死上奏皇太后，申明情由，请求赦免死罪。

皇太后见了奏折，不由动了怜悯之心，就把道光皇帝叫到跟前，说出了自己的身世。那道光皇帝一听，不由说道："唉，想不到，我也是唱戏的生的儿子啊！"后来，这话传到了民间，老百姓也都管戏曲艺人叫"戏子"了。宫廷"内学"班的艺人更不用说了，称戏子还不算，还敬皇太后为"御后祖师"。

因为皇太后对戏曲艺人有恩惠，所以小花脸的角色在戏班里有好多特权。例如，"九龙口"的位置别人不许站，他可以站；后台别人不许乱坐，他可以乱坐，等等。这些都是看着御后祖师的面子。

（讲述人：韩伍七）

化妆师的祖师

观世音的传说

观世音就是观音菩萨，因为犯了唐太宗李世民的讳，所以去掉了"世"字。

观世音神通很大，一般人都是"听"音，唯独他可以"观"音。世上的事，都逃不过他的眼睛。

观世音的心眼也好，他普度众生，行善天下。能使盲人复明，残疾复原；阉人生子，老女得夫；失物归主，遇难呈祥。

相传，观世音原本是个男的，成佛后跟着阿弥陀佛普度众生、救苦救难。有一天，观世音来到人间，走进一座庙院的大殿里，见里边有几个妇人正在祈祷，就躲在神像背后，想听她们说些什么。

就见一个贵妇人先说了话："阿弥陀佛，观音菩萨，您保佑我早日生个大胖小子吧。老爷千辛万苦，置办下这偌大的家业，若断子绝孙了可让谁继承呀！求求您啦。"

另一个穷家妇人说："阿弥陀佛，观音菩萨，求您让我们多生几个孩子吧。穷人家别的没有，有人就有望啊！求求您啦。"

一个商贾家妇人说："阿弥陀佛，观音菩萨，我们也得要个孩子啊，是男是女都行。他爹常年在外，家里没个孩子，可苦闷了！求求您啦！"

一个秀才的妻子说："阿弥陀佛，观音菩萨，求求您啦，我都三十岁了，还没开怀。这'不孝有三，无后为大'呀！要再不生个一男半女的，老秀才他要休了我呀！求求您啦！"

观世音一听，都是来求子的，就从神像后边走出来，口中说道："好好好，我今天都答应你们，保证你们各家添人进口。"

谁知他这一出来呀，吓得求神的妇女，"哇呀"一声，齐哭乱嚷都跑了。观世音低头一看自己的男装打扮，摸摸嘴上的两撇八字胡，也禁不住"扑哧"一声笑了。他想起来了，这"人"本来是怕"神"显圣的，再加上自己的一身男人装扮，人间男女授受不亲，那妇女们还不吓跑了？这可怎么办呢？观世音好心给人排忧解难，却把人都吓跑了。他想了又想，最后，想出个好办法，就是男扮女装。

经过一番装扮，这回观世音可变了样了。那真是"眉如新月，眼似双星；玉面天生喜，朱唇一点红"，戴缨珞，穿罗袍，乌云盘龙髻，香环结宝珠，右手执杨柳枝，左手托净水瓶，成了一位端庄秀美、慈善可亲的女菩萨。从此，他就以送子观音的身份出现了。妇人们再也不害怕他了，还亲切地称他为"送子娘娘"。可观世音呢，也就是在中国才这样男扮女装，披长发、穿汉服的模样，到了外国还是光头穿袈裟的男菩萨。

这事儿后来给唱戏的知道了，他们就也男扮女装，唱起旦角来了。那时候唱戏的全是男演员，他们想，既然观世音可以男扮女装，自然他们也可以这么做了。戏班里有专门为演员梳头化妆这一行，他们就敬观世音为自己的行业祖师。每次梳头上妆时都要拜观音。观音神像就挂在梳妆台上。梳妆台上只能放化妆用品，不许放其他东西，否则就是不恭不敬的表现，演员到了台上就会出事故，丢人败相。这些都是旧时戏班里的规矩，当年这些禁忌是不敢违犯的，不然，就要挨罚。现在人们都不信这一套了，只是说说而已。

（讲述人：李梦华）

道情的祖师

张果老的传说

传说道情歌儿是八仙之一张果老传下来的。张果老是道情的祖师爷。

唐朝，唐明皇在位的时候，山西省汾晋之间，有个修行的老道，年岁高迈，谁也说不清他到底有多大岁数了，他长得面似三冬雪，须赛九秋霜，神清气爽，仙风道骨，经常在山村路途，敲打渔鼓简板，唱道歌劝化世人。他能数日不食，精神不衰，人们都很奇怪。人们问他姓名，他就说姓张名果，生在尧舜时代。乡村的人都很敬重他，称他为张果老。

后来有一个州官，听说张果老修炼成仙、长生不老，就想讨好皇上，让张果老去给皇上唱道情歌儿。他写了一道奏折，呈给了皇上。那唐明皇本是个风流皇帝，内信李林甫，外倚安禄山，宠爱杨贵妃。因为好色身亏，精神萎靡，正想学长生不老之术、益寿延年之方呢。一见到州官的奏章，立刻派钦差大臣前往山西去召张果老入都进京。

这钦差奉旨星夜赶往山西，几番查访，终于寻着了张果老。一见面，钦差大臣就宣读圣旨："圣旨下，宣山野道人张果老即日进京朝见圣上……"刚刚念到这里，就听"扑通"一声，张果老突然倒在地上，死了。

钦差大惊，上去探验一下，气息全无，尸身僵硬，果然是死过去了。可钦差还不大放心，怕其有诈，就亲自在尸体旁守了好几天，不见他苏醒过来，才命随从把张果老葬埋掉。谁知两个随从刚要去抬时，张果老却又忽地站了起来，谈笑自如，跟没事儿人一样，还把渔鼓简板敲打起来，唱起了道情歌儿。钦差吓得"扑通"一声跪在地上，磕头如捣蒜，大叫："仙师在上，小人有眼不识泰山，万请仙师恕罪。请仙师上轿，一同进京复旨。"

张果老望了钦差一眼，也不答言，从行囊中取出一个纸团，展开铺在地上，一口水喷了上去，叫声："起!"就见那纸团扑棱变成了一头小毛驴。张果老微微一笑，朝钦差摆了摆手，倒骑着毛驴，径自先头走了。慌得钦差大臣赶忙带着人马撵了上去。

不一日，张果老来到京城，唐明皇让他住在集贤院里，好几天不准人给他吃的，等再去看他时，他却精神饱满，毫无倦态。唐明皇又命人赐给他美酒，张果老喝得醉醺醺的，一连睡了好几天，都没醒。唐明皇知道了，很是奇怪，弄不清他到底是仙还是鬼。当时请了好多有名的术士来宫中占算，也没能算出张果老的生辰日月，不敢断定他是神是鬼。唐明皇悄悄地把高力士叫来，让他想办法。高力士说："我听人家说，喝了姜酒不感到苦，就是奇人。"唐明皇说："那好办。"于是就把张果老召上金殿，让张果老喝姜酒。张果老连饮三大杯，突然仰面朝天，倒在地上，张着大嘴。唐明皇和高力士俯身去看，见张果老口中的牙齿全都烧得焦黄。张果老伸手拔牙，一颗一颗地都装到衣袋里去了。眨眼间那嘴中却又生出了两排新牙。这下唐明皇可服气了，赶忙又请张果老住进了集贤院，还派人给张果老提亲，要把玉真公主嫁给他。张果老听了哈哈大笑，敲打起渔鼓简板唱道：

娶妇得公主，

平地升公府。

人以可喜，

我以可畏。

张果老唱完大笑不止，对来人说："皇上以为果是神仙，果

《张果老见明皇图》（元·任仁发绘）

实非仙；若以为果是尘世俗人，也大可不必。果从此要离京返乡去了。"

这时唐明皇正在外边偷听呢。他一听说张果老要走，连忙进来挽留，张果老哪里肯依。无奈，唐明皇封张果老为银青光禄大夫，赐号"通玄先生"，奉送金银布帛无数。张果老概不收取，又掏出纸驴，吹气成形，倒骑驴背，嗒嗒地走了。

从那以后，张果老就遍游名山大川，敲打渔鼓简板，在民间传唱道情、劝化世人去了。后来人们都学着张果老的样子，唱起道情来了。直到现在张果老在民间的传说中都离不开渔鼓简板。在民间有一种用物品代替八仙人物的说法，叫作"暗八仙"，是指葫芦、掌扇、花篮、道情筒、莲花、拂尘（或宝剑）、笛子和尺板。其中道情筒就是暗指张果老的。

（讲述人：云凌客）

皮影戏的祖师

李少君和李少翁的传说

皮影戏流行全国各地。为啥叫皮影戏呢？因为那影人、影物都是用驴皮、羊皮、牛皮等做的。可最初的时候，可不是用牲畜皮做的，是用石头做的。说到这里，还要讲起皮影戏的祖师爷李少君和李少翁的一段传说。

天上有个李老君，地上有个李少君。李少君是山东人，汉武帝时他已经活了一千多年啦。当时，汉武帝一个最宠爱的妃子李夫人死了，汉武帝常常思念她，一入睡便梦见她，醒来又不见面了。因此，汉武帝很苦恼，就把李少君请来，问他能不能让自己再亲眼见上李夫人一面。

李少君低头思索了一下，说："可以让您见见李夫人，但不能离得太近了。"

汉武帝听说能见到李夫人的面，很高兴，就问："用什么办法能让李夫人死而复生呢？"

李少君说："在东海深处的仙岛上有一种石头，颜色发青，轻如鸿毛。这种石头的温度还可以变化，冬暖夏凉。拿这种石头刻成的石人能像真人一样说话，只是有声无气。我用它来刻一尊李夫人的像，您就可以远远地看到李夫人了。请圣上给我造一条大木船，我愿带一千人去东海寻取。"

汉武帝马上答应李少君，给他造了一条很大很大的楼船，挑选了一千名身强力壮的小伙子，李少君就带领他们出海了。

过了好些年李少君才回来。那些跟随他去的人只剩下了四五个，那种青石头总算是找回来了。李少君便向汉武帝要来了李夫人的像，依图刻形，做成了一个石人。

这天晚上，李少君把石人放在轻纱帷幕后面，里面点上蜡烛，然后请汉武帝来看。

汉武帝走到这房里一看，果然是李夫人坐在床上。李夫人见汉武帝走进门来，就慢慢从床上站起身来，先向汉武帝施礼问安，随后又翩翩起舞。

汉武帝看得发了呆。过了一会儿，他情不自禁地往前走去，想跟李夫人说句话。就在这时，忽然眼前一晃，李夫人不见了。

李少君走出来，对汉武帝说："圣上也太心急了。阴阳毕竟是两条路，您身上的阳气太盛，一靠近，就把李夫人冲走了。您若要沉得住气，还可与夫人多待一会儿。"

汉武帝心里也很后悔。不过，总算是又亲眼望见了李夫人的影子，于是就重重酬谢了李少君。

李少君经过这一次出海寻石的磨难，也大大伤了元气，不久就死去了。也有人说，他是得道成仙，脱离人世了。

可过了一段时间，汉武帝还是想念李夫人，每天吃不下饭，睡不好觉，身体逐渐垮下来。

这时候，又来了一个叫李少翁的，据说是李少君的徒弟。"少翁"就是"少年老成"的意思。看样子他还像个少年人，可实际上也有二百多岁了。李少翁进了宫，也和李少君一样能让汉武帝在帷幕外边看到李夫人，还能跟李夫人说几句话。可他没有李少君的本领大，不是用的石头人，而是用的驴皮、羊皮、牛皮人。这些做成了李夫人模样的小人，每次用过后，就放在石臼里捣碎，做成药丸，让汉武帝吃下去。慢慢地汉武帝再不做梦思念李夫人了，身体也渐渐地好起来。

从那以后，又不知过了多少年，民间也就有了皮影戏。据说都是李少君和李少翁传授下来的。现在陕西潼关外还有一座"灵梦台"，就是皮影艺人为纪念祖师爷李少君和李少翁而建造的。每年腊月里，皮影戏艺人们还要到那里去祭祀一番。

河南坠子的祖师

邱祖的传说

河南坠子是走的道家门。从道家的祖师到坠子的祖师是按一三五七排下来的。一是太上老君；老君一气化三清，即化为上清道人、玉清道人、太清道人三个小老君；三清又化为五色，即红、黄、蓝、白、黑五色，也称五祖；五祖传七真，七真即为邱、刘、谭、马、何、王、孙七位真人。七真之首的邱真人就是河南坠子的祖师爷。唱坠子的称其为邱祖。

邱祖，若问坠子老艺人，没有不知道的。邱祖，即邱处机，道号长春子，山东登州栖霞人，首创邱祖龙门派，坠子艺人大都是这一门派的。艺辈都按"道德通玄静，真常守太清，一阳来复本，合教永圆明……"来排列。

要说为啥敬邱祖，传说得可不一样。我听说是这么回事。

邱祖小时候算过一次卦。有一天，他娘领他去赶集，到集上碰见一个相面的。他娘就请相面的给邱祖看看相。谁知那相面的支支吾吾，高低不给看。越是这样，邱祖娘心里越犯嘀咕，一定要算这一卦。无奈，最后相面的说："不是我不算，是怕说了您难过。这孩子长相哪儿都好，就是嘴角这两条纹路长得不好，这叫'锁口纹'，相书上说得明白，'腾蛇入口，日后必定饿死'。"

邱祖娘听了吓一跳，连忙问那相面的："那，有什么破法没有啊？"

相面的叹了口气，摇了摇头，说："破法是有，就怕您娘俩吃不了这份苦，受不得这份罪。"

"唉，只要孩子饿不死，啥苦啥罪也能受。"

"好。那您娘俩往河南逃吧，啥时见了旱河，就在那儿撑船摆渡。您可记住了：'人过河，好交情；驴过河，不放行。'只要照我说的办，到这孩子十九岁以后，就没事了。"

邱祖娘俩听后，重重地谢了相面的卦金，回到家后就收拾收拾行李上路了。他们走啊走啊，来到了河南商丘西南边，果然遇见一条干涸了的旱河。河里净是沙土、石子，连一滴水都没有。

他娘对邱祖说："行了，孩儿，咱不走了。快去砍些树木，扎筏子吧。"

邱祖是个孝子，娘叫干啥就干啥。连忙砍了一些野坡上的树木，扎了个木筏子。谁知，刚扎好木筏子，就听"咔嚓"一声响雷，"哗——"下起暴雨来了。不一会儿，河里就下了个溜沿儿满槽。从此，邱祖娘俩就在河上摆渡行人了。

凡是乘邱祖的船过河的，有钱的给钱，有粮的给粮，实在没有，白过也可以，邱祖娘俩从不计较。就是有一样，不让驴子上筏子，不摆渡驴过河。就这样，母子俩摆渡为生，苦度日月。

转眼间，过了十几年。邱祖长大成人了，今年刚好十九岁。在九月初三日这天，邱祖娘病倒了，躺在家里对邱祖说："儿啊，娘有点儿不舒服，你自己去摆渡吧。可别忘了'人过河，好交情；驴过河，不放行'啊！"

"唉，我记着哩，您安心在家歇着吧！"邱祖把母亲安置好，就到河上来了。

今儿个两岸的人特别多。邱祖一个人来回摆渡，累得可不轻。等人都送得差不多了，邱祖就想歇歇。可这时对岸有个人喊："艄公，过河的来了，快过来啊。"

邱祖划了过去，一看，是个干瘦老头儿，骑着一头毛驴儿。邱祖心想，娘交代的不让渡驴子，这可咋办呢？正在这时，就见那干瘦老头儿下了驴，顺手往驴头上一拍，那驴忽地倒在地上，变成了一张薄纸。那老头儿叠巴叠巴，拎起来就上了筏子。邱祖一看，驴子没了，也不能再说啥了。

邱祖心中好生奇怪，盯着这干瘦老头儿直瞅。不一会儿，筏子撑到了对岸。就见那干瘦老头儿朝那张纸一吹，纸又变成一头活蹦乱跳的小毛驴儿了。老头儿骑上驴子正要下船，邱祖忽然想起来，不能放驴走啊！就一个箭步跳过去拉住了驴尾巴。谁想那驴一跳，邱祖没抓牢，只揪下一撮驴尾巴毛。驴一惊，一跳，把那干瘦老头儿震得一晃当，就听，"吧嗒"，有两节檀木板掉在船筏子上了。檀木板摔断了，成了四节，有两节正好掉到船帮上，一头支到了岸边。那老头儿顺着檀板下了船。邱祖急得大喊："喂，老先生，您不能走，俺不能让毛驴儿过河呀！"

那干瘦老头儿仰天哈哈一笑，噔噔噔噔，倒骑着毛驴窜了。

邱祖见出了这事儿，也不摆渡了，赶忙拾起留在船上的两块檀板和那撮驴尾巴毛往家走去。

到了家里，邱祖又不敢给娘学说清楚，怕把他娘吓着了。他娘见他回来了，就问："儿啊，你咋回来恁早哩？"

"河边没人了。我惦记着娘的病，就早点儿回来啦。"

"噢，那你手里拿的啥？"

"这是一股丝弦、两块板。娘，我给你唱个小曲儿吧。"邱祖说着用驴尾巴毛做了一张弓子，一把弦子做成了，他就拉了起来。邱祖一边拉弦一边唱，敲着那两块檀木板，还蛮好听的，越唱越有味儿。唱着唱着，他娘的病见轻了，再唱一阵儿，他娘的病好了，浑身上下也觉得有精神了。他娘感到挺奇怪，就又问邱祖这檀木板、丝弦都是哪儿来的。邱祖这时见娘的病好了，也不担心害怕了，就把刚才的事全都讲了出来。邱祖娘听完，说道："儿啊，这回可好了！你知道刚才那骑毛驴的老头儿是谁吗？那准是八仙张果老啊！快，快去河边等他，说不定他还要回来哩。"

邱祖听了娘的话，赶紧朝河边跑去，到那儿一看：啊！河水也干了，筏子也漂走了，张果老也没回来。

不过，张果老已经给邱祖留下了两块檀木板和一撮驴尾巴毛。还有两块檀木板留在了船筏子上，后来就被船工们用来当了船踏板。邱祖的这两块做了一副唱曲击节用的乐板，因为是捡来的，所以叫作"简（捡）板"；驴尾巴毛呢，做了一把胡琴，因为是拽下来的，所以称为"坠胡"。从此以后，邱祖就不摆渡了，靠唱曲卖钱过生活。直到邱祖娘百年之后，邱祖才唱着走着，来到了昆仑山上，找到了张果老，拜他为师，修身养性，也练成了道家的神仙。

后来，邱祖唱的曲调传了下来，就叫坠子。直到现在坠子还是用简板和坠胡伴奏。据说，坠子艺人过河不用交摆渡钱，因为坠子的祖师曾经撑船摆渡，船上的踏板还是邱祖留下来的。每年正月十九日和九月初三日，坠子艺人们都要到邱祖庙里去祭祀，因为正月十九日是邱祖的诞辰，九月初三日是邱祖受张果老点化，交了好运的日子。

（讲述人：张桂兰）

三弦书的祖师

一、三皇的传说

　　三弦书艺人在旧社会里都敬三皇，把三皇供为自己的祖师爷。三皇就是伏羲、女娲、神农，又叫天皇、地皇、人皇。

　　相传在上古时代，伏羲、神农、女娲造天、造地、造人，在华夏这块地方建立了一片乐土。天上飞鸟金凤，地上五谷丰登，人们安居乐业，讲究礼仪，生活富足，无忧无虑。后来伏羲、女娲、神农功成业就，各归神位，到九天皇宫享受祭祀去了。可是，人间慢慢地又出了不贤不孝的子孙，世道大变，礼坏乐崩，到处是战乱不宁，人们开始受灾受难了。三皇在天庭看不下去了，就又回到了人间，想劝说大家改邪归正，友好相处，共享太平。可他们都是神灵仙体，不能和人们直接交谈啊。怎么办呢？三皇就想在世上找个知书达理的人来替他们劝说劝说大家。

这一天，三皇正在四处查访，见前面路边上有个人正拿着竹制的书简，大声地诵读。过往行人，有几个站下来听他念书。书上讲的都是劝说人们尊老爱幼、孝敬父母、和善待人的话。可就是一般人听不大懂，再加上他们有事要赶路，所以，那人念了半天，嗓子都念哑了，也没几个人听他的。三皇看了，个个心中纳闷，这个人是谁呀？伏羲耐不住性子，向过路人打听："哎，请问大哥，那个念书的人是谁呀？"

过路人说："哎呀，你怎么连他都不认得？这不是大名鼎鼎的孔老夫子嘛！他周游列国到处讲学，教化四方人民，在这儿宣讲三天了。"

"噢，那怎么没人听他的呀？"

"嗨，他念的书太深了，老百姓听不懂呀！"

"那咋着能叫老百姓听懂呢？"

"老百姓爱听唱，要是能让他唱唱，再讲讲，这书就有人听了。"

"噢，好好好！"

说完，那过路人走了。伏羲回来跟神农、女娲一讲，三皇都觉得，孔夫子这人愿意教化黎民百姓，倒是一个难得的人才，不如就托他来办理这劝世救民的事。可是，他虽有苦心，不能招徕听众，也是无济于事呀！怎么办呢？三皇想了一会儿，想出一个办法。他们各自从自己的神服上抽了一根丝线，向孔子走去。

这时，太阳已经偏西了，眼看着路上的行人已经稀稀落落，孔子也念得筋疲力尽、乏困不堪了。于是他就动手收拾竹简，准备回去。可是竹简散乱得很，他好不容易收拾在一起，两手一抱，又"哗啦"撒了一地。一连抱了几次，都抱不起来，急得他满头大汗，不知如何是好。这时，三皇走了过来，对他说："辛苦了，先生。"

孔子一抬头，认得是天皇、地皇、人皇，连忙行礼，口中不住地说："不知先祖到此，有失恭敬，恕罪恕罪！"

三皇说："既是相遇，定有缘分，不必客气。你这样不辞劳苦，教化四方，真是太难为你了。我们三个没有别的送你，各自送你一根丝线，你拿去捆竹简用吧。你要记住，念书没有讲书明，说的没有唱的清。"

说完，三皇就踪迹不见了。

孔子抬起头来，不见了三皇，奇怪自己是不是在做梦。可再往竹简堆上一看，果然放着三根丝线，又不由不信。愣了片刻，才开始动手。他先用三根丝线捆竹简，缠缠绕绕，把竹简编排成一整篇，然后一卷，卷了起来。果然好拿多了。可是三根丝线都没用完，各自剩下一截来。孔子就顺手绑在了一根竹简上。他无意中用手一拨弄，竟然发出一种清脆悦耳的响声。这使他又想起了三皇说的话："念书没有讲书明，说的没有唱的清。"不由心中豁然开朗起来，终于明白了三皇留下三根丝线的用意。

从那以后，孔子和他的弟子们到处讲学说教，就改用三弦制曲，连说带唱了。念诵一会儿，拆讲拆讲；说一会儿书，拨弄拨弄弦子。后来，干脆把书编成了唱词，在竹简制的三弦下边又安上一个用蛇皮做的小圆鼓，声音就更响亮、更优美了。到了后来，子弟传子弟，越传越多，就成了专门演唱说书的三弦书艺人了。直到现在群众都还叫演唱三弦书的"说书"，称三弦书艺人"先生"，因为他们是孔门弟子。他们说的书对乡俗的改进、民风的教化都大有好处。经他们一说，不贤惠的贤惠了，不孝顺的孝顺了，兄弟们分家时也不争不吵了，公婆儿媳之间不和气的也解开疙瘩了，听听真是不错。不过，三弦书艺人自己心里明白，要论起他们的祖师爷来，那还得说是天皇、地皇、人皇这三皇。正像一首《西江月》开场诗所说的那样：

昔日三皇为先，

他是万民之祖，

开天辟地立耕读，

治下乾坤后土。

孔子出外访贤，

> 这才留下说书，
>
> 怀抱三弦道今古，
>
> 解劝老幼民妇。

（讲述人：王国砚）

二、苗庄王和孔子的传说

说起三弦书艺人的祖师来，都说这一行是苗庄王和孔子传下来的。现在说这话，有点儿七不连八不沾，不过老辈艺人是这样传说的，你要问，就给你说说，只当故事听罢了。

相传古时候有个苗庄王，他有三个女儿。大女儿嫁给了一个武状元；二女儿许配了一个文状元；三女儿呢，叫苗善姑，是个挺有心计的孩子，从小看破红尘，经常到佛堂里求神念经，对于富贵荣华一点儿也不放在心上，后来真的得道成仙，去云游四方了。苗庄王最喜爱三女儿，可三女儿成仙了，他是又高兴又悲伤。高兴的是成仙得道是件好事情，一般人还都求之不得呢；悲伤的是，女儿不知去向，身旁再也没有了善姑的身影，父女不能相见，苗庄王感到太寂寞、太难受了。于是苗庄王就花了好些金银，给三女儿塑金身修庙堂，让人们都来朝拜女儿，给她磕头、烧香。苗庄王自己也是三天两头去庙里烧香磕头。可是，越是常去庙里，他就越是思念三女儿。慢慢地苗庄王得下了思儿病，卧床不起了。他每天口中念叨着三女儿善姑的名字，尽说胡话。

有一天，孔子路过这里，得知苗庄王得了病，就请求见见苗庄王。苗庄王也知道孔子的学问大，当然也想见见他，就请他到病床前谈话。

孔子

孔子进到屋里，苗庄王和他寒暄几句后，就问："孔夫子，听说您的学问大，您说说人生在世，图的啥？"

孔子说："那要看是什么人了。一般世俗之人，图的不过是一日三餐，有个温饱平安的日子也就罢了。"

"那么，读书人又图的是啥呢？"

"读书人，求名逐利，贪图的无非是高官厚禄、荣华富贵。可他们哪里知道，世上的名和利也都属身外之物，并不是最重要的事啊！"

"那啥是最重要的事呢?"

"依我之见,读书人学到了知识,懂得了道理,并不必去追名逐利,倒是云游四方,讲经说道,遍历名山大川,教化人间愚贤才是正理啊!君不见那些得道成仙的人吗?他们弃世脱俗,清心寡欲,到处走走看看,给人们讲些道理,普度众生,难道不是最悠闲、最惬意的事吗?"

孔子的这几句话,一下子开了苗庄王的心窍。他想,自己的三女儿不也是这样走的吗?她一定比自己还快活呢!我何不也跟随女儿去呢?于是就客客气气地送走了孔子,随后自己用三根丝弦做了一把三弦,刻上"教化四方"四个字,就到处游历说书去了。直到现在,三弦书艺人还传唱着苗庄王和孔子的这段故事呢。其中有四句词是这样说的:

庄王得下思儿病,

孔子开导表衷肠。

说书庄王他为首,

怀抱三弦劝四方。

(讲述人:欧阳春旺)

评书的祖师

魏徵的传说

旧时，豫南一带的评书艺人有一个自己的行会组织，叫"梨园书屋"。每年农历腊月二十七日，艺人们就集中到书屋办祭神会，吃会酒。祭拜的祖师爷是唐朝的魏徵，祭拜时供上猪、鸡、鲤三牲。另外用金漆条盘，把一块醒木、一把折扇、一方绸手帕也供在祭桌上，然后点烛焚香，燃放鞭炮，由年长的师父击磬，艺人们鱼贯而入，上香、磕头、焚黄表，三拜九叩。随后，便在一起吃会酒。大家年终相逢，团聚一堂，猜拳行令，十分热闹。

为什么评书艺人供魏徵为祖师爷呢？艺人们之间有一个传说。

据说，最初魏徵不是保的唐太宗李世民，而是保的太子李建成。玄武门之变以后，李世民才起用魏徵。当时李世民并不十分信任魏徵，对魏徵的话也听得不多。而魏徵心想：既然你用我，我就得进谏，还要想办法让你听得进去。于是他就想到了说书这个办法。

一次，唐太宗李世民外出巡游，来到洛阳，住进了显仁宫。他想吃河蟹，可进膳时，却没有这道菜。李世民当时火气就上来了，一拍桌子，把地方府官给大骂了一顿，说他们怠慢皇上，目无天子，要重重治罪。地方府官吓得大气不敢出、小气不敢喘，连忙跪下磕头认罪。其实，当时是初春季节，在洛阳，哪里能找到可以吃的河蟹呀？皇上可不管这些，他想吃，就得给弄来。无法，地方府官赶紧催人骑快马到信阳州去抓河蟹。

这事儿叫魏徵听说了，就在当晚觐见皇上。李世民知道魏徵爱找碴儿，一见他进来，就没好气儿地说："你有什么事啊？"

魏徵说："没啥事儿，我来给皇上讲个故事解闷。"

李世民一听魏徵是来讲故事的，放心了，说："好，好，寡人正心烦无聊，听段故事也好。你就讲吧。"

魏徵说："皇上，您今天住在这显仁宫里，我就给您讲讲显仁宫的故事吧。这显仁宫啊，是前朝一位皇帝下令修造的。这个皇帝坏透了，欺母霸嫂，骄奢淫逸，无恶不作。他修这座宫殿时，征收了大江以南、五岭以北的奇材异石，全国各地的名贵花草、珍禽奇兽；有一百多万人被驱赶来做苦役。宫殿修好后，一半以上的人都死在这里了。人死之后，他们的尸首就被埋在这宫殿四周。因此，这里至今还冤魂不散呀！"

"你说这是哪朝哪代哪个皇帝的事呀，怪吓人的。"唐太宗李世民吓得身上直起鸡皮疙瘩。

"就是隋炀帝杨广啊！皇上难道这么快就忘了吗？皇上今天住在显仁宫里，可不能忘了前朝的教训啊！隋炀帝当年外出巡游，经过各州县时，五百里之内都必须贡献最精美的水陆佳肴，吃不完就随便倒掉，可不许不贡。他们走到哪里，哪里就遭殃，人们把他们比作蝗虫、瘟神，所以后来隋朝很快就灭亡了呀！难道您还要学他的样子，也把大唐的江山丢掉不成！"

这时，李世民才晓得，原来魏徵是为了今天惩罚地方府官的事儿来的。不过，这时唐太宗李世民已经知道自己错了，他连忙对魏徵说："爱卿，你这一番话可说得太好了，朕要好好谢谢你呀。今天的事儿是寡人的不对。希望你今后经常给朕讲些前朝古人的事儿，以资借鉴啊。"

魏徵见李世民能够知错改错，也很高兴，忙说："臣遵旨。"

从那以后，魏徵就常常把古书上的事儿编成故事讲给李世民听。慢慢地，唐太宗李世民养成了听古书的习惯，每天不听魏徵说上一段儿书还不得劲儿哩。他把魏徵的话当成自己洗面清心的镜子，办什么事都要跟魏徵商量一下，对魏徵也越来越信任了。

这一年，朝中的文武官员们都说李世民治国有方，天下太平，四海咸服，劝李世民到泰山封禅，祭告天地，向皇天表表功绩。李世民也跃跃欲试，准备兴师动众，出宫远行，进山封禅。而魏徵不同意这样做，就对李世民说："皇上功德虽高，可还不到要让天下百姓感恩的地步，这样急急忙忙去向天地表功，只会劳民伤财，是会受到天地的惩罚的。如果再遇到水旱风雨之灾，遭到人民百姓的抱怨，到那时后悔可就晚了。"接着给李世民讲了一段秦始皇泰山封禅，国家接连遭难，终于导致万民弃主的故事。李世民听了，果然不再提去泰山封禅的事了。

因为魏徵敢于直言进谏，也就是说敢于向皇上提出批评和建议，不管是什么场合，事儿大事儿小；也不管是皇帝行为不端，还是衣冠不整，他都要管，有时候能当场给李世民弄个下不来台。李世民呢，还说不过魏徵，老弄个无言以对，最后受了批评还得赏点儿东西给魏徵，所以唐太宗李世民对魏徵就有点儿发怵。

这年夏天，有位太监弄来一只鹞子，李世民挺高兴，爱不释手，整天在后宫斗着玩。一天李世民正让鹞子停在自己胳膊上赏玩，突然见魏徵进来了，心里一慌，就顺手把鹞子揣到怀里了。其实，这时魏徵已经看到了，心想，至高无上的皇帝玩鹞子，多不够意思呀。刚想直说，又见皇帝把鹞子藏到了怀中，就装着没有看见，想来个将计就计。于是，魏徵又东拉西扯地给皇帝讲开故事啦。

这时李世民不愿意听，可又没法儿赶魏徵走，就装着打瞌睡，趴在龙书案上打盹儿。魏徵呢，顺手摸过来龙书案上的"龙胆"，使劲儿往桌上"啪"的一拍，把李世民吓了一跳。李世民一惊，急了："大胆！魏徵，你竟敢私自动用'龙胆'，御前惊驾，该当何罪？！"

魏徵心说，谁让你装瞌睡不愿意听书呢！可嘴上没敢这么说，赶紧跪在地上："圣上息怒，刚才您睡着了，我用醒木叫您一声，请您接着往下听啊。"

"胡说！刚才你分明是将朕的'龙胆'摔在龙书案上了，怎么说是醒木呢？"

"啊，圣上有所不知，微臣慢慢禀告。这方木头一共有十三种称呼：皇帝、君主用它时称为'龙胆'；皇后、娘娘用它时称为'凤霞'；宰相、大夫用它时称为'运筹'；元帅、将军用它时称为'虎威'；知县、知府用它时称为'惊堂'；塾师、教习用它时称为'醒误'；说评书、唱大鼓的用它时称为'醒木'；典当铺里用它时称为'唤出'；中药铺里用它时称为'审慎'；点心铺里用它时称为'茯苓'；医家郎中用它时称为'慎沉'；唱戏的用它时称为'如意'；客店里用它时称为'镇静'。刚才微臣是在为皇上说书，所以用它时就称为'醒木'，难道不对吗？醒木者，醒目也。臣是为了叫醒圣上，继续听书呀！"

"嗯，这……"唐太宗李世民听魏徵滔滔不绝说了一大套，俱都在理，自己又没啥好说的了，只好说，"好好好，既然如此，这'龙胆'你就拿去做醒木用吧"。

魏徵见皇上把鹞子的事儿给忘了，又接着讲故事。这回专拣那热闹的说，说了一个又一个，讲了一回又一回，累得满头大汗。唐太宗李世民听得入了迷，不说还不行呢。他看魏徵说累了，把一把御扇递过去："给，你扇吧。"一会儿，又把一块绸手帕递过去："给，你用它擦汗吧。"一会儿，又让人沏了茶水端过去："给，你喝吧。"好不容易等魏徵说完走了之后，李世民这才想起怀里的那只鹞子，可早就给憋死了。

从那以后，评书艺人就把魏徵尊为自己的行业祖师了。据说，评书艺人在台上说书可以喝茶水，可以扇扇子，可以用手帕擦汗，谁要是打瞌睡了，还可以用醒木惊醒你。这，都是当年唐太宗李世民赏给祖师爷魏徵的，祖师爷魏徵又传给了后辈艺人。所以，评书艺人是最自在的。俗话说："学会口艺，不想手艺。"他们是"一声醒木万人惊，一人说书万人听""一块手帕一把扇，说古道今赛神仙"。

（讲述人：潘寄南）

相声的祖师

东方朔的传说

　　旧社会里，说相声的也有自己的祖师爷。他们的祖师爷就是滑稽大王东方朔。有时候相声艺人也把东方朔的像和唐明皇的像供在一起，因为相声也是表演的艺术。可唐明皇的塑像跟东方朔的像不一样，唐明皇没有胡须，东方朔却有五绺长髯。

　　说起东方朔，民间都把他传说成神仙。据说他是太白星精，黄帝时为风后，尧时为务成子，周时为老聃，在越国为范蠡，在齐国为鸱夷子皮。总之，把他说成了一个无时不在、变化无常、可以

东方朔

兴王霸之业的神通广大的仙人。而东方朔实际上确有此人，他又叫曼倩（字），是西汉时山东厌次人。从小读书很用功，爱说笑话，滑稽幽默，为人正派。后来在汉武帝身边做官，常常用滑稽说笑的方式进谏，一直为民间所称道。

据说东方朔初到长安求见汉武帝时，汉武帝并不重视他，于是他就写了一封自荐书。说自己从小失去父母，靠兄嫂抚养成人，十二岁读书，十四岁击剑，十六岁背诵诗经，十九岁熟知孙吴兵法，又通晓圣人之言。今年二十三岁，身高九尺三寸，目若悬珠，齿若编贝，是天底下最勇敢、最敏捷、最廉洁、最守信义的人。并说，像我这样的人总该让我当一个大官了吧？

汉武帝看了东方朔的自荐书，觉得很新奇可乐，就叫他住在招贤馆，准备听用。东方朔也就高高兴兴地去了。可是，过了些日子，汉武帝又把这桩事给忘了。东方朔等来等去，不见诏书，出门时带的钱也花完了，急得他团团转。后来，他见招贤馆还有一帮子矮个子（侏儒）也住在那儿，就跑过去对他们说："哎，你们怎么还待在这儿啊？都死在眼前了，还不明白！"这一说把那些矮个儿吓一大跳："哎，大个子，你说的是怎么回事啊？""怎么回事？你们不知道吗？朝廷特意把你们叫了来，你们以为就为了每天逗逗乐吗？那是缓兵之计，过两天就要杀你们。你们这些人，一不能做官，二不能种地，活着也白活，光知道吃，皇上把你们骗了来，一块杀了，省得浪费粮食。"

这些矮个子一听，都吓傻了，忙向东方朔求主意。东方朔说："你们，再见着皇上，就磕头求饶，多说些好话。皇上要再说什么，你们就推到我身上得了。"矮个儿们听了连连点头。

这天皇上义召见几个矮个儿去宫里玩耍。矮个儿们一见皇上就大哭起来，跪在地上死活不起来，口口声声请求饶命。皇上很奇怪，便问："谁说要杀你们了？没这回事儿。"皇上再说他们也不敢相信，还是磕头求饶。皇上急了，非问谁说的不可。他们就势把东方朔的话学了一遍。皇上一听，很生气，当时就下令让卫士们把东方朔押进宫来了。

东方朔来到皇上面前说："皇上，您甭生气，这是我给您出的主意。您瞧，他们这些矮个儿，一月领一口袋粮食，我这高个儿一个月也领一口袋粮食，他们吃得撑得慌，我可饿得要命。我们来这么久了，您却'不杀不放'。您如果不打算用我们，就让我们回去好了，别叫我们这些高个儿、矮个儿的，待在这儿净浪费粮食，又活受罪。"

嘿，这下可把汉武帝给逗乐了，禁不住哈哈大笑，当下就拜东方朔为郎中，留他在身边专门逗乐开心。

还有一次，汉武帝传旨，叫臣子们去宫中领肉。按宫里的规矩，肉是由一个官儿管着。可大家都到齐了，这个分肉的官儿却还没有来。当时正是夏季，天热得很，肉就在那儿挂着，再不分，待时间长了，肉非臭了不可。东方朔等不下去了，就拔剑自己割下一块拿回家去了。

又过了一会儿，那位分肉官儿来了，念完了诏书就挨个儿地分肉。肉分完了，可没见着东方朔。一打听，他先自己割了一块拿走了。惹得分肉官儿可不愿意了，气得直蹦。还说，东方朔这小子不把我放在眼里，实际上是不服从皇上，看不起皇上！非告他个欺君之罪不可。

第二天，皇上把东方朔召进了宫，斥问他为什么不等诏书到就私自割肉拿回家去。东方朔也不解释，赶紧摘了帽子，跪在地上赔罪。汉武帝怒气未消，说道："你起来，自己责备自己吧。"东方朔也不站起来，开口就说：

> 东方东方，实在鲁莽，
>
> 诏书未到，私自领赏，
>
> 拔剑割肉，举动豪爽，
>
> 割的不多，还可原谅，
>
> 拿给婆娘，情义难忘，
>
> 皇上宽大，谢过皇上。

说完，站到一边去了。汉武帝听得可乐，又大笑起来，不但没怪罪他，还赏给他一石酒、一百斤肉，让他拿回家送给那"情义难忘"的婆娘。

东方朔受到皇上的宠爱，可气坏了一些人。有个叫郭舍人的弄臣，就光想惩治一下东方朔。有一次皇上叫郭舍人和东方朔射覆（猜谜）。郭舍人就想趁机难为难为东方朔，叫他在皇上面前丢丢脸。他精心编了一个谜语，说道："客来东方，歌讴且行，不从门入，偷越我窗，游戏中庭，上入殿堂。击之拍拍，死者攘攘，格斗而死，主人被创。"说完，就叫东方朔猜是什么东西。

东方朔也没犹豫，开口答道："长嘴细身，昼匿夜行。嗜肉恶烟，常被拍扣。臣朔愚憨，名之曰蚊，舍人辞穷，当复脱裈。"

这一下，东方朔猜得快，猜得准，把郭舍人弄得面红耳赤，无言以对。皇上和左右大臣都为东方朔的机警善辩、唇锋舌利感到震惊。皇上从此更看得起东方朔了。

后来东方朔还多次劝谏汉武帝不要铺张浪费，劝他不要修上林苑。虽说没有挡住上林苑的兴建，但到底是替庶民百姓说了话。

以后，相声艺人就从能言善辩、敢于讽谏当朝时政这一点出发，把东方朔尊为自己的祖师爷了。

莲花落的祖师

范丹老祖的传说

唱莲花落的敬的是范丹老祖。

传说当年孔子被围在陈蔡，孔子让子路跟范丹借粮。范丹穷得出名，可是个高人隐士。子路来到范丹家，开口借粮。范丹给他出了一道题，说是答得上来就借，答不上来不借。子路说："好！"

范丹就问："啥多啥少，啥喜欢啥恼？"

子路说："这还不好说？星星多月亮少，娶媳妇喜欢死人恼。"

范丹说："不对。回去吧！"

子路讨个大没趣，悻悻地回来了。孔子就问："借来了粮吗？""没借来。"

"咋啦？"

"他出了一道题叫我答，我没答对。"

"啥题目呀？"

"啥多啥少，啥喜欢啥恼？"

"你咋答的呀？"

"星星多月亮少，娶媳妇喜欢死人恼。"

"唉，怨不得，就是错啦。快再去一趟，就说'小人多君子少，借时喜欢还时恼'，他就借给你啦。"

子路记下了，转身又去找范丹。范丹见子路回来了，又问："啥多啥少，啥喜欢啥恼？"

子路说："小人多君子少，借时喜欢还时恼。"

范丹说："对了。借给你，可得好借好还哪！"

"放心吧，借鼓还尖。"

"粮食装哪儿呀？"

"给，装这笆斗里吧。"子路把一个大笆斗递了过去。

范丹给他装了满满一笆斗粮食，冒尖冒尖的。子路借来了范丹的粮食，孔子和徒弟们算是没被饿死。

事后，孔子叫子路去还范丹的粮食，也装了个冒尖。可走到半路叫风给刮撒了，成了一平篮。子路回来又添满了，走到半路，又被风给吹平了。这样，往返了好几趟，都是这样。孔子说："别添了，就这样吧，看来这是天意，以后慢慢还吧。"结果孔子到底没还完范丹的粮食。

从那以后，范丹的徒弟们就唱着莲花落子到处找孔门弟子要粮。春节前后，他们要得更有气势。有人要说："俺挣（欠）你哟？"他们就唱："小人多君子少，借时喜欢还时恼。"还说："你挣（欠）我。只要你家有字，门上贴有对联，你就是孔圣人的徒弟，就欠着我们的债哩！"你要还不给，他们就一直在你门上唱，直到给了为止。

（讲述人：陈国选）

二人转的祖师

楚庄王的传说

东北二人转艺人传说，二人转是东周时楚庄王留传下来的，他们把楚庄王奉为祖师。民间艺人在敬祖师时还要唱：

> 三拜九叩进佛堂，
> 上供周祖祭庄王，
> 今日来在长春会，
> 四门弟子来上香。
> ⋯⋯⋯⋯⋯⋯

据说东周时楚庄王身边有一个叫优孟的食客，这个人很正直，并且滑稽善辩，常常用说笑话的方式向楚庄王进谏。当他了解到死去的相国孙叔敖的儿子孙安，生活非常贫苦，靠打柴为生时，深深感到楚庄王不该这样对待功臣的后代，于是就暗自盘算，要说服楚庄王改变孙安的处境。

原来，孙叔敖是楚庄王最得力的贤相，他鼎力相助，帮着楚庄王建立了楚国的霸业。他临死时还给楚庄王写了一个奏章，说自己是个种田人，蒙庄王错爱，居然当了相国，真是感恩不尽。并说自己唯一的儿子才疏学浅，不配在朝做官，请求楚庄王让他回到乡下去种田。楚庄王也没多想，就让他的儿子孙安回家种田去了。

开始的时候，楚庄王还时常想着孙叔敖的好处，因此也常常派人去照顾孙叔敖的后代孙安。以后，楚庄王慢慢地就把功臣的好处忘到脑后去了。孙叔敖在世时居官清廉，两袖清风，根本就没有什么家产，君王不照顾，再加上连年荒旱，收成不好，孙安就更穷得过不下去了，最后只落得卖了田地，上山打柴去了。

而这时楚庄王却整天过着花天酒地的生活，只顾自己享福，连自己的江山是怎样来的都不记得了，哪里还顾得上百姓的生活！

这一天，宫里又大摆酒筵，吃喝玩乐。正在吃得热闹的时候，突然，有一个人走进宫来，直朝楚庄王走过去。楚庄王抬头一看，大吃一惊：啊！这不是孙相国吗？那装扮，那动作，没有一处不像啊。难道孙相国真的死而复生了？这一下吓得楚庄王猛地站了起来，迎上前去，正要拉孙相国坐下叙谈，突然"孙叔敖"哈哈大笑起来。楚庄王再仔细一看，原来是优孟穿着孙相国的衣服、戴着孙相国的帽子站在自己的面前。楚庄王不由得火冒三丈，喝问道："大胆的优孟，你怎么敢穿着相国的服装，冒充孙相国呢？"这时优孟笑着说："我是怕大王把孙相国忘了啊！"接着就把孙相国的儿子孙安如何受苦的事告诉楚庄王。楚庄王顿时醒悟了，他想起了孙相国的许多好处，连忙吩咐手下人传旨，将孙安召进京城，委以重任，赐以爵禄。并且对优孟说："你这个办法很好，寡人如果再有对不起功臣的事，你就把功臣们的衣服穿上，把他们的功劳事迹演给我看吧。"优孟愉快地答应下来。从此，楚庄王身旁便有了专门化装成各种角色扮演历史故事的艺人了。后来，表演时又加上了歌舞，就是戏了，一直传到今天。据说二人转就是这么传下来的。所以艺人们就都把楚庄王尊为祖师爷了。因为这事跟优孟有关，所以也有说祖师爷是优孟的。艺人们平时说话忌"梦"字，就是避讳优孟的"孟"字哩。

太平鼓的祖师

朱元璋的传说

　　过去，有打太平鼓要饭的乞丐。他们也有自己的团体群伙，称为"穷家门"，有师父、徒弟，还把明太祖朱元璋奉为自己的祖师爷，并传说着朱元璋要饭的故事。

　　传说朱元璋出生的日子，是元文宗戊辰年壬戌月丁丑日丁未时，他生下来之后，哇哇大哭不止。一连哭了九天，谁也哄不住。

　　这一天，门外来了一个算命的盲人，朱元璋的父亲就请他来给朱元璋算了一卦。生辰八字刚报完，算卦的盲人便跪下了。说是，不得了啦，这位公子是辰戌丑未四库得全，不得时的时候，孤苦伶仃，得了时便贵为天子。朱元璋的父亲不以为然，心想，算卦的就会瞎吹。我生下四男一女，这小儿如何能够孤苦伶仃？说他可以贵为天子，更是有意奉承，无非想弄几个钱花。就让家人多给那个盲人几两银子，打发他去。谁知那盲人分文不取，连磕几个响头，站起来走了。他刚走，朱元璋就不哭不闹了。

事情说来也怪，到了朱元璋会说话的时候，叫爹爹亡，叫娘娘死。姊妹几个，接连去世。亲戚朋友没人敢理他，都说他命大，承受不起。结果只剩他一人，跟着他王干娘度日。又长了几年，王干娘就把他送到了皇觉寺出家当了和尚，真成了孤苦伶仃。

皇觉寺的长老觉得朱元璋异于常人，给他起了个法名叫元龙和尚，待他甚为优厚。可庙中其他和尚却看不惯，待他非常刻薄，让他担水扫地，劈柴烧火，尽干些重活儿。后来长老圆寂了，众僧人又将朱元璋驱逐出庙。王干娘知道后又把他送到马家庄，给马员外放牛。偏偏他时运乖蹇，牛常常病死。牛一死，他就和小伙伴们把牛杀吃了，还想方设法瞒哄主家，因而又被马员外驱逐。这时王干娘也去世了，朱元璋万般无奈，就拉起要饭棍，沿街乞讨了。

要饭时，朱元璋走到哪家门口，呼谁为爷爷，谁就生病；呼谁为妈妈，谁也生病。这样一来，方圆左近一带，谁也怕他去要饭，谁也怕他呼爹唤妈。朱元璋要饭也没处要了，就跑到山里哭起来。他哭自己命苦，觉得再也活不下去了，正准备寻死，突然看见地上有两块牛胯骨，还是他放牛时吃马员外家的牛留下的。这时，他灵机一动，心想，用这两块牛胯骨敲打，挨户要饭，不就用不着再喊叫了吗？于是他连忙拾起牛胯骨，又向村里走去。

从那以后，朱元璋就用牛胯骨敲打着要饭。果然人们一听到牛胯骨声就把吃剩下的食物拿出来送给他吃。打那以后，穷家门的乞丐，到人家门口要饭都不呼爹唤妈。穷家门的人直到新中国成立前都敲牛胯骨，他们称牛胯骨叫"太平鼓"。太平鼓上边有十三个小铜铃，相传是朱元璋当了皇帝后封的：一个铜铃吃一省；十三个铜铃可以吃遍全国十三省呢。

（讲述人：陆行九）

数来宝的祖师

范丹老祖的传说

在旧社会里，说"数来宝"的属"穷家门"，是"巧要饭的"。他们供奉的祖师是范丹老祖。

传说，孔子当年周游列国，到了陈蔡这个地方被围困住了，断了口粮。

孔子被围陈蔡

这一日，孔子带着几个徒弟坐着一辆马车往前赶路。他们一连几天没有吃过饱饭了，真是饥又饥、渴又渴，人困马乏，实在走不动了。孔子就叫车停下来，派子路骑着马去找吃的。

子路骑着马走了一程，见有一户人家，关着柴门，他也顾不上敲门，就冲过柴门闯了进去，把马拴在这家的窗户棂上，打门一问，原来是范丹住在这里。子路说："喂，给点儿吃的东西。"范丹说："谁不知道我是个穷汉子呀，哪有东西给你吃？我还没啥吃的哩。"子路看看屋里空荡荡的，确实没啥好吃的，只好骑马又返回来了。

回到孔子这儿一说，孔子不信，又派颜回去借粮。颜回比较懂事儿，到了范丹家门口，下了马，把马拴到柴门上，轻叩柴门，说道："房东，我们遇到难处了，请您发发善心，借给点儿粮食吃吧。"范丹从屋里出来，看看这人还懂得礼貌，心里一高兴，就说："来吧，先进屋歇歇吧。"

颜回进到范丹屋里就闻到一股子香气，也不敢说啥。范丹拉他坐下，端过来一锅煮的南瓜说："吃吧，先垫垫肚子。"颜回这才敢吃，因为肚子太饿了，三口两口就把南瓜吃下肚去。这时他低头一看，锅里又满了，还是煮南瓜。于是又吃起来。刚吃完，锅里又满了。不一会儿，颜回吃了三锅煮南瓜，心里好受多了，连忙讲明来意。范丹说："唉，我知道你们遇到难处，可我也没啥吃的啊!"颜回听了又再三恳求救命,范丹架不住颜回苦苦哀求,这才站起身来,到了后院里抓住一只鹅,拔下两根鹅翎,装了一鹅翎管米,又装了一鹅翎管面,走回来递给颜回说:"拿去吧,这些粮食借给你们,可日后一定要还我呀!"颜回心想,这点儿口粮顶啥用啊,不过也不好不接,只好领情,还一个劲儿地道谢,说完就走了。

颜回在回来的路上,过了一条河,船家向颜回要摆渡钱,颜回一摸口袋,分文未带,这一下可难住了。这可咋办呢?真是"一文钱难倒英雄汉"呀。无奈,颜回对船家说:"我实在没有钱,这不,刚去借了点儿粮食,就这么多,要不就给你留点儿。"说着,颜回打开一个鹅翎管往下倒,只听得"哗——"的一声,就倒了一船舱。"咦!"惊得船家连忙喊:"哎哎,够了,够了,哪里要得了这么多呀!"颜回这时也明白过来,连忙把鹅翎管堵上,上岸来骑马就跑。

回到孔子那里,颜回把刚才遇到的情况讲说一遍,孔子心里十分感激,就把随身带的竹简拆下几片来,写了几个字,让颜回送给范丹做抵押,保证以后还粮。颜回接过来一看,上边写的是:

范丹老祖借米面,

来日孔子理当还,

贴对联处请稍候，

家家户户不怠慢。

　　后来，说"数来宝"的艺人，就到处要粮、要钱，手里拿着几块竹板，一边打着一边唱着。据说都是范丹的徒弟，是替范丹讨债的。他们拿的竹板就是当年孔子写给范丹的收据。他们还总是专门找贴对联的家去要，因为凡是贴对联的人家都是孔子的门徒后辈呀！而且，这些艺人到了河边，渡河都不给船钱，说是当年一次都给清了。

（讲述人：常书怀）

吹拉响器的祖师

师旷的传说

吹鼓手、拉弦的乐师都把师旷敬为祖师爷。

师旷，历史上真有其人，是个盲人。相传他是春秋时期晋国的一位大音乐家。晋国的国君晋平公就经常听他演奏乐曲。

传说师旷的琴弹得非常好、非常绝。一弹起琴来月亮中的嫦娥都下凡来听，月亮的宫门都关闭了；花儿听了自叹不如，都害羞地低下头来；鱼儿听得入了迷，忘记了游动，都沉下水底；天上的大雁听了，顾不得扇动翅膀，从天上就跌落下来。这就叫"闭月""羞花""沉鱼""落雁"。

有一次，晋平公要师旷给他弹一首悲哀的曲子。开始师旷不弹，怕晋平公听了难过。后来晋平公一再坚持要师旷弹，师旷才弹起来。这一弹不要紧，连老天爷都悲伤地刮起大风、下起大雨来，满世界萧瑟凄凉、荒芜悲哀。晋平公也难过得掉下了眼泪，当天就悲伤过度，食不甘味，再也提不起精神，不久就病倒在床上了。

晋平公的病情越来越重，眼看要不行了。这时师旷又找上门来，说："主公，您这病看来还得我来治啊！"晋平公说："仙师，您有什么好法子吗？"师旷也不答话，又拿出琴来弹了一段解闷去忧的曲子。晋平公听着听着，就像雨过天晴一般，郁闷的心情马上一扫而光，病立即全好了。从此人们都传说师旷的音乐能起死回生。直到现在人们还有死后吹拉响器的风俗传统，传说那就是想让亡者死而复生的。虽然后人没有师旷的本领，死者总也没有活过来，但人们却相信，死者的灵魂是可以在乐曲声中得到超度的。

师旷不但琴弹得好，而且听得真，能听出一班乐手在齐奏时是谁弹错了调、吹漏了音，并且能通过曲调听出弹奏者的情感来。传说一次楚晋交战，师旷在晋军中，听到楚军有琴声传来，感到琴声很低沉，他就给晋平公讲，当下楚军军心涣散，斗志松懈，晋军应当果断进兵，一定能够大败楚军。晋平公听了师旷的话，果然打败了楚军，取得了胜利。

晋平公对师旷的本领很佩服，有什么事就想跟他商量商量。这天，晋平公问师旷："我已经七十岁了，很想再读些书，求些学问，只是年纪大了，恐怕太晚了吧？"师旷说："既然您知道晚了，何不把蜡烛点起来呢？"

晋平公以为师旷嘲笑自己，气愤地说："我和你说的是正经事，你怎么跟我开玩笑啊！"

师旷说："我这个瞎了眼睛的臣子，哪敢跟君主您开玩笑啊？我听人家说，一个人在少年时期就刻苦学习，好像是旭日东升，光彩夺目，前程是十分远大的；壮年时期开始刻苦学习，好像是烈日当空，锐气正盛，前途也是光明的；到了老年时期，才下决心学习，那就像晚上点起了蜡烛，光亮当然比不上太阳。可是有了蜡烛照亮，也要比没有蜡烛在黑暗里摸索强得多呀！"

晋平公听了师旷的话，沉思了半晌，一肚子气全消了，点头赞许道："你说得真是太好了。"当下就把师旷封为响器之祖——乐神了。至今弦师们在收徒弟时还常常念叨着一套赞词，说是：

> 匏土革，木石金，
>
> 丝与竹来乃八音。
>
> 位按宫商角徵羽，
>
> 后有文武弦两根。
>
> 师旷留下文武艺，
>
> 弟子学艺入了门。

师祖留下传家宝，

苦学应手又称心。

四海朋友把弦供，

神州处处论古今。

（讲述人：魏志喜）

拉大片的祖师

袁天罡、李淳风的传说

民间传说袁天罡、李淳风二人为拉大片（也叫拉洋片）的祖师。拉大片的营生，现在已经绝迹了。旧时没有电影电视，各种庙会集市上常有拉大片的。就是画一些风景、人物图片，让人们透过小镜孔观赏。有的拉大片的还兼把古今的故事编成书词唱篇，敲锣打鼓，边说边唱，以吸引观众。

据说，袁天熙、李淳风二人，都是唐朝的护国军师。当时，西域献美女入贡，皇上见了大喜，随即纳入后宫，封为妃子。在后宫，西域美女备受皇上宠爱，但美人却时常愁眉不展，一连数月，没有露过笑容。皇上常常想方设法逗美人笑，可是办法都想尽了，美人仍然郁郁寡欢。皇上问文武百官，大家也都束手无策，无能为力。皇上焦虑万分，忽然想到，护国军师能知过去未来，于是就命内侍传旨，唤袁、李两位军师入宫，让他们占算一下美人为什么不笑。两位军师掐指一算，同时启奏，说："美人不笑，不是在宫中吃穿享受不足，乃是思念她们的故乡！"皇上说："美人既然进了宫，怎么能随便回家乡去呢？这可是件难事啊。"两位军师又奏道："美人思乡是想那里的山川地貌、亭台楼阁，不一定非回家乡不可。"皇上问："能不能想办法让美人不回去也能见到家乡的景物呢？"两个军师说："能。"皇上说："怎么办呢？"两个军师说："只需如此这般，这般如此。"皇上听了大喜，吩咐马上照办。

当下，皇上请来美人吃酒谈话，两个军师就在侧室垂帘聆听。皇上故意引问美人故乡的各种景致，美人一一详细描述回答。哪里是山，哪里是水；树怎么高，花怎么美；有些什么奇石园林，有些什么亭台楼阁。这些话两个军师都一一记在心里，然后各按美人所言，绘成图样，一共画了八张。画得和真山真水、真景实物一模一样，只是小一些，高不过二尺五，宽不过三尺。然后，二人又制一木匣，将画装入。在木匣前方，只留二寸多的一个圆孔可以窥视。又在圆孔上安一个从外洋进贡来的放大镜。这样从圆孔中看过去，那些景物就变得硕大无比，和真实的景物十分相像了。二位军师制好后，便奏于皇上，请美人试观。因为画的全是西域的风物，所以称为西洋八景。

　　皇上见了大喜，便叫美人观看。美人坐在镜口前边，向木匣内窥视。皇上则立在美人身旁，观察美人的表情。美人透过镜孔一看，青山绿水，完全和自己的故乡一样。袁、李二位军师，就在木匣旁边轻轻地敲锣打鼓，同时唱着编好的曲词，解释说明画上的景物。美人听着演唱，看着图画，宛如置身画中，仿佛又回到了家乡一般，不禁嫣然一笑。皇上看见美人发笑，真有倾国倾城之美貌，高兴极了，对袁、李两位军师大为嘉奖，就把袁、李两军师长期留在宫内，专门拉大片，供美人差遣。所以后来都称袁天罡、李淳风为拉大片的祖师，又把拉大片叫作"西洋景"。

　　皇上博得美人欢心后，又把画片赏给大臣传观，大臣又传给他们的僚属。越传越多，如法仿制，最后由州县衙署传于集市上的乞丐。乞丐拉大片也可以收点儿费用，以资糊口。再后来，有人出资向乞丐买去这些东西，成为专职拉大片的人。直到新中国成立后，拉大片的职业还有这样的规矩，就是乞丐不能向拉大片的讨要，因为拉大片的还是从乞丐手里买来的吃饭家什呢；而衙署班房中的人，不论谁向拉大片的要钱，都非给不可，因为是他们传的。

变戏法的祖师

吕洞宾的传说

吕洞宾在王母娘娘的蟠桃大会上三戏牡丹仙子，牡丹仙子动了下凡的念头。这事儿后来让王母娘娘知道了，骂了吕洞宾一顿，罚他到终南山再修行五百年，把牡丹仙子也贬下了凡间。

吕洞宾到了终南山洞之内，修行了五百年之后，又该升天入仙班了。这时他想，牡丹仙子被贬都是因为我的缘故，我得想法子度牡丹仙子再回到天宫去才是，于是就到民间去寻找牡丹仙子了。

这一天吕洞宾走到洛阳城南伊河边上，突然听到后边有人高喊："救命！……"吕洞宾回头一看，见是一个小孩拼命奔跑，后边有几个光头和尚拿着大棍紧紧追赶。吕洞宾一闪身放过小孩，从路边豆地里摘了几粒黄豆，朝空中一撒，立时那黄豆就变成了一群舞枪弄棒的壮汉，上去一阵猛打，把和尚们赶跑了。

吕洞宾问小孩是咋回事儿，小孩说是自己家里欠了寺院的债，爹妈死了，寺院非拉他去当和尚不可，自己不愿意就跑出来了。吕洞宾很同情他，就让他跟着自己一块儿走。

他们二人走到伊河边上，想过河，但河上没有桥。吕洞宾问小孩有钱没有，小孩摸摸身上只有六枚铜钱，就交给了吕洞宾。吕洞宾将六枚铜钱拿在手上，口中念道："一二三四五，金木水火土，要想戏法来，还得抓把土。"说罢就地抓起一把土来，连铜钱一起朝河里一扔，就见空中下了一阵铜钱大雨。不一会儿，河面上架起一座桥来，桥墩都是铜钱做的。二人就从桥上过了河进了城，直奔一家万全药铺。原来吕洞宾早已算出，牡丹仙子就在这家药铺里。他们走上前去叩打门环，不一会儿从里边走出一位老汉。吕洞宾说："掌柜的，抓药的来啦。"那老汉说："拿药单子来。"吕洞宾说："药单子丢了，我背给你听吧。"老汉说："你要是记得清，就说说看。"吕洞宾就说："好。你听着：头一样要你天心顺，二一样要你民自安；三一样要你老来瘦，四一样要你父心宽；五一样要你家不散，六一样要你顺气丸；七一样要你硬似铁，八一样要你软如绵；九一样要你黄连苦，十一样要你苦黄连；十一要你甜似蜜，十二要你蜜似甜。十二样药配得齐，我保你快快活活做神仙。"

掌柜的听了低下头去，说："药铺里没有这些药，请你到别处再看看。"

吕洞宾一听，不愿意了："你店上写着万全药铺，咋会没有这些药？分明是欺负买主。今天要不卖药给我，我就砸了你的门面。"

这时候，就见后院里走出来一位年轻美貌的小女子，她走到店前问掌柜的咋回事儿。那老汉就把前情叙说了一遍。这小女子随口答道："爹爹休要作难，这是他的戏法，叫咱猜哩。待女儿我用药法斗他的戏法。"

这小女子是谁，正是牡丹仙子。只见她走上前来说道："你要的药，我给你点破吧。皇王有道天心顺，做官清正民自安；人活百岁老来瘦，儿女行孝父心宽；妯娌和睦家不散，弟兄相让顺气丸；酒醉发疯硬如铁，人犯王法软如绵；小孩儿没娘黄连苦，童养媳妇苦黄连；结发夫妻甜如蜜，半路夫妻蜜似甜。"

吕洞宾见牡丹仙子道破了自己的机关，登时窘得面红耳赤，一时无言以对，连忙抽出一本天书，翻找对策。就在这时，只听得那老汉哈哈大笑，说道："好你个吕洞宾，受到天条责罚仍然不知改过，又来民间寻花问柳，该当何罪？"

吕洞宾这一下吃惊不小，抬头一看，原来面前的老汉却是汉钟离。心想，糟糕，这一下五百年的修炼又白费了。心一慌，手一抖，天书掉在地上。旁边那个小孩赶忙拾了起来，等他抬头再看时，三位仙人已经飘然而去了。小孩翻开天书一看，上边"仙人摘豆""撒豆成兵""巧变金钱""金钱抱柱""金钱搭桥""药法斗戏法""三仙归洞"等写的都有。原来这是一部变戏法的天书。从此以后，小孩就以变戏法为生了。直到现在变戏法的人都要念那几句口诀："一二三四五，金木水火土，要想戏法来，还得抓把土。"因为变戏法是吕祖传下来的，所以这一行的人都敬吕洞宾为祖师爷了。

理发的祖师

罗祖的传说

记不清这是哪一朝哪一年的事了，也说不上来罗祖叫什么名字，只知道他是一个丞相。为啥罗丞相成了理发的祖师爷了呢？这里边有一个故事。

就在那年间，当朝皇帝头上长了个肉疙瘩，人们背地里叫他"鸡冠皇帝"。可是，开头谁也不知道，因此理发师被他杀的可不少。理一次，杀一个；理一次，杀一个。后来京城里的理发匠都叫他杀完啦。咋办呢？皇上说："那不行，得给我理发呀，得给我梳头啊！真没有人，满朝文武都得轮着给我梳头。"

后来，文武百官就轮着给皇帝梳头理发。可谁也不知道他头上有个"鸡冠"呀。一梳头，触碰到那个肉疙瘩，他就感觉疼，便大喊："刺客！——杀！"就这样，文武百官也被他杀了不少。

246

到后来，轮到罗丞相给皇帝理发了，当天晚上，罗丞相下朝回了家。他夫人见他愁眉不展，就说："每天下朝回来你都欢天喜地，怎么今天下朝回来愁眉不展啊？"

罗丞相说："明天该我给皇上理发啦。"

夫人说："理发就理发吧，有啥可愁的哩？"

罗丞相说："咳，你不知道，谁给他理发，一摸他的头，他就说是刺客，就要杀头。这明天该轮着我了，还不是得死呀。我就是为此而愁眉不展啊！"

夫人说："莫非他头发里有啥东西？"

罗丞相说："那谁也不知道啊。"

夫人说："这样吧，我给你一个骨头簪儿，明天你带上它，梳头的时候你小心着点儿。劈一绺儿，梳一绺儿，看看他头上究竟长了啥东西。小心无大错，看看他还说你是刺客不说。要是还是不行的话，我也就没办法了。"

罗丞相也没别的好办法，就答应下来。第二天一早，满朝文武都上朝了，皇帝说："今天该谁给我理发啦？"

罗丞相说："该老臣我了。"

"好，来吧。"

罗丞相过去给皇上梳头，解开他的发辫，就把骨头簪儿取出来，劈一绺儿，梳一绺儿，劈一绺儿，梳一绺儿，一层一层地梳，梳得皇帝怪称心、怪舒服。罗丞相梳到"鸡冠"的地方，把头发一分开，看见了那个肉疙瘩。他心想，噢，原来就是它在作怪呀，怪不得那么多人被杀了呢。他很小心地把这块儿头发拢起来，慢慢地梳过去，一点儿也没触动那个肉疙瘩。等把头梳完了，罗丞相往那儿一跪："启禀我主万岁，敬发已毕。"连说三声，皇帝都没答应，原来他睡着啦。

罗丞相见皇上不答应，也不敢站起来，跪在地上直磕头。一不小心，碰着了皇上的脚，皇帝一觉醒来，一摸头，怪光，也怪舒服。

罗丞相见皇帝醒了，又说道："启禀我主万岁，敬发已毕。"

"噢……"皇上答应一声，说："那么多人，那么多天，谁给我梳头，我都疼，今天你给我梳头一点儿也不疼，心里很舒服，都睡着了。莫非你是神仙？"

就这一句话，罗丞相赶紧磕头，说："谢主隆恩。"

从这以后，罗祖算是得道成仙了。皇帝说话是金口玉言，封他为神仙就成神仙了。这一天是七月十三日。

罗祖受封以后，高高兴兴地回到了家，和夫人一讲，俩人都挺高兴。过了一会儿，罗祖又不吭声了。夫人问："又怎么啦？"

罗祖说："咱这一关算是过来了，可赶明天、后天，轮到别人再给皇帝梳头，不还是要被杀头吗？这可该咋办哩？"

夫人说:"哎呀,那可咋办呢?"

罗祖说:"想个办法,让皇帝下令,人人都把头发剃一圈儿。这样皇帝头上的'鸡冠'露出来了,谁再给他理发就不会碰它啦。"

夫人说:"好,那你赶快去说吧。"

罗祖见了皇帝,说:"您要想天天理发舒舒服服的,就得把头发剃一圈儿。"

皇帝说:"那多不好看哪,我不剃。"

罗祖说:"您下令叫全国的人都剃一圈儿头发,大家都一样了,就不难看啦。"

皇帝说:"好吧,我给你一道圣旨,挂到理发店门口,再竖上一根黑红棍,谁要抗旨不遵,不剃头,乱棍打死。"

"臣遵旨。"

罗祖就领了圣旨,先给"鸡冠皇帝"剃了头。他的"鸡冠"露出来了,以后谁再给他理发也不会被杀啦。

罗祖把圣旨带回给了理发匠,理发匠就把它挂在门口,挂在理发挑子上。这样一来谁也不敢不剃头了。时间一久,大家剃头成了习惯,圣旨就没啥用了。理发匠就把圣旨当成鐾刀布用了。不过,内行的人都知道,那鐾刀布就是当年罗祖讨下来的圣旨。

因为罗祖对理发这一行有功德,救了这一行人的命,还为这行人讨得了生计，所以理发的都敬罗祖为自己的祖师爷。每逢七月十三日摆宴席敬罗祖，理发师傅都聚在一起，热热闹闹地庆祝一番。因为这一天是罗祖得道成仙的吉庆日子啊。

（讲述人：刘鸿昌）

乞丐的祖师

伍子胥的传说

苏州一带的乞丐敬奉的是伍子胥。

苏州在春秋时代是吴国的都城。相传当年伍子胥为报家仇星夜赶往吴国借兵攻楚。过昭关时，楚兵严密盘查，难以过关，一夜之间他愁得须发变白，改变了形容，才走出昭关，一路上多经磨难。眼看来到吴都苏州，他是浑身上下分文皆无，就在苏州城内吹箫乞食。恰巧吴国公子姬光从大街上走过，见伍子胥鹤发童颜、器宇英俊，乞讨于市中，便把他带进了王府内，二人越谈越

伍子胥

投机。以后姬光就重用伍子胥大败楚军，伍子胥也报了家仇。

后来，姬光又命伍子胥修筑姑苏城。这时，伍子胥看见吴王阖闾（姬光）只知道征粮派款，欺压百姓，为人冷酷，寡情少义，便在修城时留了一手。城垣建成后，伍子胥悄悄地告诉手下的人说："我要是死了，国家遭了饥荒，你们就把城墙扒了，百姓便可以得救了。"

过了没多长时间，伍子胥遭奸臣诬陷，自杀身死，越国乘机把吴国灭了。当年大旱大涝，民不聊生，树皮草根吃净，饿殍遍野。这时，伍子胥手下的人想起伍子胥留下的话，就扒了城墙，掘地三尺，果然发现那城墙底下的砖原来都是糯米做成的。这一下苏州人都来捡"砖"了，一人抱几个，回家煮熟充饥。就这样，苏州的老百姓才度过了荒年。人们都说，伍子胥在苏州要过饭，这是报苏州人的恩的。后来苏州一带的乞丐便把伍子胥的像供奉起来，称他为这个行当的祖师爷了。

（讲述人：黄汉民）

论

述

LUNSHU

行业神崇拜

一、综述

（一）概念和简史

　　行业神是各特定行业及其从业人员的守护神。[①]行业神大体上可分为两类。一类是祖师神，民间称为祖师爷、始祖、行祖、祖师、先师、师祖、行神等。一般与各行业首创者的神话传说有关，是行业的主要崇拜对象，俗以为对行业及其从业人员负有全面护佑的责任。另一类是门类神，一般与行业所属的某些门类、行当、器物、技艺有关，是次等级的行业守护神。

[①]　任继愈主编：《宗教词典》"行业神"条，上海辞书出版社1981年版，第426页。

中原一带，文明起源较早，物质文化交流广泛，行业分工历史久远，行业习俗及行业神崇拜比较普遍、典型。商周时期已有诸如兽人、庖人、染人、匠人、牧人、占人、舞师等职官的命名。（参见《周礼》）《汉书·食货志》又将各种行业归结为"士农工商，四民有业。学以居位曰士，辟土殖谷曰农，作巧成器曰工，通财鬻货曰商"。《洛阳伽蓝记》卷四记载了洛阳大市的百业工匠情景，称"凡此十里，多诸工商货殖之民"[1]。隋唐时城市中有行。行有"一百行""二百多行"的说法，行会性质的组织也初见端倪，有了"行头"（或"行首"）的称谓。《太平御览》引《纂异记》有"金银行首，纠合其徒"语。宋代有团行。《梦粱录》卷十三有"团行"一节，称"市肆谓之团行者，盖因官府回买而立此名"。宋代行会有统领行内事务的功用，《如梦录》记述明代团行情形："所有郑州、辉县、光州、固始等处来各色大米，俱归入行内。"[2]嘉靖二十二年（1543年）《通许县志》卷三"民业"分析当时居民就业的比例为："士十之二，农十之七，工十之二，商十之三，医、巫、僧道、阴阳、卜筮十之一。"[3]清代行帮组织很多，河南有许多此类会馆或公所。据统计各地在河

---

① ［魏］杨衒之撰，周祖谟校释：《洛阳伽蓝记校释》，中华书局1963年版，第156—161页。
② 孔宪易校注：《如梦录》，中州古籍出版社1984年版，第32页。
③ 此统计体现出从业者兼职现象。

南建立的行业会馆有85处之多。①"截至1946年，开封的会馆达63所，涉及全国21省67县区，星罗棋布于城内五十多条街巷及四郊。"②与此同时，民间也有三十六行、七十二行、七十二窄门、百业、百行、三百六十行等说法，可见行业分工、行业组织随着社会发展而日益繁多，其行业的习俗与观念也逐渐深入民心。

伴随着社会分工的日益深化，从业者"职业"和"行"的观念不断加强。虽然在上古时代也出现了诸如有巢氏、燧人氏、神农氏、先蚕氏等与功业有关的神祇，但存在行业神崇拜的迹象并不明显，他们大多仍属于全民的信仰、全民的神祇。

直到秦汉时期，农耕社会进一步发展，社会分工进一步繁细，才逐渐有了行业神崇拜的发端。汉许慎《说文解字》称"仪狄作酒醪""杜康作秫酒"③，南朝梁武帝年间《千字文》中有"恬笔伦纸"语，都说明当时社会对行业创始人的尊崇。但把他们当作神灵来敬祀的记载，出现在隋唐时期。《唐国史补》记载"酒库"外画有杜康神像，"茶库"的神是陆鸿渐，陆鸿渐即陆羽，其"茶术最著"。当时"巩县陶者多为瓷偶人，号陆鸿渐，

---

① 参见张文彬主编：《简明河南史》，中州古籍出版社1996年版，第234页。

② 王兴亚：《明清河南集市庙会会馆志》，中州古籍出版社1998年版，第205—206页。

③ ［汉］许慎撰：《说文解字》"酒"字条，中华书局1963年版，第311页。

买十器，得一鸿渐。市人沽茗不利，辄灌注之"[1]。"灌注之"也应当是一种祭仪，只是要在"沽茗不利"的情况下进行。宋代行神的称呼和祭祀就更加明确起来，《梦粱录》卷十九"社会"条载："每遇神圣诞日，诸行市户，俱有社会迎献不一。"如"青果行献时果社""鱼儿活行以异样龟鱼呈献豪富"等，均体现出行业敬祀行神的虔诚。到了明清时代，行业祖师敬祀已经非常普遍。《如梦录》中记载开封的神庙中就有"土神、三神、盐神、狱神、院中白眉神、宫中罕神、库神、财神、禄神、机神等庙"[2]，多与行神有关。清纪昀《阅微草堂笔记》卷四"滦阳消夏录"云："百工技艺，各祠一神为祖。"并对娼族祀管仲、伶人祀唐玄宗、胥吏祀萧曹、木工祀鲁班、靴工祀孙膑、铁工祀老君等祖师敬祀的合理性给予了评判。[3]与此同时，中原民间有"三百六十行，无祖不立"的说法，祖师庙、祖师碑随处可见。祖师诞、祖师庙会、祖师庙集，祭祀、集会有期。《邓州市志》记载的明清古庙会中祖师庙会、文昌庙会、鲁祖庙会、老君庙会、关爷庙会、火星庙会等与行神有关的就占全部古庙会的三分之一还多。[4]清末民初，祭祀的习俗活动被写进地方志中，如

---

① ［宋］李昉等编：《太平广记》卷八十三，中华书局1961年版，第553页。
② 孔宪易校注：《如梦录》，第92页。
③ 参见叶郭立诚：《行神研究》，中华丛书编审委员会1967年版，第15页。
④ 参见王复占主编：《邓州市志》，中州古籍出版社1996年版，第413—416页。

《封丘县续志》(民国二十六年铅印本)记载:"两三村庄结社定约,保护农业,轮流演剧,名曰'庄家会'。此外,吏胥有'萧曹会',士子有'文昌会',商人有'五圣会',工人有鲁班、灶君等会。举县若狂,靡费不赀。"[1]《汝南县志》(民国二十七年石印本)记载:"商人祭财神,木匠祭鲁班,铁匠、泥匠祭老君,无知妇女各庙进香,祈福求寿,名目繁多,不胜枚举。"[2]

(二)来源和特征

行业神崇拜是民间信仰的一个组成部分。一方面,它属于行业所专有,与行业的兴起、发展、繁荣、衰败有关,是社会实践的产物。另一方面,它又有着民间信仰的神性,体现出从业人员的某种精神依赖心理,是意识形态的表现。从业人员不仅把行业集体的兴衰祸福寄托于行业神,也把个人的技艺得失归于行业神的佑护或惩罚。干得好,便认为是祖师爷照顾;干得不好,就说是祖师爷不给饭吃。这种信仰的根源,来自民众思想中根深蒂固的"祖先崇拜"和"尊师重道"的传统。

---

[1] 丁世良、赵放主编:《中国地方志民俗资料汇编》中南卷(上),北京图书馆出版社1991年版,第60页。

[2] 丁世良、赵放主编:《中国地方志民俗资料汇输》中南卷(上),第213页。

中原行业神大体上可分为三个方面、四个类别。三个方面即民族（始祖）神①、宗教神和历史人物。历史人物又可分为帝王将相和能工巧匠两类。

民族（始祖）神，如伏羲、女娲、神农、轩辕、嫘祖、仪狄、杜康等。

宗教神，如达摩、观音、李老君、张果老、吕洞宾、葛洪、邱长春、罗祖等。

历史人物，帝王将相类，如楚庄王、刘备、李隆基、朱元璋、比干、范蠡、孙膑、伍子胥、蒙恬、关羽、张飞等；能工巧匠类，如鲁班、张班、蔡伦、华佗、孙思邈、张仲景、吴道子、刘白堕等。

其中，能工巧匠一类行业神被称为祖师爷的，大都有一定的历史根据。他们可说是此类神灵的"正宗"，虽然所占的比例并不算很大。其他类别的行业神，或者取其神通和法力，或者取其威望和声誉，都是从业者借以自重自尊而称其为祖师爷的，属于一种"讹祖"现象。

行业神崇拜是民间社会、民间习俗中的一类信仰，通常被限定在行业内部，具有相应的独立性。行业神之间一般不进行横向的比较，行神不分大小，祖师没有高低。行业神、祖师爷的确立

---

① 参见任继愈主编：《宗教词典》"民族神"条，第335页。

与其原本在民族（始祖）神系、宗教神系抑或社会组织中的地位无关。一旦成为行业神、祖师爷，其神性、神力和功能便只与该行业及其从业人员有关。虽然，从民间社会、民间习俗的整体来看，行业神属于同一信仰层面上的神祇群体，但其内部并无任何等级、谱系可言，大家平起平坐，肩膀头一般高，都是"祖师至上"。惟其如此，各行各业都势必要祭起一位祖师爷，以显示本行业的尊贵和保持行业间的平等。

行业神被称为祖师爷，被奉为行业的"灵魂"和"祖先"，保佑和影响着行业的命运，然而，它与从业人员之间的关系却并非"血缘""亲缘"的关系，甚至也不是"地缘"关系和真正意义上的"师缘"关系，而只是某种人为赋予的"业缘"的关系。说到底，是社会经济关系在文化、习俗方面的一种形象化、意象化的反映。因此祖师神的博杂性、随意性是不难理解的。有些行业不同地域会有不同的祖师爷，或多个祖师爷并存；有些行业会在不同的时期更换祖师爷，还有的一个祖师爷同属于几个不同的行业。对此，只能承认其风俗传统事实。

（三）敬祀和传说

行业中人对行业神、祖师爷非常尊崇，敬畏有加。入行进门时要先向祖师爷磕头上香。每逢祖师诞，祖师庙会全行业集会祭祀。在技艺用功的关键时刻，如艺人上台前、铁匠淬火时、染坊打靛时、醋行淋醋时、船过险滩时等也要特别向祖师爷祷告，求其保佑；违犯行业禁忌、忌讳，要到祖师爷像前请罪，罚香钱，向同行赔礼。有的时候生意不好了，也会拿祖师爷出气，如民间艺人有"艺不照，撒泡尿"的说法，以亵渎神灵这种特殊的方式，祈求祖师爷给以眷顾。

多数行业中流传着本行业祖师的神话传说故事。其内容可分为几个方面。一是说明祖师和本行的关系、祖师之所以成为祖师的原因。二是赞扬祖师的功绩和技能。三是讲述祖师如何以其智慧和法力帮助后辈同业者遇难呈祥。四是歌颂祖师刻苦好学、艰苦创业的精神，教育后人敬业。这些传说故事一般仅在行内传说，有些还被加上神秘色彩、秘不示人。只有那些与民众接触特别广泛的行业传说故事才可能溢出行外，如木匠祖师鲁班的传说、造酒祖师杜康的传说等。祖师传说首先负有行业习俗传承、文化传承、技艺传承的功能，传递着同业人员的真实信仰和崇拜，有的甚至还带有某种仪式的成分，是行业习俗的一个组成部分，其次也是属于全社会的民间文化宝贵遗产。

（四）性质和价值

　　行业神是封建社会的产物。与原始初民的神灵信仰不同，行业神的神性中包含有"人的力量"的认识。与自然神崇拜不同，行业神崇拜体现出了社会力量中人与人之间的"依附关系"和某种"强烈的团体意识"。把祖师神化，实际上是一种自我神化。从业人员感觉到个人的社会存在能力有限，便向往着行业团体是具有无限能力的，而行业神、祖师爷便是这种超越人间力量的无限能者的化身。一般的从业人员并不在乎祖师爷究竟是怎样的一位神灵，却完全地信赖他具有足够的能力来保护自己。实际上从业人员并不是崇拜祖师爷本身，而是崇拜一种幻想出来的无形的社会力量。社会苦难是神灵崇拜的根源，神灵崇拜并不能真正帮助人们改变现状。行业神崇拜虽有固行、促进行业一体化的积极作用，也有宿命、不切实际的幻想等消极因素，归根结底，仍是精神上的劣质酒和麻醉剂而已。

　　行业神崇拜是人类信仰发展史中的一个过程。随着科学的发展、社会的进步，行业神崇拜已经逐渐显出颓势。祈求神灵被勤奋经营所替代，敬祀祖师被尊师重教所涵盖，行业神崇拜终将成为历史。然而，文化的寿命能够活过它本身的功能，行业神崇拜对于认识人类的精神历史仍然具有非常重要的价值，而这些正是民俗学者所应当给予关注的。

二、行业祖师

以下记述中原流行较为广泛、有地方特色、比较典型的祖师崇拜。每个行业记述一位主要的祖师神，如有其他祖师神和门类神，择其要者，略附于后。

（一）酒业祖师——杜康

杜康是造酒业的祖师，受到酒业行的普遍尊奉。

许慎《说文解字》有"杜康作秫酒"的记载，说明杜康是酒的发明者。曹操《短歌行》有"何以解忧，惟有杜康"的名句，直接以杜康的名字作为酒的代称。《唐国史补》称杜康为酒神，酒库外画有杜康的神像。

杜康作为酒业的祖师，影响遍及全国，而与中原的关系最为密切。许慎《说文解字》"帚"字条称杜康死后"葬长垣"。①民间传说杜康的家乡就在河南汝阳县，当地建有杜康庙，酿酒者定期赴庙祭祀。②《洛阳市志》也说："酿酒业尊杜康为祖师……在杜康家乡汝阳杜康村，发现三国时造酒遗址，村中还存杜康祠，香火不断。"汝阳民间在祭祀酒祖杜康时，有"领羊"的习俗。③伊川县有杜康河〔土河（杜河）与康河的汇流〕，传说杜康造酒就是用的杜康河水。周口也建有"酒仙庙"，"有殿堂三间，内塑杜康像"，"酿酒业以'祖师'敬之"。④民间还有酒仙社，定期举办酒仙会。据《方城民俗志》"酒仙会"记述："农历八月十八是酒仙杜康生日，境内酒馆（商号）酒池（作坊）预先兑钱，酒仙社在城隍庙门，起会唱戏3天，以纪念酒仙诞辰。"⑤

河南民间广泛流传着杜康造酒的传说故事，如"杜康造酒醉刘伶""杜康河的传说""八角琉璃井的故事"等。⑥民间说唱南阳大调曲子中也有"杜康造酒""刘伶醉酒""酒仙刘伶传"等与杜

———————

① ［汉］许慎撰：《说文解字》"帚"字条："古者少康初作箕帚、秫酒。少康，杜康也。葬长垣。"第159页。

② 参见李乔：《行业神崇拜——中国民众造神运动研究》，中国文联出版社2000年版，第298页。凡本书以下简称《行业神崇拜》。

③ 刘百灵主编：《民俗志》，见刘典立、宋克耀总纂《洛阳市志》第十七卷，中州古籍出版社1999年版，第356页、第252页。

④ 参见李乔：《行业神崇拜》，第298页。

⑤ 王金祥：《方城民俗志》，中州古籍出版社1991年版，第232页。

⑥ 参见任骋搜集整理的《杜康造酒的传说》，《民间文学》1979年第9期，第73—77页。

康有关的曲目。[①]杜康空桑造酒、三杯酒醉倒刘伶三年整、变井水
为酒等神奇的故事，成为千家万户酒席饭桌上的美谈、娱乐休闲
时的佳话。

与杜康并称的酒业祖师还有仪狄和刘白堕。《战国策·魏策》
"梁王魏婴觞诸侯于范台"云："昔者，帝女令仪狄作酒而美，进
之禹，禹饮而甘之，遂疏仪狄，绝旨酒。曰：'后世必有以酒亡其
国者。'"[②]可知中原春秋战国时就有仪狄作酒而美的传说。刘白堕
也是酿酒大师，与杜康并称为"刘杜缸神"。《洛阳伽蓝记》卷四
记述："刘白堕善能酿酒……饮之香美，醉而经月不醒。"有官员
赍酒之藩，"路逢贼盗，饮之即醉，皆被擒获，因此复名'擒奸
酒'。游侠语曰：'不畏张弓拔刀，唯畏白堕春醪'"[③]。仪狄、刘白
堕造酒虽好，但作为酒业祖师，在民间的影响远不如杜康久远深广。

（二）豆腐业祖师——淮南王刘安

做豆腐的祖师是淮安，即淮南王刘安。

---

① 参见雷恩洲、阎天民主编：《南阳曲艺作品全集》第一卷，河南大学出
版社2004年版，第135—142页。

② 王守谦等译注：《战国策全译》，贵州人民出版社1992年版，第728页。

③ ［魏］杨衒之撰，周祖谟校释：《洛阳伽蓝记校释》，中华书局1963年
版，第159—160页。

《本草纲目》谷部第二十五卷："豆腐（集解）〔时珍曰〕豆腐之法，始于汉淮南王刘安。"①河南新密的一处古墓中的石刻画像被认为是汉代做豆腐的图像，为刘安发明豆腐的传说提供了佐证。②

河南郸城县豆腐行敬淮南等人为祖师。淮南就是淮安。③

郑州老坟岗莲花落艺人有这样一段卖豆腐的唱词：

站在大街表表古，听我唱段卖豆腐。

发明豆腐是槐然，改良豆腐是韩如。

三国关公卖豆腐，也曾坐过荆州府。

唐朝韩愈爱豆腐，文坛开山一鼻祖。

宋朝宰相名赵普，他就爱吃嫩豆腐。

大豆腐，小豆腐，油炸豆腐炖豆腐。

豆腐渣，包包子，豆腐浆水洗衣服。

豆腐贱，养料足，吃肉不如吃豆腐……④

---

① ［明］李时珍撰：《本草纲目》下册，人民卫生出版社1982年版，第1532页。

② 参见李乔：《行业神崇拜》，第119页。

③ 参见李乔：《行业神崇拜》，第310页。

④ 袁培经：《郑州老坟岗江湖行当内幕》，见《文史精华》编辑部编《近代中国江湖秘闻》上卷，河北人民出版社1997年版，第565页。

其中，"发明豆腐是槐然"，"槐然"，当是"淮南"或"淮安"之误。

据说农历九月十五为豆腐业祖师淮南王刘安诞辰，豆腐业均于是日举行公祭，祭毕聚餐。[①]

民间传说，乐毅也因发明豆腐而被奉为祖师。《洛阳市志》称："豆腐业尊乐毅为祖师。"[②]《郸城文史资料》第二辑也记乐毅为当地豆腐行所奉祖师之一。[③]传说乐毅很孝顺，父母年老嚼不动黄豆，他就把黄豆磨成豆浆，撒些盐卤出味儿，结果成了豆腐。母亲患病，大夫开了石膏，乐毅将石膏放进豆浆，也做出了豆腐。这个传说不仅宣扬了孝道，也记录了做豆腐的程序和用料。

因发明豆腐被奉为祖师的还有孙膑、庞涓。郸城县豆腐行所奉祖师中就有孙膑、庞涓。[④]传说，鬼谷子为考验孙、庞两个徒弟，佯装有病。孙膑孝敬老师做了豆浆，偶因盐卤流进豆浆而成豆腐，老师吃了很高兴。庞涓妒忌孙膑，把盐水换成石膏水，没

---

① 参见叶郭立诚：《行神研究》，第62页。

② 刘百灵主编：《民俗志》，见刘典立、宋克耀总纂《洛阳市志》第十七卷，第356页。

③ 《郸城文史资料》第二辑，中国人民政治协商会议河南省郸城县委员会文史资料研究委员会编印，1988年10月。

④ 参见李乔：《行业神崇拜》，第312页。

想到也做成了豆腐。①这个传说中也含有孝敬的道德因素和做豆腐的基本方法。可知此类发明豆腐的传说出自同一母体。

传说关公也因卖过豆腐而成为豆腐行的保护神。郑州老坟岗莲花落中有"三国关公卖豆腐"的唱词。民间有歇后语："关老爷卖豆腐——人硬货不硬。"《金瓶梅》第五十七回有谚语："关大王卖豆腐，鬼儿也没的上门了。"关老爷威风八面，武艺高强，他卖豆腐，人硬，鬼都害怕，谁还敢惹卖豆腐的，所以成为豆腐行的保护神。

（三）屠宰业祖师——张飞

屠宰业祖师敬张飞。

张飞出身屠户，事见《三国演义》第一回，张飞自称："某姓张，名飞，字翼德。世居涿郡，颇有庄田，卖酒屠猪，专好结交天下豪杰。"②另有传说张飞因卖肉与关羽打斗，刘备"一龙分二虎"，将其分开，三人由此相识，桃园结义。张飞是有名的义士、猛将，又有屠宰的经历，故而屠宰业将其奉为祖师，或与刘备、关羽合祀，称为三圣、三义等。

---

① 参见任骋整理：《七十二行祖师爷的传说》，河南文艺出版社2017年版，第115—118页。
② ［明］罗贯中：《三国演义》，人民文学出版社1973年版，第4页。

河南民间屠宰业祭祀祖师张飞的日期不尽相同。《鹿邑民俗志》称其地屠宰业敬祀桓侯（张爷）的神会日期为八月二十三。[①]《方城民俗志》记述，相传东汉末年，燕人张飞以屠宰卖肉为业，后与刘备、关羽桃园结义，为建立蜀汉立了功勋，被封为桓侯。后世开设屠行者遂尊奉张飞为祖师，每逢张飞生日和初一、十五烧香上供，祈祷鹏福。[②]《民间百工》记述开封屠宰业是在农历六月二十日祭祀祖师张飞。其文曰："五十年代以前（上限待考），中原的屠宰业敬的祖师是张飞。据说，当年开封石桥口有三王庙，又叫圈神庙，屠家又称家庙。庙内有张飞泥胎，坐像有三尺高，两边各站一个小鬼儿。每年农历六月二十日，方圆几十里的屠户都来这里开庙会。庙会由工会主持，届时有大戏几台。主要议程是大祭三王爷，祭品都是整个的猪、羊、牛等，各方屠家都要烧香、磕头。开会的第一天，最壮观的场面是'摆会'（放大火鞭），一把大火鞭，顺着护城河摆几道街，成千上万的人列于两边，早饭后点燃，一直响到中午。大祭完毕，上到工会会长，下到各家屠户的小徒弟，都在一起会餐，完了看戏。其中，各方负责人，还要在一起议定价格，商量有关事宜。除集体敬祖师

---

① 参见张鹏举、丁云岸主编：《鹿邑民俗志》，中州古籍出版社1991年版，第188页。

② 王金祥主编：《方城民俗志》，第122—123页。

外，各家屠户不再单独挂神牌，逢年过节，由庙里的管理人员负责摆供烧香。管理人员的费用及供祭开销，由各户摊派。"①这里所说的"三王庙""三王爷"是指张飞在刘、关、张三人中排行第三，又曾封侯为王，故有此称。"圈神"与屠宰业关系密切的"养猪圈"有关；"家庙"与祖师爷同为"屠宰之家"联系起来，各有讲究。所记祭礼隆重、热闹、繁细、有序，可见当时屠宰行会的公祭仪式已颇能影响社会之全体。

（四）纺织业祖师——嫘祖

养蚕织布敬奉嫘祖为蚕神、祖师。

内乡"以嫘祖（黄帝之妻）为蚕神，传说她创造了养蚕缫丝的方法"②。

方城"相传上古时代，三皇爷教人农桑，黄帝之妻、神农之妹嫘祖教人养蚕织布，人类才结束了披树叶的时代。丝绸业捐资修起三皇（天皇、地皇、人皇）庙，三皇爷身披胡叶，唯有配享的嫘祖身穿衣衫。九月十五日是三皇中某皇之生日，为纪念丝绸业的奠基者，焚香礼拜，起会唱戏，显示了丝绸业的兴旺发

---

① 霍清廉、王静：《民间百工》，海燕出版社1997年版，第297页。
② 孙国文主编：《内乡民俗志》，中州古籍出版社1993年版，第229页。

达"①。此处说嫘祖为"神农之妹",是民间传说,而称其为"黄帝之妻"则有史料可证。《史记·五帝本纪》云:"黄帝居轩辕之丘,而娶于西陵之女,是为嫘祖。嫘祖为黄帝正妃。"嫘祖为先蚕也有记载。宋罗泌《路史·后纪五》载:黄帝元妃西陵氏曰嫘祖,"以其始蚕,故又祀先蚕"。

蚕农供奉嫘祖的历史相当久远。丁山《中国古代宗教与神话考》云:北周始祀嫘祖为先蚕,后来蚕农之家必祭嫘祖,嫘祖是农村妇孺皆知的大神。②

新郑是黄帝故里,民间流传着"黄帝娶妻"的故事。故事讲述黄帝娶嫘祖为妻。嫘祖原是王母娘娘的侍女,见人间穿兽皮、树叶,就把天上的桑葚种子散落人间。王母娘娘就让她到下界教人种桑养蚕,还托梦指引她做了织布机。后人不忘嫘祖的功劳,在织布机上都敬着嫘祖的牌位。③

周口丝织业直接敬轩辕黄帝为祖师。"每年农历九月十六日轩辕生日时,全行业放假,到轩辕庙集会。是日天不亮,人们便在庙内张灯结彩,大开午门,摆出钺斧、朝天镫等满朝銮驾,烧香叩拜,一切按皇帝的规格进行。中午还要设盛大赛会,全行业

---

① 王金祥主编:《方城民俗志》,第221页。
② 参见李乔:《行业神崇拜》,第242页。
③ 参见张楚北主编:《中国民间故事集成·河南卷》,中国ISBN中心2001年版,第31—32页。

人聚餐。"①

古代神话传说有马头娘（蚕女、蚕马）的故事，晋干宝《搜神记》卷十四记述颇详。言有女子戏言许配能迎父者，马迎其父，父女反悔，杀马。马皮卷女以行。后于大树枝间，尽化为蚕。蚕头像马，故称其为马头娘。民间奉为蚕神。河南内乡蚕家皆供奉于正堂，柞蚕坡前多建有马头娘庙。蚕神的塑像为披着马皮的仕女。蚕农每于开春从事孵蚕、收茧、缫丝等蚕事活动时，都香火供奉，收成好年景，还演戏敬神。②

河南民间又管蚕神叫蚕姑奶奶或蚕姑，传说的也是古老的蚕马神话。方城"蚕农敬奉的神叫蚕姑奶奶，系一马首人身的少女。……拐河、四里店一带蚕坡上均设有蚕姑奶奶庙"③。有的地方是在闹元宵时祀蚕姑。《重修直隶陕州志》（清同治六年刻本）载，"'元宵'，祀蚕姑，张灯火，结彩桥，放花灯，途歌巷饮，秋千为戏，谓之'闹元宵'"④。豫南一带，清明节前后或蚕蚁孵出之日祭蚕神。届时将蚕蚁供在神位前，点无气味的香，供三牲

① 刘永立主编：《河南省志·民俗志》，河南人民出版社1995年版，第356页。
② 参见孙国文主编：《内乡民俗志》，第229页。
③ 王金祥主编：《方城民俗志》，第113页。
④ 丁世良、赵放主编：《中国地方志民俗资料汇编》中南卷（上），第300页。又见第301页，《陕州直隶州志》（清光绪十七年刻本）；第302页，《陕县志》（民国二十五年开封铅印本）。

叩拜。蚕过三眠，蚕苗收成基本定局，女主人将蚕花纸和蚕神马藏在蚕房内。蚕农家家做茧圆（米粉做的汤圆）。在做丝或采茧完毕后谢蚕神，将新丝或新茧摆在神位前，供三牲叩拜。

民间纺织业又祭机神。《如梦录》节令仪礼纪第十，记载明代开封有机神庙。机神究竟是谁，民间说法不一。有的说是黄帝，可与周口丝织业敬奉轩辕黄帝的民俗活动联系起来。还有的说是黄帝的大臣伯余。《淮南子·泛论训》称："伯余之初作衣也，缘麻索缕，手经指挂，其成犹网罗。后世为之机杼胜复，以便其用，而民得以掩形御寒。"伯余既是黄帝的大臣，其创物之功应当归于黄帝，故民间很少知道伯余。传说七仙女为织女，七月七日为神话中牛郎织女鹊桥相会的日子，故唐织署于是日祭杼，民间也有敬织女为机神的。另，河南周口镇毡纺业奉崔府君为祖师。河南棉纺织业尊黄道婆为祖师，相传纺车是黄道婆发明的。

（五）染布业祖师——葛洪

染布业敬葛仙葛洪为祖师，或说是梅葛二仙。

葛洪即抱朴子，习炼丹术，能化铜、水银为金银。染布业取其使物变化，着色，故尊其为祖师。

染坊内部的行规行俗较多。师傅收徒弟需要中人介绍、写关书、行拜师礼、请拜师酒、交压柜钱。过年于腊月廿八日下午停业，俗称"封缸"。年后于二月初二（龙抬头）开门营业，俗称"开缸"。开缸日燃放鞭炮、喝开缸酒，在祖师像（牌）前烧香磕头。

杞县靛池主家里敬葛仙爷（葛洪），家里有葛仙牌位，逢阴历九月初九给葛仙爷送香、放把鞭。①

方城一带，染业为纪念祖师举办葛仙会。以农历九月初九葛仙生日为正会，会址设在炼真宫。会上一般起大戏一台，唱戏三天。会中，染业给葛仙爷烧香表、上供馐，进行祭祀活动。②鹿邑染业是在农历六月二十四日举行神会，敬梅葛仙翁。③

周口染业、颜料业称梅葛二仙为"染布缸神"。《周口庙宇》记述："缸神庙大殿三间位于右，印染业营建，为印染业议事处。"④

洛阳一带，染业敬梅葛二圣为祖师。染坊染布打靛（上染布颜料）时，先敬祖师。染匠要到梅葛祠祭祀。届时先摆供案，然后上香烧纸祷告，求祖师爷保佑染色成功。⑤

---

① 参见霍清廉、王静：《民间百工》，第304页。
② 参见王金祥：《方城民俗志》，第232页。
③ 参见张鹏举、丁云岸主编：《鹿邑民俗志》，第188页。
④ 转引自李乔：《行业神崇拜》，第363页。
⑤ 刘百灵主编：《民俗志》，见刘典立、宋克耀总纂《洛阳市志》第十七卷，第356页。

（六）理发业祖师——罗祖

理发业敬罗祖为祖师。

据《永乐大典》存书《净发须知》称，罗祖为罗公、罗真人。据说罗真人传下理发手艺、留下理发工具。理发匠出门相遇盘道时要能说出罗真人是祖师才行。认罗祖为祖师的就是罗家弟子，是自家人，相互都有个照应。因此可知，最迟在明初理发业已敬罗祖为祖师了。如果考虑成书的过程，则民间剃头匠有可能宋元时期就敬罗祖了。[①]

郑州理发匠人传说罗祖是个丞相。当朝皇帝头上长个"鸡冠"肉疙瘩，理发匠给他剃头，一碰疼，就把理发匠杀了。一连杀了不少人。后来罗丞相小心给皇帝敬发，皇帝称赞他为神仙。罗丞相救了理发的，理发匠就尊罗丞相为祖师了。每年农历七月十三，都摆宴席敬罗祖。据说这一天是罗祖得道成仙的日子。[②]还有的理发匠传说罗祖是清代的罗云章。每年农历三月初九罗云章生日这天，理发业要起罗祖会，祭奠罗祖。[③]鹿邑一带，理发业敬

---

① 参见李乔：《行业神崇拜》，第329—331页。
② 参见任聘整理：《七十二行祖师爷的传说》，第258—263页。
③ 参见霍清廉、王静：《民间百工》，第176页。

奉罗祖，举行神会的时间是农历八月十五。①

（七）木匠祖师——鲁班

木匠敬鲁班为祖师。

《汝南县志》（民国二十七年石印本）"祭礼"称："木匠祭鲁班。"②《方城民俗志》称："木、泥匠都尊鲁班为祖师。"③《洛阳市志》称："木匠、泥水匠、石匠、画匠、扎彩匠、油漆匠等土木建筑业尊鲁班为祖师爷和保护神，这些行业拜师学艺时要先拜祖师鲁班。"④

鲁班，历史上实有其人。公输氏，名班，又称公输子、公输盘，春秋时鲁国人。般与班同音，故称鲁班。《吕氏春秋·慎大览》："墨子为守攻，公输般服。"高诱注："公输般，天下之巧工也。"因鲁班工巧，发明多种工具、器物，被历代工匠奉为祖师，尊称为鲁祖、鲁班仙师、鲁班爷、鲁班圣祖等。民间有许多鲁班的传说故事，职业已超越工匠行业的范围，他成为全

---

①　参见张鹏举、丁云岸主编：《鹿邑民俗志》，第188页。

②　丁世良、赵放主编：《中国地方志民俗资料汇编》中南卷（上），第213页。

③　王金祥主编：《方城民俗志》，第102页。

④　刘百灵主编：《民俗志》，见刘典立、宋克耀总纂《洛阳市志》第十七卷，第356页。

民公认的能工巧匠形象和文学的典型。黄河三门峡、登封中岳庙、开封铁塔、社旗山陕会馆、朱仙镇花戏楼、郑州城隍庙等地，凡是有名胜建筑的地方，都有鲁班圣手显灵的传说。民间工匠传说如"三匠合伙造磨脐儿"（西峡县），"鲁班收徒"（南召县），"鲁班教子"（淅川县），"老王送灯台，有去的路没有回来的路"（杞县），"土围脖儿，碑盖帽"（登封市），以及流传更为广泛的"鱼鳔胶""木工为什么单眼吊线""鲁班一家的发明创造"等，脍炙人口，遍及城乡，体现了工匠及民众对鲁班的敬重和尊崇。

工匠敬鲁班，方式不一，时间不等。一般，木匠逢年过节都要给鲁班写个牌位，摆在家里，烧香磕头。出远门干活，也要点炷香、烧些纸，磕个头，念叨一句，"鲁班爷，徒儿要到××行艺去了，请您保佑平安"。春节、端午、中秋节格外隆重，洛阳、周口、商丘、开封、信阳等地都有春节敬鲁班，举行鲁祖庙会的习俗。汝阳县一带在每年农历正月初一、初五、十五三天内一日三次祭拜鲁班。鹿邑敬鲁班神会是在腊月二十、正月初七。邓州鲁祖庙会会期是正月二十二。没有庙会的地方也要在家中祭祀，有的不上供，俗称"心到神知"。

豫东的木匠认为农历九月十九是鲁班的诞辰，而豫西木匠说是农历六月十三日。各地说法不尽一致。通许县"每年秋后，匠人们兑一份钱（按年景好坏多少不等），鲁班生日那天，全县八大作的匠人都来鲁班庙里聚会三天，盘上大伙，庙里管吃管住"[1]，同行们在一起切磋技艺，互相介绍各地做工的行情。

各地工匠们收徒弟时要先敬鲁班。洛阳一带，传说鲁班小名叫"双"，故匠人们盖瓦时忌双行。

张班也是土木建筑工匠的祖师，常与鲁班并称并祀。民间有张班、鲁班各自的神像，也有张、鲁二班共同的神像。《西游记》第四回称："玉帝即命工干官——张、鲁二班——在蟠桃园右首，起一座齐天大圣府。"[2]可见明代已有张、鲁二班并称的习俗了。民间传说张、鲁二班同一个师傅。张班为兄，鲁班为弟。据说张班的手艺比鲁班还要好。新安县有"鲁班求教张班"的传说。说鲁班为一个老道锻磨，被老道发问难住，还是回去请教了张班之后才智服老道，要回了工钱的。[3]

（八）镖局祖师——达摩

开镖局的供奉达摩老祖为祖师。

---

① 霍清廉、王静：《民间百工》，第30页。

② ［明］吴承恩：《西游记》上册，人民文学出版社1972年版，第56页。

③ 参见《中国民间故事集成·河南卷》，第167—168页。

达摩老祖（采自《行业神崇拜》）

达摩是少林寺的印度高僧，南北朝时期来到洛阳以及嵩山少林寺。卒于洛滨，葬在熊耳山（今河南宜阳县）。后人尊达摩为中国禅宗初祖，称少林寺为中国禅宗祖庭。历史上流传着许多达摩的传奇故事，如"一苇渡江""十年面壁""断臂立雪""只履西归"等。民间还传说达摩是少林武术乃至中国武术的创始人，因而受到武师的普遍供奉，被尊为祖师。武馆中供奉达摩神像，一些地方的武师团体还定期举办达摩会。清末民初保镖业盛行，镖局人行路盘道必称祖师为达摩，以为见面礼节。

镖局又敬赵匡胤、岳飞为祖师。"据镖师自称，镖局这行自宋朝始，祖师爷是宋太祖赵匡胤。"明冯梦龙《警世通言》中有"赵太祖千里送京娘"的传说故事，人们据此说赵匡胤当过镖师。岳飞是宋朝名将，精忠报国，武德卓著，所以受镖局供奉。①

---

① 参见李乔：《行业神崇拜》，第472—475页。

（九）造纸业祖师——蔡伦

造纸业敬蔡伦为祖师。

《后汉书·宦者列传·蔡伦传》记述："自古书契多编以竹简，其用缣帛者谓之为纸。缣贵而简重，并不便于人。伦乃造意，用树肤、麻头及敝布、鱼网以为纸。元兴元年奏上之，帝善其能，自是莫不从用焉，故天下咸称'蔡侯纸'。"

纸匠奉蔡伦，史证充足，不比他业勉强附会，诞期在三月十六日。到了宋朝的时候，纸业界中已奉祀蔡伦为纸业的始祖，每逢十月初十也举行朝祭。①

鹿邑香腊（蜡）纸火业崇奉神祇蔡伦，神会时间是九月二十三。②

中原地区的纸坊，几乎都供奉有蔡伦的牌位。周口一带，每月初一、十五，大年三十，都要有敬师活动。早饭前，师傅带着徒弟毕恭毕敬地站在蔡伦的牌位前给祖师上一炷香，给祖师磕头。这是小敬，还有大敬，就是每年的正月初四要给祖师上供……供果前摆着三杯酒，供果后点着三炷香，香燃完时，放炮，炮声落地，师傅领着徒弟磕头，师傅起来后徒弟给祖师再磕

---

① 参见叶郭立诚：《行神研究》，第65—66页。
② 参见张鹏举、丁云岸主编：《鹿邑民俗志》，第188页。

一头。纸坊敬祖师仪式郑重，一是纪念，二是为图吉利。纸坊最怕火灾，忌讳说"火"字。开纸坊的人都认为，只要给祖师行礼，祖师就能保佑自己的作坊免受火灾。如果哪家纸坊失火了，纸匠会说，那是因为他们对(祖师)爷不尊敬。①

周口镇纸作业者又奉三国道士葛玄，建有葛仙庙。原因不甚清楚，或者出于对造纸的神秘感。

(十)钧瓷业祖师——伯灵翁

钧瓷业敬伯灵翁为祖师。

钧瓷窑是中国五大瓷窑之一。始于唐，盛于宋，起源于河南省禹州市神垕镇。金元时期，许多窑厂仿烧，窑址分布于豫南、豫西、豫北及邻省各地。各地钧瓷业都敬窑神伯灵翁。

相传神垕旧有窑神庙，号称"伯灵翁庙"。据元朝"伯灵翁庙碑文"称："古今以为陶瓷之所……所居之民皆以烧造瓷品为业，乃所谓凝土以为器者，其所由来已久矣。"据当地好古之老人传说："伯灵翁即孙膑，是鬼谷子王禅老祖的大弟子，当年随师学艺，以木柴烧炭，以为炼丹取暖之用。"据此，伯灵翁只是

---

① 参见霍清廉、王静：《民间百工》，第241页。

炭窑之神，与瓷窑无关。然而，自古以来各地窑工奉伯灵翁为瓷窑之神确有其事。[①]

相传神垕镇伯灵翁庙内敬了三尊主神。中间是土山大王，左边是伯灵翁，右边是金火圣母。土山大王就是大舜。舜为陶业祖师，古籍多有记载。"耕于历山，陶于河滨"，正是说舜在黄河边制造陶器。明焦竑《焦氏类林》卷七云："陶器始于舜时，三代迄秦汉，所谓甓器是也。"舜为五帝之一，位尊自然居中。伯灵翁，何许人也？北宋熙宁年间有人记宜阳窑时称："伯灵翁者，晋永和中有寿人耳……游览至此，酷爱风土变态之异，乃与时人传烧窑甄陶之术，由是匠士得其法愈精于前矣。"北宋崇宁四年（1105年）德应侯伯灵庙碑亦云："大哉伯灵之智也，造范磁瓷乃其始……"故知伯灵翁实与"造范磁瓷""传烧窑甄陶之术"有关，是晋代制陶高手，始造瓷器之能工巧匠。因此瓷窑业者在窑神庙里供奉其在左边上首。[②]至于右边的金火圣母，则属于民间传说中的窑神。金火圣母（或称烈火圣母）是司火之神，又是投窑神，即以人祭窑而成的神。传说一位姑娘为让父亲按期烧出御用花瓶而投窑。皇帝闻之，称其为"神圣"，由此

[①] 参见晋佩章、晋晓童编著：《中国钧窑探源》，中州古籍出版社2007年版，第15页。

[②] 参见李乔：《行业神崇拜》，第164页。

她便有了"金火圣母"和"圣后"之称。"神垕"的地名据说就与"圣后"有关。她的精神感人至深,因此也被供奉于窑神庙中。投窑神还有的传说是一窑工,为按期造出御用钧瓷龙床而跳入窑中牺牲。以后每烧成钧瓷都认为是这个窑工在暗中保佑,故尊其为窑神。

春季三月初三和秋季八月十五祭窑神。祭窑神又叫闹窑神。窑工聚会,一连三天,欢歌乐舞,大吃大喝,交流技艺,求神降福。

(十一)采煤业祖师——老君

采煤业敬老君为祖师。

老君,传说为河南鹿邑人。姓李名耳,号老子,又称老聃,道教祖师,民间称其为太上老君。因《西游记》中他掌管八卦炼丹炉,所以被一切与炉火有关的行业奉为祖师。炉火要烧煤,故采煤业敬老君为祖师。

豫西义马开煤窑的崇拜老君。相传"老君不坐空地",说是老君庙和敬老君的地方,下面都埋有煤炭,所以采煤业都敬老君。当地有许多老君显圣的神话传说。每月初一、十五两日为敬献老君日,窑主必须杀猪羊或割肉,蒸白馍,放大鞭,向老君敬献。中午窑主面向窑口磕头,祈求老君保佑平安,赐福煤矿、窑工发财。敬献后的肉、馍等，无偿分给窑工吃。煤窑上禁忌吹口哨，当地俗称吹口哨是吹耳朵，老君叫李耳，所以有此忌讳，以示对祖师爷的敬重。一说是老君妻乳名为"哨"，所以不准吹口哨。实际吹口哨有精神放松、精力不集中之嫌疑，禁止吹口哨能起到小心谨慎、提高警惕的戒防作用。煤窑上忌用鞭子，拿鞭子的人不许接近窑口。据说是因为老君骑牛，怕鞭子惊了老君的坐骑。为了敬老君，窑工连牛也不能赶。实则煤窑怕振动，设此禁忌有利于安全。

洛阳新安、孟津一带，煤窑敬奉老君是在农历六月六日和九月九日。敬奉时要杀黑脸羊祭奠。如果煤窑发了财，还要唱大戏三天，以示庆祝。

（十二）铁匠祖师——老君

铁匠敬老君为祖师。

中原的风俗，凡从火中取财的行业，都敬老君。老君为炉火之神，民间铁匠、铜匠、银匠、锡匠、炉匠、补锅匠、烧窑匠等手工业匠人都以老子为祖师，有条件的要建老君庙奉祀。每逢初一、十五都要向老君的神位磕头上香，祈求老君保佑炉火旺盛、生意兴隆。方城县城铁、铜、银炉及四乡窑业组成老君社，定期举办老君会。每年农历二月十四在炼真宫起会，唱大戏一台，十五系老君生日，为正会，十六末会……凡赶会的铁匠、铜匠、银匠、窑匠、道士，均在老君生日这天祭拜老君，烧香磕头。[①]栾川一带，认为农历四月初八是老君的诞辰，这一天铁匠们多上老君山举行朝山大会。洛阳一带铁匠们在老君的生日（农历四月初八或九月初九）禁吹哨子。俗说老君小名叫"哨儿"（或说老君夫人名"哨"）。[②]滑县李方屯有《老君》年画，画下部有青牛和老君火炉。

铁匠收徒弟，要拜祭老君，先禀告祖师爷知道。徒弟投帖，中间人介绍，老师允许后，由老师选定日子，徒弟备供品和礼品到老师家里，给老君神位摆上供品，焚上香，老师先给老君磕头，并对老君神位说要收徒弟。然后，徒弟给老师磕头。

铁匠行内有许多老君的传说故事。林州一带，铁匠敬祖师太上老君。传说太上老君用炉火炼丹，传下了打铁的手艺。开封传说铁塔上的铁箍是老君打的。南阳一带传说老君生下来就会打铁。当时没有钳子、锤、砧子、风箱等工具，老君用嘴吹，手当钳，圪劳拌儿（膝盖）上打三年。三年以后，他的徒弟出来了。徒弟哪能像他那样"手当钳"呀？于是他才想办法给徒弟打了一

---

① 参见王金祥主编：《方城民俗志》，第233页。
② 参见刘百灵主编：《民俗志》，见刘典立、宋克耀总纂《洛阳市志》第十七卷，第356页。

套家伙儿。据说，铁匠炉上用的煤铲是老君的巴掌，所以南阳一带铁匠打徒弟都用煤铲。说是经经祖师爷的手，徒弟记得清楚。[1]

（十三）私塾业祖师——孔子、文昌帝君

私塾业老师、学生（士子）敬孔子、文昌帝君为祖师。

孔子是至圣先师，儒家始祖，社会公认的教育家，首创私学，民间各地立有文庙供奉。庠序私塾的先生、学生都恭敬瞻拜，具有行业祖师崇拜的性质。相传农历八月二十七为孔子诞辰，历来于是日公祭。

中原私塾业多于冬至日祭拜孔子，设家宴聚会。《渑池县志》（清嘉庆十五年刻本）云："十一月'冬至'，士大夫及塾中各祀至圣先师。"《长葛县志》（民国二十年铅印本）云："十一月'冬至日'……家塾率解馆，拜孔子，午膳宴师以盛馔。"《新安县志》（民国二十八年印本）云："十一月'冬至日'，学生醵钱作馔，家长、先生会宴。祀先师孔子。"风习相沿，遍及城乡。[2]

文昌帝君，民间俗信以为掌管教育成败，主宰文运昌衰。元

---

① 参见霍清廉、王静：《民间百工》，第102—103页。
② 丁世良、赵放主编：《中国地方志民俗资料汇编》中南卷（上），第280页、196页、309页。

文昌梓潼帝君（采自《中国民间木刻版画》）

明以后，随着科举制度的日益健全，民间对文昌帝君的奉祀也逐渐普遍。各地都建有文昌宫、文昌阁或文昌祠、文昌庙。一些乡间书院和私塾也都供奉文昌神像或神位，虽时有兴废，但因文章司命，贵贱所系，所以一直奉祀不衰。每年二月初二（或二月初三）日为文昌帝君神诞之日，官府和当地文人学士都要到文昌帝君庙奉祀，吟诗作文，举行文昌会。

汉代汝南民间就有相文昌（司命）的习俗。《风俗通义·祀典》中记述："司命，文昌也……今民间独祀司命耳，刻木长尺二寸为人像，行者檐箧中，居者别作小屋。齐天地大尊重之，汝南余郡亦多有，皆祠以猪，率以春秋之月。"①

清代地方志中，《南召县志》（清乾隆十一年刻本）云："二月二日，名为'抬龙头（龙抬头）'。绅士长幼致祭于文昌之神。"

---

① ［东汉］应劭撰，吴树平校释：《风俗通义校释》，天津人民出版社1980年版，第322页。

《辉县志》(清乾隆二十二年刻本)云:"二月初二日,'文昌帝君圣诞',城东南隅有帝君阁□(台),邑绅士于此日致祭。俗谓此日为'龙抬头'。诗礼之家必督子弟攻课。"灵宝、密县、扶沟、陕州、考城、仪封、信阳等地的清代、民国县志皆记为二月初三日祀文昌帝君。扶沟、封丘等地有文昌阁会、文昌会,届时"生徒毕至",祭祀活动虔诚热烈。①

(十四)书画业祖师——吴道子

书画业敬吴道子为祖师。

吴道子是大画家,唐阳翟(今河南禹州)人。"穷丹青之妙,称画圣。"②

许昌有吴道子庙。每年农历十月初四日,画匠都到庙里进香,祭奠画圣老祖。

民间书画界流传着许多关于画圣吴道子的故事,称赞祖师用墨如神、点石成金的本领。禹州流传的"吴道子画虎抗粮",讲说吴道子体谅农民疾苦,画老虎吓跑收粮官,自己又画仙鹤乘坐

---

① 参见丁世良、赵放主编:《中国地方志民俗资料汇编》中南卷(上),第250、78页,并文中各县志本。

② [唐]朱景玄:《唐朝名画录》,影印文渊阁《四库全书》本。

飞去的故事，反映了画圣的高尚品德。还有"吴道子画竹除雀"，表现了画圣妙笔传神，能够以假乱真的高超技艺。①

（十五）商业祖师——财神

商业敬财神为祖师。

商人做生意求发财，所以敬财神。财神是个统称，有神像、神马。

《汝南县志》（民国二十七年石印本）"祭礼"称："商人祭财神。"与"木匠祭鲁班，铁匠、泥匠祭老君"并称连属，可知财神为商业祖师一类的行业神无误，考城县、汲县（今河南卫辉）商户（市人）是九月九日祭财神。获嘉县"乡俗（正月）五日内百事禁忌，逾五日州破忌。初六日，商贾祀神、于市，戚友互敬春酒"。民间小本经营商户有财神会组织。《淮阳乡村风土记》（民国二十三年铅印本）称：财神会亦为我处普遍之组织。唯入此会者，多为小本经商之乡民，盖谓财神为人间主财之神，彼可操人民财源旺盛与否之大权，故人多敬俸（奉）之。会有会头（会首）一人，会队若干人。会中立有种种规则，凡入此会者均须一律遵

① 见张楚北主编：《中国民间故事集成·河南卷》，第101—102页。

守，违则处罚，会中一切费用由会员平均担任。春秋二季对于财神均有祀礼。然有除敬神外，并兼办其他公益事业者。[①]鹿邑一带商人崇奉财神，神会时间在七月二十二。[②]

财神又有专指。

有的说财神是赵公明，民间称为黑虎玄坛赵公元帅。《封神演义》中他被姜子牙打败，封为财神。财神像中赵公明骑虎执鞭。《河南省志·民俗志》称："民间商界生意人皆敬赵公元帅。赵公元帅本为道教所奉的财神，相传姓赵名公明，秦时得道于终南山，能驱雷役电，除瘟禳灾，主持公道，求财如意。"[③]

有的说财神是比干。比干是殷纣王的叔父、亚相，沬邑（今河南卫辉市北）人，当地有比干庙（墓）。民间传说比干因忠谏被纣王剖心而死，死后为神。比干无心，所以不偏不向，办事公道，买卖公平，童叟无欺，故生意人敬比干为文财神、祖师爷。神像为文官打扮，头戴宰相纱帽，五绺长髯，手捧如意，身着蟒袍，足登元宝。方城一带，农历七月二十一比干生日时举办财神会。县城各商号为纪念他，祈求保佑发财，捐资在城

---

① 丁世良、赵放主编：《中国地方志民俗资料汇编》中南卷（上），第213、31、54、69、174页。

② 参见张鹏举、丁云岸主编：《鹿邑民俗志》，第188页。

③ 刘永立主编：《河南省志·民俗志》，第356页。

隍庙门起会，并唱戏一台。[①]滑县慈周寨李方屯木版年画中有比干财神神像。

各地商人及商会会馆又敬关羽为财神。

洛阳民间商人多敬关羽为财神。平时在家中供祭。正月初六"小开市"，正月十二或十三"大开市"，五月十三和九月十三，各商行门板打开，招牌上披红挂彩，关老爷财神桌上摆满供品，供品上撒满红花，摆满元宝、银钱，祭神以求生意兴隆、财源茂盛。也有农历正月初二为财神做生日的，供飨祭祀，隆重认真。[②]

据《明清河南集市庙会会馆志》记述：开封山陕会馆清嘉庆十七年（1812年），修立大殿，祀关圣帝君。供奉关羽的大殿两山悬鱼上写着"公平交易，义中取财"。洛阳山陕会馆清道光十一年（1831年）至咸丰二年（1852年），在会馆内建立关帝社，每年四月初旬，举行一次规模盛大的祭典，演戏奏乐，会餐宴饮，共同商讨有关事宜。永城山西会馆于每年五月十三日（关帝生日）和九月十三日（相传为关公过五关斩六将纪念日）举行集会，所有会员均到馆就餐，并且议定有关事项。社旗镇山陕会馆大拜殿内供关羽像，东侧药王殿供唐代医学家、药王孙思邈，西

---

① 参见王金祥主编：《方城民俗志》，第233页。
② 参见刘百灵主编：《民俗志》，见刘典立、宋克耀总纂《洛阳市志》第十七卷，第265页。

侧马王殿供马王爷。周口山陕会馆在大殿内供有关公、关平、周仓的全身文像，两旁以炎帝、河伯二殿作陪。①

（十六）中医祖师——张仲景、华佗

中原一带，中医多敬医圣张仲景为祖师。

张仲景，名机，南阳郡（今河南南阳）人，汉末著名医学家，著有《伤寒杂病论》等医书，被称为医圣、医宗等。南阳有医圣张仲景的墓祠"医圣祠"。当地流传着"张仲景访医"等民间故事，称述医圣张仲景的医术高明，医德卓著。②宋、元、明、清各朝代，开封有三皇庙，以医圣张仲景配祀。

中医又敬华佗为祖师。华佗也是汉末医学家，素有医王、药圣之称，民间传说很多。各地有华佗庙，民间有华佗会。永城龙岗乡有华佗村，当地人传说这里是华佗的故乡，村内有华佗庙、华佗神像、碾药池、曼陀罗花等。许昌有华佗墓，墓前有清乾隆年间石碑，上写"汉神医华佗公墓"。《郸城文史资料》第二辑载，郸城县中医奉华佗为祖师。

---

① 参见王兴亚：《明清河南集市庙会会馆志》，第235、218、219页。
② 参见张楚北主编：《中国民间故事集成·河南卷》，第81—82页。

（十七）中药业祖师——孙思邈

中药业敬孙思邈为祖师。

孙思邈是唐代著名医学家，著有《千金药方》《千金翼方》等书，民间尊其为药王、药圣。各地建有药王庙，定期举办药王庙会，祭祀药业祖师孙思邈。

鹿邑医药业崇奉神祇孙思邈（药王），神会时间在四月二十八（药王生日）。①方城医药业尊孙思邈为药王爷，在药店中堂挂起"坐虎针龙"的孙思邈像轴，按时上香磕头。当地流传着孙思邈"收虎为徒"的故事。传说药王曾为虎治病，虎口拔骨，救了老虎，老虎便跟着孙思邈治病。虎、龙都是药王的徒弟，所以药王爷神轴两边的对联是："虎守杏林春意暖，龙蟠苦井水泉香。"②豫南一带开药铺的都敬奉孙思邈，当地有许多药王爷的传说故事。如"孙思邈打药"（河南鲁山）、"孙思邈得宝"（河南南阳）、"孙思邈医虎"（河南唐河）、"孙思邈治绝症"（河南新野）等③，表现了当地人对药王的敬重和崇拜。当地年画中

---

① 参见张鹏举、丁云岸主编：《鹿邑民俗志》，第188页。
② 参见王金祥主编：《方城民俗志》，第117—118页。
③ 张楚北主编：《中国民间故事集成·河南卷》，第93—98页。

有孙思邈骑虎行医的画像。"虎守杏林",南阳的药房里都贴着"杏林"二字。洛阳"医药界尊孙思邈为祖师,称为'药王'。每年四月十四、九月初九两天为祭期。民间建有药王庙奉祀"[1]。滑县李方屯有药王年画。画像上药王清代官服打扮,手中龙头如意杖上挂着药葫芦。

(十八)河南坠子祖师——邱长春

河南坠子艺人敬邱长春为祖师,尊称邱祖。

邱长春即邱处机,道教龙门派七真之首,道号长春子。河南坠子与道情书有渊源关系,坠子艺人都敬邱祖为祖师。清末民初开封、郑州等地建有邱祖庙。每年农历正月十九邱祖生日时,艺人云集庙中,祭拜祖师。光山、永城、郸城等地每年都有邱祖祭祀会。会中举行祭祖、传道、议事、收徒、处罚、暖寿(彻夜焚香祭奠)、辞祖等仪礼。

清末民初,坠子艺人外出行艺前,须在邱祖神像前或牌位前烧香叩拜,祈求福佑,称作"敬神"。归家时,也要焚香叩拜,叫作"谢神"。逢年过节都要请出祖师牌位、神像,将演唱

器具如坠胡、简板等供置案头，焚香叩拜，祈求演唱顺利，平安发财。艺人违反了行规或演出出错，要在祖师神像、牌位前"请罪""罚香钱"。艺谚称："艺人不敬神，难得混成人。"俗信不敬祖师爷，上台演不好，唱不成，丢词掉板，祖师爷不给饭吃。西华一带，艺人还将祖师塑成小神胎随身携带，以求遇难呈祥，逢凶化吉。坠子班社行规中有"不准欺师灭祖"一条。艺人初次见面盘道或发生争执相互调解时都要首先请出邱祖，在邱祖门下认祖归宗，结交行艺。[①]郸城县河南坠子艺人另有农历九月初三祭祀邱祖的习俗。

（十九）乞丐祖师——范丹

乞丐敬范丹为祖师。

范丹即范冉，曾避世于梁沛一带，卖卜行乞。《后汉书·独行列传·范冉传》云："范冉字史云，陈留外黄人也……议者欲以为侍御史，因遁身逃命于梁沛之间，徒行敝服，卖卜于市……"

开封乞丐行敬奉范丹，尊称"范丹老祖"。乞丐行拜师收徒行拜师礼时，拈香、磕头，先拜范丹老祖，再拜师父。礼毕，一

---

① 参见张凌怡主编：《中国曲艺志·河南卷》，中国ISBN中心1995年版，第505－506页。

同吃喝一顿。[①]

　　说数来宝的属穷家门，是巧要饭的，也归丐帮，敬范丹老祖。民间有孔子当年陈蔡断粮，向范丹借粮的传说故事，[②]据说因此乞丐向贴着对联的人家要饭，是向孔子门徒讨债，不能不给。

　　① 　参见冯荫楼：《古汴乞丐生涯录》，见《文史精华》编辑部编《近代中国江湖秘闻》下卷，第331页。

　　② 　参见任骋整理：《七十二行祖师爷的传说》，第244—246页。

史料

SHILIAO

中原行业祖师敬祀简表

行业	祖师	诞日	祀日	资料 （注："[ ]"内为书目序号和页码，书目见表后。）
农业	神农、后稷		芒种 五月节	民国五年刻本《郑县志》："芒种，五月节……丰年大有，报赛酬神，农家于麦场上设神农、后稷位，供以香楮、猪羊。祀罢享胙。痛饮至醉。"［1·5］ 　　《管子·轻重戊》："神农作，树五谷淇山之阳。九州之民乃知谷食，而天下化之。"［2·414］
	先农		二月社日 二月二	清嘉庆八年刻本《商城县志》："二月乡社饮，祀先农。"［1·244］ 　　清嘉庆四年刻本《息县志》："二月'社日'，乡社祀先农。"［1·235］ 　　民国二十五年铅印本《重修正阳县志》："二月'社日'，乡社祀先农。"［1·225］ 　　民国二十七年石印本《汝南县志》："二月二日……是日，乡村农人祀先农，种艺试犁，拌醋酿酒。"［1·214］

行业	祖师	诞日	祀日	资料 （注："[ ]"内为书目序号和页码，书目见表后。）
酒业	杜康	八月十八	八月十八	《说文解字》巾部"帚"字条："古者少康初作箕帚、秫酒。少康，杜康也。葬长垣。"[3·159]西部"酒"字条："杜康作秫酒。"[3·311] 《行业神崇拜》："《玉匣记》云：'杜康，造酒祖师。'""杜康的家乡传说是河南汝阳县，据《中州名胜传说》一书载，这里建有杜康庙，当地的酿酒者定期赴庙祭祀。""《周口庙宇》记云：'酒仙庙，酿酒业营建。建殿堂三间，内塑杜康像。传说杜康是酿酒的发明者，酿酒业以祖师敬之。'"[4·298] 《方城民俗志》："酒仙会 农历八月十八是酒仙杜康生日，境内酒馆（商号）酒池（作坊）预先兑钱，酒仙社在城隍庙门，起会唱戏三天，以纪念酒仙诞辰。"[5·232] 《洛阳市志》："酿酒业尊杜康为祖师。"[6·356]
	仪狄			《说文解字》酉部"酒"字条："古者仪狄作酒醪。禹尝之而美，遂疏仪狄。"[3·311]
茶业	陆羽			《太平广记》卷八十三，异人三，"陆鸿渐"："巩县陶者多为瓷偶人，号陆鸿渐，买十器，得一鸿渐。市人沽茗不利，辄灌注之。"[7·429—430]
油坊	老君		初一十五	《民间百工》："（杞县、淮阳）五十年代以前，油坊里敬老君，里墙上贴有老君的牌位。初一、十五要上供……"[8·246] 《泌阳民俗》："油坊敬奉老君，打油时初一、十五在老君牌位前上供，祈求保佑。"[9·143]

行业	祖师	诞日	祀日	资料 （注："[ ]"内为书目序号和页码，书目见表后。）
面坊	马王爷		正月初一	《方城民俗志》："面坊敬马王爷，大年初一给马王爷摆供烧香，并在磨盘上摆供烧香。"[5·114]
粉坊	葛仙		下粉开始时	《泌阳民俗》："粉坊敬道家葛洪，民间称为葛仙，有水中取财均敬葛仙的说法。旧时，敬师礼多由匠人施行。下粉开始时，粉匠抓少许和好的粉糊扔进正烧火的灶膛，大概就有敬奉之意。"[9·146]
醋坊	杜巍		年节和淋醋时	《泌阳民俗》："醋坊敬奉杜巍。传说杜巍是杜康的弟弟……每逢年节和淋醋时，做醋师傅要上香、磕头，求祖师保佑酿出好醋来。"[9·151]
豆腐业	淮南王、乐毅、孙膑、庞涓	九月十五	九月十五	《本草纲目》谷部第二十五卷："豆腐（集解）〔时珍曰〕豆腐之法，始于汉淮南王刘安。"[10·1532] 《郑州老坟岗江湖行当内幕》："站在大街表表古，听我唱段卖豆腐。发明豆腐是槐然（按：即淮南），改良豆腐是韩如。三国关公卖豆腐，也曾坐过荆州府。……"[11·565] 《行业神崇拜》："近年来，河南密县的一处古墓中的石刻画像被认为是汉代做豆腐的图像，于是刘安发明豆腐之说成了重要的参证资料。"[4·119]"《鲁班书·各行师傅的姓名》云：打豆腐的师傅是淮南。……'师傅'，即奉为祖师之意。"[4·310]"河南郸城县豆腐行敬淮南（乐毅、孙膑、庞涓）等人为祖师。"[4·310、311、312] 《洛阳市志》："豆腐业尊乐毅为祖师。"[6·356]

续表

行业	祖师	诞日	祀日	资料 （注："[ ]"内为书目序号和页码，书目见表后。）
屠宰业	张飞		初一、十五、八月二十三、六月二十	《方城民俗志》："相传东汉末年，燕人张飞以屠宰卖肉为业，后与刘备、关羽桃园结义，为建立蜀汉立了功勋，被封为桓侯。后世开设屠行者遂尊奉张飞为祖师，每逢张飞生日和初一、十五烧香上供，祈祷赐福。"[5·122—123] 《鹿邑民俗志》："屠宰业，崇奉神祇恒（桓）侯（张爷），神会时间八月二十三。"[12·188] 《民间百工》："中原的屠宰业敬的祖师是张飞。据说，当年开封石桥口有三王庙，又叫圈神庙，屠家又称家庙。……每年农历六月二十日，方圆几十里的屠户都来这里开庙会。"[8·297]
盐碱业	葛仙		开工前	《如梦录》街市纪第六："北头净土庵、盐神庙，东通后宰门，尽是盐池。"[13·57]（注：盐神为晋葛洪。）"清代龙亭西北坡一带仍为盐地，居民多以做盐为业……盐场仍悬挂葛仙像。"[13·70] 《内乡民俗志》："葛洪……为印染业、盐碱业的祖师。旧时民间染布、印花、熬盐、熬碱，开工前得先拜葛仙，焚香烧纸许愿，让葛仙保佑。"[14·229]
厨业	灶君	八月初三	腊月二十三	《行业神崇拜》："清代以来，不少地方的厨业都奉灶君为祖师。"[4·273]
宴席业	詹王		八月十三	《鹿邑民俗志》："宴席业，崇奉神祇儋（詹）王，神会时间八月十三。"[12·188]

续表

行业	祖师	诞日	祀日	资料 （注："[ ]"内为书目序号和页码，书目见表后。）
桑蚕业	蚕姑		元宵	清同治六年刻本《重修直隶陕州志》："'元宵'，祀蚕姑，张灯火，结彩桥，放花灯，途歌巷饮，秋千为戏，谓之'闹元宵'。"［1·300］（按：清光绪十七年刻本《陕州直隶州志》［1·301］、民国二十五年开封铅印本《陕县志》［1·302］同此。） 《方城民俗志》："蚕农敬奉的神叫蚕姑奶奶。"［5·113］
丝绸业	马头娘		蚕事活动时	《内乡民俗志》："马头娘亦称马明王，古代神话（中）的蚕神，马头人身之少女，其塑像为披着马皮的仕女。……旧时内乡蚕家皆供奉于正堂，柞蚕坡前多建有马头娘庙。蚕农每于开春孵蚕、收茧、缫丝等蚕事活动时，香火供奉，收成好年景，还演戏敬神。"［14·229］
丝织业	嫘祖		九月十五	《方城民俗志》："相传上古时代，三皇爷教人农桑，黄帝之妻、神农之妹嫘祖教人养蚕织布，人类才结束了披树叶的时代。丝绸业捐资修起三皇（天皇、地皇、人皇）庙，三皇爷身披胡叶，唯有配享的嫘祖身穿衣衫。九月十五日……焚香礼拜，起会唱戏……"［5·107］ 《行业神崇拜》："蚕农又供奉嫘祖，其历史相当久远。丁山《中国古代宗教与神话考》云：北周始祀嫘祖为先蚕，后来蚕农之家必祭嫘祖，嫘祖是农村妇孺皆知的大神。（龙门联合书局1961年版）"［4·242］ 《内乡民俗志》："以嫘祖（黄帝之妻）为蚕神，传说她创造了养蚕缫丝的方法。"［14·229］

续表

行业	祖师	诞日	祀日	资料 （注："[ ]"内为书目序号和页码，书目见表后。）
棉纺业	轩辕	九月十六	九月十六	《河南省志·民俗志》："周口丝织业称轩辕氏为'轩辕帝'。每年农历九月十六日轩辕生日时，全行业放假，到轩辕庙集会。"[15·356]
毡纺业	崔府君			《行业神崇拜》："河南周口镇毡纺业奉崔府君为祖师。"[4·270]
纺织业	黄道婆			《河南省志·民俗志》："纺织业尊黄道婆为祖师。相传纺车是黄道婆发明的。"[15·356]
染布业	梅葛二仙	九月九	九月九 六月二十四 打靛时	《方城民俗志》："葛仙会以农历九月九日为正会，系染坊业为纪念祖师葛玄生日而举办。会址设炼真宫，会上一般起大戏一台，唱戏三天。"[5·232] 《行业神崇拜》："《玉匣记》云：'梅葛二仙翁：染坊祖师。'"[4·361]"农历九月九日为梅葛诞辰，届时祭祖拜寿。"[4·362]"染业、颜料业一般都奉梅葛二仙为祖师，称为'染布缸神'……如《周口庙宇》记云：'缸神庙大殿三间位于右，印染业营建，为印染业议事处。'此缸神庙所奉者即可推断为梅葛（或葛仙一神）。"[4·363] 《鹿邑民俗志》："染业，崇奉神祇梅葛仙翁，六月二十四。"[12·188] 《洛阳市志》："染业尊梅葛二圣为祖师。过去染坊染布打靛（染布颜料）时，要先敬祖师，染匠要到梅葛祠祭祀。"[6·356]

行业	祖师	诞日	祀日	资料 （注："[ ]"内为书目序号和页码，书目见表后。）
裁缝业	轩辕	九月十六	清明节	《鹿邑民俗志》："缝衣业，崇奉神祇轩辕，神会时间清明节。"[12·188] 《洛阳市志》："裁缝业尊轩辕为祖师。相传轩辕发明了衣服。"[6·356]
鞋业	孙膑	三月初三	三月初三 九月三十	《行业神崇拜》："《玉匣记》云：'孙膑老师乃靴祖师。'清·纪晓岚《阅微草堂笔记》卷四载：'靴业祀孙膑。'"[4·258]"河南周口镇……建有一座孙膑庙，庙内供有孙膑塑像。每年三月初三孙膑生日那天，这里都要举行盛大的庙会，皮坊街的工匠们要集会于此，看戏酬神，恭贺祖师诞辰。"[4·93] 《鹿邑民俗志》："制鞋业，崇奉神祇孙膑，神会时间九月三十日。"[12·188]
理发业	罗祖	三月初九 七月十三	三月初九 七月十三 八月十五	《民间百工》："郑州有些老理发匠传说罗祖是清代的罗云章。每年三月初九（农历）罗云章生日这天，理发业要起罗祖会，祭奠罗祖。"[8·176] 《行业神崇拜》："《永乐大典》辑有《净发须知》，说明至晚在明初，理发业已奉罗真人为祖师。""俗传七月十三日为罗祖生日。"[4·331] 《方城民俗志》："理发业敬罗祖为祖师。"[5·107] 《鹿邑民俗志》："理发业，崇奉神祇罗祖，神会时间八月十五。"[12·188]
	吕洞宾	四月十四	四月十四	《洛阳市志》："理发业尊吕洞宾为祖师。待祖师爷生日（农历四月十四日），要聚会祭祀。"[6·356]

续表

行业	祖师	诞日	祀日	资料 (注："[ ]"内为书目序号和页码,书目见表后。)
木匠	鲁班	六月十三 九月十九	正月二十二 腊月二十 正月初七 春节正月初一、初五、十五 收徒弟时	民国二十七年石印本《汝南县志》:"祭礼木匠祭鲁班。"[1·213] 《方城民俗志》:"木、泥匠都尊鲁班为祖师。"[5·102] 《明清河南集市庙会会馆志》:"邓州市张仙营鲁祖庙会会期是正月二十二。"[16·129] 《鹿邑民俗志》:"泥木业,崇奉神祇鲁班,神会时间腊月二十、正月初七日。"[12·188] 《洛阳市志》:"木匠在春节时都要给鲁班写个牌位,摆在家中,烧香磕头。……汝阳县一带在每年农历正月初一、初五、十五三天内一日三次祭拜鲁班。"[6·235] 《民间百工》:"在豫东杞县、通许县一带是春节敬鲁班,收徒弟时敬鲁班。""豫东的木匠认为农历九月十九是鲁班的诞辰;豫西木匠说是农历六月十三日。各地说法不尽一致。"[8·30] 《内乡民俗志》:"鲁班……为木匠、泥水匠、石匠、油漆匠、裱糊匠、画匠等手工建筑业的祖师。旧时,以上诸匠家内皆设有鲁班的牌位,定时祭拜。"[14·229]
石匠	鲁班		拜师学艺时	《洛阳市志》:"木匠、泥水匠、石匠、画匠、扎彩匠、油漆匠等土木建筑业尊鲁班为祖师爷和保护神,这些行业拜师学艺时要先拜祖师鲁班。"[6·356]

行业	祖师	诞日	祀日	资料（注："[ ]"内为书目序号和页码，书目见表后。）
泥瓦匠	老君		二月十五	民国二十七年石印本《汝南县志》："祭礼铁匠、泥匠祭老君。"[1·213] 《明清河南集市庙会会馆志》："邓州市城关老君庙会会期是二月十五。"[16·129]
车马行	马王	六月二十三	六月二十三	《方城民俗志》："民国以前传递公文靠文书马。方城……城内设有养驿马的马号。马号敬马王爷……每到农历六月二十三日马王爷诞辰是马王庙会的正会，会期三天，马号供的越调戏离家再远也要赶回支会。"[5·102] 《中国民间诸神》："《新搜神记·神考》'马王'条：《周礼》春祭马祖……今北方府州县官凡有马政者，每岁六月二十三日祭马神庙……"[17·444]
镖局	达摩老祖			《行业神崇拜》："凡开镖局的都供达摩老祖"[4·473]，"达摩因是传说中的少林武术乃至中国武术的创始人，因而受到武师的普遍供奉，被尊为祖师。武馆中常供有达摩像，一些地方的武师团体定期举办达摩会"。[4·475]
船业	李冰		六月六	《鹿邑民俗志》："船业，崇奉神祇李冰，神会时间六月六。"[12·188]
	大禹		船过三峡时	《行业神崇拜》："大禹是很多地方的船工、渔民供奉的水神，被尊为'水仙尊王'。……三门峡是行船特别危险的地段，故峡岸上禹王庙的香火尤盛。每逢船只驶过三门峡时，船工们都要带上香烛酒肉，成群结队地到禹王庙中拜祀，求禹王保佑行船安全。"[4·401]

续表

行业	祖师	诞日	祀日	资料 （注："[ ]"内为书目序号和页码，书目见表后。）
造纸业	蔡伦	三月十六	十月初十 九月二十三 初一、十五、大年三十	《行神研究》："纸匠奉蔡伦，史证充足，不比他业勉强附会，诞期在三月十六日……到了宋朝的时候，纸业界中已奉祀蔡伦为纸的始祖，每逢十月初十也举行朝祭。"[18·65—66] 《鹿邑民俗志》："香腊（蜡）纸火业，崇奉神祇蔡伦，神会时间九月二十三。"[12·188] 《民间百工》："中原地区的纸坊，几乎都供奉有蔡伦的牌位。周口一带，每月初一、十五，大年三十，都要有敬师活动。"[8·241]
纸作业	葛玄			《行业神崇拜》："河南周口镇纸作业奉三国道士葛玄，建有葛仙庙。"[4·203]
制笔业	蒙恬	二月初二	九月十六	《行神研究》："毛笔既为蒙恬所造，后人追惟祖先，乃为祠以纪念之，名曰蒙公祠，每逢废历二月二日为蒙公生日，笔业中人在蒙公祠大张筵席，以资庆祝。"[18·67]
鞭炮业	火神爷祝融		正月初八	《民间百工》："中原搣炮的人们崇拜的神是火神爷（有的地方叫火星爷）。……如通许、杞县交界处的五岔口有火神爷庙。每年正月初八，方圆几十里的搣炮者都来烧纸、烧香磕头，祷告火星爷保佑生意兴隆，人财平安。"[8·216] 《行业神崇拜》："河南省郸城县的鞭炮业也奉祝融为祖师。"[4·218]

续表

行业	祖师	诞日	祀日	资料 （注："[ ]"内为书目序号和页码，书目见表后。）
钧瓷	伯灵翁		三月三　八月十五	《中国钧窑探源》："相传神垕旧有窑神庙，号称'伯灵翁庙'。遗址至今犹存，庙内敬了三尊主神，中间是土山大王，左边是伯灵仙翁，右边是金火圣母，而土山大王为司土之神实为大舜，《竹书纪年》曾有'（舜）陶于河滨'，在今河南偃师一带，可谓陶者鼻祖。……各地窑工奉伯灵翁为瓷窑之神确有此事。"[19·15]"春季祭祀火神、窑神在三月三和秋季八月十五，祭窑神又叫闹窑神，一连闹三日，欢歌乐舞，大吃大喝。"[19·21]
	孙膑			《行业神崇拜》："另一说伯灵翁即孙膑。神垕镇人传说，孙膑是烧炭始祖，神垕的窑炉是由炭窑改制而成的。"[4·164]
煤窑	老君		六月六、九月九　初一、十五	《洛阳市志》："小煤窑供奉太上老君，以祈平安。每年农历六月六、九月九日敬奉……"[6·245] 《义马民俗志》："义马开煤窑崇拜老君。……每月初一、十五两日为敬献老君日……"[20·11]
炭窑	孙膑			《行业神崇拜》："晋佩章《钧瓷史话》所记神垕镇有关的传说云：孙膑是鬼谷子王禅老祖的大弟子，当年随师学艺，以木柴烧炭，为炼丹取暖之用，所以后人尊他为烧炭祖师。（紫金城出版社1987年版）"[4·174]

续表

行业	祖师	诞日	祀日	资料 （注："[ ]"内为书目序号和页码，书目见表后。）
铁匠	老君	二月十五 四月初八	二月十四至十六 初一、十五 四月初八	民国二十七年石印本《汝南县志》："祭礼铁匠、泥匠祭老君。"［1·213］ 《方城民俗志》："老君会农历二月十四日在炼真宫起会，唱大戏一台，十五日系老君生日，为正会，十六日末会。……凡赶会的铁匠、铜匠、银匠、窑匠、道士，均在老君生日这天祭拜老君，烧香磕头。"［5·233］ 《鹿邑民俗志》："五金业，崇奉神祇老君，神会时间二月十五。"［12·188］ 《林县民俗志》："铁匠敬的祖师是太上老君。传说太上老君用炉火炼丹，传下了打铁的手艺。封建社会铁匠每月初一、十五都要向老君的神位磕头上香，祈求老君保佑炉火旺盛、生意兴隆。"［21·17］ 《洛阳市志》："铁匠尊太上老君为祖师爷，每逢初一、十五祭拜。"［6·237］"洛阳民间铁匠、铜匠、银匠、炉匠、补锅匠、烧窑匠等手工业匠人都以老子为祖师，并建老君庙奉祀。……农历四月初八为清和节，栾川一带奉为老君诞辰，届时多上老君山举行朝山大会。"［6·356］
编织业	刘备		正月二十	《鹿邑民俗志》："（编）织业，崇奉神祇刘备，神会时间正月二十。"［12·188］

续表

行业	祖师	诞日	祀日	资料 （注："[ ]"内为书目序号和页码，书目见表后。）
篾匠	鲁班、鲁班妻、张班		五月初五、八月十五、腊月三十	《民间百工》："有的篾匠就尊奉鲁班为祖师。也有的篾匠尊鲁班的娘子荷叶仙师为祖师，还有的尊鲁班师兄张班为祖师。总之，都是与鲁班关系极密切的人。每年的旧历五月初五、八月十五、腊月三十，是篾匠敬神日……"［8·99］
私塾业	先师孔子		冬至	清嘉庆十五年刻本《渑池县志》："十一月'冬至'，士大夫及塾中各祀至圣先师。"［1·280］ 民国二十年铅印本《长葛县志》："十一月'冬至日'……家塾率解馆，拜孔子，午膳宴师以盛馔。"［1·196］ 民国二十八年石印本《新安县志》："十一月'冬至日'，学生醵钱作馔，家长、先生会宴。祀先师孔子。"［1·309］
胥吏	仓颉			《行业神崇拜》："宋代胥吏奉苍颉（仓颉）为祖师，尊称为'苍王'，每年要举办祭赛祖师的神会。宋·叶梦得《石林燕语》卷五载：'京师百司胥吏，每至秋，必醵钱为赛神会，往往因剧饮终日。……余尝问其何神？曰苍王，盖以苍颉造字，故胥吏祖之。'（中华书局1984年版）"［4·459］

行业	祖师	诞日	祀日	资料 （注："[ ]"内为书目序号和页码，书目见表后。）
胥吏	萧曹			民国二十六年铅印本《封丘县续志》："赛会胥吏有'萧曹会'。"[1·60] 《行业神崇拜》："清·李绿园所著小说《歧路灯》第五回写道……钱书办的家，'……正面桌上伏持着萧、曹泥塑小像儿'……因萧、曹是书办们奉的祖师，故其神像供在客房正面。"[4·461] 《行神研究》："昔日衙门胥吏供奉科神，即汉萧何也，亦有并祀曹参者，因萧何曾为刀笔吏，又有萧规曹随之说云尔。"[18·98—99]
印刷业	毕昇			《梦溪笔谈》卷八十"技艺门"："版印书籍，唐人尚未盛之……庆历中，有布衣毕昇又为活板。其法用胶泥刻字，薄如钱唇。每一字为一印，火烧令坚。……昇死，其印为予群从所得，至今宝藏之。"[22·73—74]
商贾	财神	七月二十二	九月九 正月初六 七月二十二	民国十三年铅印本《考城县志》："九月九日……商户各敬财神。"[1·31] 民国二十三年铅印本《获嘉县志》："正月初六日，商贾祀神、开市，戚友互敬春酒。"[1·69] 民国二十七年石印本《汝南县志》："祭礼商人祭财神。"[1·213] 《鹿邑民俗志》："商业，崇奉神祇财神，神会时间七月二十二。"[12·188]

行业	祖师	诞日	祀日	资料 （注："[ ]"内为书目序号和页码，书目见表后。）
商贾	赵公明			《河南省志·民俗志》："民间商界生意人皆敬赵公元帅。赵公元帅本为道教所奉的财神，相传姓赵名公明，秦时得道于终南山，能驱雷役电，除瘟禳灾，主持公道，求财如意。"[15·356]
市人	比干	七月二十一	七月二十一 九月九	《方城民俗志》："财神会农历七月二十一是其（比干）生日。县城各商号为纪念他，祈求保佑发财……在城隍庙门起会并唱戏一台。"[5·233] 清乾隆二十年刻本《汲县志》："九月九日……市人祀财神。"[1·54] 民国二十三年铅印本《淮阳乡村风土记》："财神会亦为我处普遍之组织。唯入此会者，多为小本经商之乡民，盖为财神为人间主财之神，彼可操人民财源旺盛与否之大权，古人多敬俸（奉）之。"[1·174]
中医	三皇			《中国民间诸神》："《续文献通考·群庙》一：（元）成宗贞元初，命郡国统祀三皇，如宣圣释典礼。以医师主之。王圻曰：内有三皇并历代名医像，刻针灸经于石，其碑之题篆则宋仁宗御书，元世祖至元间自汴移此。……至（明）永乐间别建三皇庙，十医从祀，以医官主之，以为万世医药之祖。"[17·512]（按：三皇指伏羲、神农、黄帝）

续表

行业	祖师	诞日	祀日	资料 （注："[ ]"内为书目序号和页码，书目见表后。）
中医	张仲景			《行业神崇拜》："（医药业）以三皇为主神，以扁鹊、仓公、张仲景、华佗配祀三皇。"[4·351] 《中国人名大辞典》："张机后汉枣阳人。字仲景。……论者推为医中亚圣。"[23·970] 《辞海》："张仲景，汉末著名医学家。名机，南阳郡（治今河南南阳市）人。"[24·1087] （按：今河南南阳有医圣张仲景的墓祠"医圣祠"。）
	华佗			《行业神崇拜》："华佗是汉末医学家，素有药圣、医王之称。"[4·357]"旧时（河南）郸城县的医生奉华佗为祖师。"[4·356]
	皮疡（疮/场）公、疙瘩爷	三月十八	三月二十 三月十八	民国五年《郑县志》："三月二十日，'裴昌宫庙会'。古传裴昌佐黄帝采药，术同岐伯，善治疮癞。汉武帝左腿有疮疾，梦裴昌给药数粒，吞之而愈，诏天下立庙祀之。后人病疮，祷之辄应。俗转呼为'皮疡（疮/场）公'，又呼为'疙瘩爷'。"[1·5] 《梦粱录》"东都随朝祠"："惠应庙，即东都皮场庙……按《会要》云：'神在东京显仁坊，名曰皮场土地祠。'按庙刻云：'其神乃古神农……至今于世极有神功，两庑奉二十四仙医使者是也。'"[25·119]

行业	祖师	诞日	祀日	资料 （注："[ ]"内为书目序号和页码，书目见表后。）
中医	皮疡（疮/场）公、疙瘩令	三月十八	三月二十　三月十八	《如梦录》："又，大街路东，有皮场公庙。[注]地即今皮场公胡同。《西湖志》，相传，有神张森，相州汤阴人。县故有皮场镇……森时为场库吏，素谨事神农氏，祷神杀蝎。镇民德之，遂主祠。凡疹疾疡疮，有祷辄应。汉建武间守臣以闻，遂崇奉之。旁邑皆立庙。宋时建庙于汴京显仁坊。"[13·49] 《夷坚甲志》卷五"皮场大王"：有河南人席旦之父死后成为皮场神的故事。[26·39—40] 《行业神崇拜》："外科医生供奉皮场大王。"[4·358] 《濮阳民俗志》："（明朝中期）裴王合村有一位专治疙瘩（肿瘤）的医生，姓裴名中庆，字犹立。……医术高明，手到病除，被人们称为'疙瘩先生'。……捐款修造一所庙宇，名'疙瘩犹立庙'，村名也以庙名命名，并在每年三月十八日疙瘩先生的生日这天，为疙瘩先生举行奠祭，有病者在其庙前求药，遂成庙会。"[27·149—150]
中药	孙思邈	四月二十八	四月二十八　四月十四、九月初九	《明清河南集市庙会会馆志》："药王庙会，定于四月二十八日，相传是日为唐代著名医学家孙思邈的生日。"[16·139]"民国十二年（1923年）《重建山陕会馆碑记》：'拜殿两旁药王、马王神殿各三间。'"[16·282] 《方城民俗志》："方城医药业尊孙思邈为药王爷，在药店中堂挂起'坐虎针龙'的孙思邈像轴，按时上香磕头。"[5·117]

行业	祖师	诞日	祀日	资料（注："[ ]"内为书目序号和页码，书目见表后。）
中药	孙思邈	四月二十八	四月二十八 四月十四、九月初九	《鹿邑民俗志》："医药业，崇奉神祇孙思邈（药王），神会时间四月二十八。"[12·188] 《洛阳市志》："医药界尊孙思邈为祖师，称为'药王'。每年四月十四、九月初九两天为祭期。民间建有药王庙奉祀。"[6·356]
戏业	老郎神		大年初一 八月十五	《林县民俗志》："戏班崇拜郎神，将郎神视为'祖师爷'敬奉。……每年的大年初一和八月十五是敬郎神日。"[21·315] 《濮阳民俗志》："旧时戏剧行业，都敬老郎神唐玄宗为自己的祖师爷。"[27·196] 《中国民间禁忌》："河南一带，戏班有'请神'的戏俗。一个新的戏班组成时，必须要举行请老郎神的仪式。……将木雕神像抱回住地，就算是请来了祖师爷。"[28·360] 《中国豫剧大辞典》："旧时豫剧戏班敬奉'郎神'和庄王，相传文郎神为唐玄宗李隆基，武郎神为后唐庄宗李存勖。创建戏班需先请郎神。"[29·8]

行业	祖师	诞日	祀日	资料 （注："〔 〕"内为书目序号和页码，书目见表后。）
河南坠子	邱长春	正月十九	正月十九 九月初三	《行业神崇拜》："郸城县河南坠子艺人奉'邱祖'为祖师，每年正月十九和九月初三祭祀。"〔4·525〕 《中国曲艺志·河南卷》："曲艺艺人有敬祖师之习俗。如道情、河南坠子、大鼓书等曲艺艺人均敬奉邱长春为祖师爷。清末民初开封、郑州等地，建有邱祖庙。每年农历正月十九日，艺人云集庙中，祭拜祖师。光山、永城等地每年都有邱祖祭祀会。"〔30·505〕
三弦书	三皇			《中国曲艺志·河南卷》："三弦书、洪山调、河洛大鼓艺人均敬奉三皇（天皇、地皇、人皇）为祖师，外出行艺前将三皇牌位、三弦、铰子、八角鼓一并置于神案上，设供品祈祷。清末民初，开封、南阳、许昌、宝丰、鲁山等地的三弦书艺人经常举办'三皇会'活动。"〔30·505〕
十不闲	土地神		正月十五	《中国曲艺志·河南卷》："流行于原阳一带的十不闲艺人敬奉土地神。正月十五为敬神日……"〔30·505〕
变戏法	吕洞宾	四月十四	二月二十八 四月十四	《中国魔术》："戏法的创始人是谁？其说不一，有不少人尊奉吕洞宾为祖师爷。"〔31·47〕 《明清河南集市庙会会馆志》："（鹿邑县）吕祖庙二月二十八日庙会"〔16·137〕"炼真宫庙会，定于四月十四日，相传是日为吕洞宾生日。"〔16·139〕 《行业神崇拜》："《列仙全传》卷六云：吕洞宾得道后，'隐显变化四百余年，常游湘潭岳鄂及两浙汴谯间，人莫识之'。"〔4·533—534〕

续表

行业	祖师	诞日	祀日	资料 （注："［ ］"内为书目序号和页码，书目见表后。）
士子	文昌君	二月初二 二月初三	春秋之月 二月初二 二月初三	《风俗通义·祀典》："司命，文昌也……今民间独祀司命耳，刻木长尺二寸为人像，行者檐篋中，居者别作小屋。齐天地大尊重之，汝南余郡亦多有，皆祠以猪，率以春秋之月。"［32·322］ 清乾隆十一年刻本《南召县志》："二月二日，名为'抬龙头（龙抬头）'。绅士长幼致祭于文昌之神。"［1·250］ 清乾隆二十二年刻本《辉县志》："二月初二日，'文昌帝君圣诞'，城东南隅有帝君阁□（台），邑绅士于此日致祭。俗谓此日为'龙抬头'。诗礼之家必督子弟攻课。"［1·78］ 清乾隆十二年刻本《重修灵宝县志》："二月初三日，祀文昌帝君。"［1·269］
乞丐	范丹			《古汴乞丐生涯录》（冯荫楼）："乞丐行敬的是范丹，尊称为'范丹老祖'。"［33·331］ 《后汉书·独行列传·范冉传》："范冉字史云，陈留外黄人也。……议者欲以为侍御史，因遁身逃命于梁沛之间，徒行敝服，卖卜于市……"［34·1037］
赌博	乌曹			《行业神崇拜》："（清·李绿园《歧路灯》）第五十四回有一首咏谭绍闻赌博的诗……诗中，乌曹实际被作为赌神、赌博祖师。""乌曹是古代传说中博戏的创始人。《世本》云：夏桀之臣乌曹作博。汉代许慎《说文》第五上：'簙，局戏也，六箸十二棋也。古者乌曹作簙。''簙'为'博'之古字。"［4·549］（按：《说文》原文为"古者乌胄作簙"，《段注》云："曹字依《韵会》。各本作胄非。《广韵》曰，出《世本》。"）

行业	祖师	诞日	祀日	资料 （注："[ ]"内为书目序号和页码，书目见表后。）
盗贼	盗跖			《行业神崇拜》："《酉阳杂俎》（唐·段成式）：'道旁有盗跖冢，冢极高大，贼盗尝私祈焉。'"[4·559]

注：以下参考文献按在"中原行业祖师敬祀简表"中首次出现的顺序排列。

1. 丁世良、赵放主编：《中国地方志民俗资料汇编》中南卷（上），北京图书馆出版社1991年版。

2. 《诸子集成》第五册《管子校正》，中华书局1954年版。

3. ［汉］许慎：《说文解字》，中华书局1963年版。

4. 李乔：《行业神崇拜——中国民众造神运动研究》，中国文联出版社2000年版。

5. 王金祥主编：《方城民俗志》，中州古籍出版社1991年版。

6. 刘典立、宋克耀总纂：《洛阳市志》第十七卷，中州古籍出版社1999年版。

7. ［宋］李昉等编：《太平广记》第一册，上海古籍出版社1990年版。

8. 霍清廉、王静：《民间百工》，海燕出版社1997年版。

9. 王瑜廷主编：《泌阳民俗》，中州古籍出版社2004年版。

10. ［明］李时珍：《本草纲目》下册，人民卫生出版社1982年版。

11. 《文史精华》编辑部编：《近代中国江湖秘闻》上卷，河北人民出版社1997年版。

12. 张鹏举、丁云岸主编：《鹿邑民俗志》，中州古籍出版社1991年版。

13. 孔宪易校注：《如梦录》，中州古籍出版社1984年版。

14. 孙国文主编：《内乡民俗志》，中州古籍出版社1993年版。

15. 刘永立主编：《河南省志·民俗志》，河南人民出版社1995年版。

16. 王兴亚：《明清河南集市庙会会馆志》，中州古籍出版社1998年版。

17. 宗力、刘群：《中国民间诸神》，河北人民出版社1986年版。

18. 叶郭立诚：《行神研究》，中华丛书编审委员会1967年版。

19. 晋佩章、晋晓童编著：《中国钧窑探源》，中州古籍出版社2007年版。

20. 戴景琥主编：《义马民俗志》，中州古籍出版社1991年版。

21. 李金生主编：《林县民俗志》，黄河文艺出版社1988年版。

22. 李万健：《中国古代印刷术》，大象出版社1997年版。

23. 臧励和等编：《中国人名大辞典》，上海书店1980年版。

24.《辞海》，上海辞书出版社1979年版。

25.〔元〕吴自牧：《梦粱录》，中国商业出版社1982年版。

26.〔宋〕洪迈：《夷坚志》第一册，中华书局1981年版。

27. 田聚常主编：《濮阳民俗志》，中州古籍出版社1993年版。

28. 任骋：《中国民间禁忌》，作家出版社1990年版。

29. 马紫晨主编：《中国豫剧大辞典》，中州古籍出版社1998年版。

30. 张凌怡主编：《中国曲艺志·河南卷》，中国ISBN中心1995年版。

31. 曾国珍、杨晓歌：《中国魔术》，天津科学技术出版社1981年版。

32.〔东汉〕应劭撰，吴树平校释：《风俗通义校释》，天津人民出版社1980年版。

33.《文史精华》编辑部编：《近代中国江湖秘闻》下卷，河北人民出版社1997年版。

34.《二十五史》（2），上海古籍出版社、上海书店1986年版。

演艺

YANYI

百业之祖

（相声小段）

甲：当一个相声演员，得具备一定的条件。

乙：什么条件？

甲：口齿伶俐，脑筋聪明，知识丰富。

乙：对！

甲：可是过去不这么认为，能不能说相声得看祖师爷赏不赏饭。

乙：祖师爷？

甲：其实祖师爷是旧社会的产物，在旧社会祖师爷是行业的守护神。

乙：对，现在没多少人信了。

甲：在旧社会，祖师爷权力大啦！

乙：祖师爷有什么权力？

甲：演员一进后台，得给祖师爷磕头，扮好戏临上场还得磕头，演完了下场回到后台，还得磕头。

乙：好嘛，成磕头虫啦！

甲：这是平时，等到初一、十五，还得烧香上供。

乙：这是为什么？

甲：让祖师爷保佑，演出时不出事故，不忘词儿。

乙：这不是迷信嘛！

甲：是啊，你平时不用功，就是给祖师爷磕了头，上台也照样忘词儿！

乙：多新鲜哪！

甲：可在旧社会就讲究这个，说什么三百六十行"无祖不立"。

乙：这话什么意思？

甲：就是说，哪行哪业都有祖师爷。

乙：是吗？

甲：当然了。

乙：那我问你，说相声的祖师爷供谁呢？

甲：说相声的供东方朔。

乙：为什么呢？有根据吗？

甲：你看司马迁《史记》里有《滑稽列传》，哎，那里边就有记载，东方朔是滑稽大师。

乙：噢，对。

甲：说相声的祖师爷供东方朔。

乙：是啊。我再问你，说书的呢？

甲：供周庄王。

乙：怎么供他呢？

甲：周庄王擂鼓劝臣民嘛。

乙：哎，我再问你……

甲：三百六十行，哪行都有祖师爷。

乙：打铁的祖师爷？

甲：太上老君。

乙：木匠？

甲：供鲁班啊！

乙：种地的农民？

甲：神农氏。神农尝百草，种五谷嘛！

乙：放羊的？

甲：苏武啊，苏武牧羊嘛！

乙：是那么回事吗？造酒的？

甲：杜康啊，杜康造酒刘伶醉嘛！

乙：唱戏的？

甲：唐明皇。唐明皇兴梨园嘛。您看唱戏的都称"梨园子弟"，哎，就是从这儿留下来的。

乙：不错。变戏法的？

甲：供吕祖，"吕洞宾戏牡丹"，变化无穷嘛。

乙：裁缝？

甲：供轩辕黄帝。

乙：鞋铺？

甲：供孙膑。孙膑腿坏了，用块皮子包着，天长日久就缝出鞋来了。

乙：剃头的？

甲：供罗祖。

乙：拉车的？

甲：周文王。"文王访贤"，给姜子牙拉车嘛。

乙：开店的？

甲：开店的……

乙：供谁？

甲：马寡妇！

乙：啊？马寡妇？

甲：《马寡妇开店》嘛！

乙：这挨得上吗？

甲：开店的供孟尝君。

乙：对，孟尝君好客，有食客三千嘛。

甲：您看过去旅店门口，有副对联："孟尝君子店，千里客来投。"

乙：嗯，真问不住他。

甲：你随便问。

乙：好，我问你，造纸的？（渐快）

甲：蔡伦。

乙：做毛笔的？

甲：蒙恬。

乙：做陶器的？

甲：范蠡。

乙：开药铺的？

甲：孙思邈。

乙：耍猴的？

甲：如来佛呀！

乙：怎么说道？

甲：孙猴子跳不出如来佛的手心嘛！

乙：嘿！

小　启

　　《七十二行祖师爷》是一本了解中国的七十二行，追寻行业的前世今生的故事汇编。书中收录的大部分图片由作者提供，已取得图片著作权人授权，但仍有个别图片因为著作权人联系方式不详等原因未能取得授权。图书出版后，敬请相关著作权人与我们联系，以便奉寄样书和稿酬。